D1931910

Max Ziegler

Sylter Flammenmeer

Der erste Fall für Ed Koch

Kriminalroman

Kampa

Für den Blick hinter die Verlagskulissen:
www.kampaverlag.ch/newsletter

Alle Rechte vorbehalten
Copyright © 2022 by Kampa Verlag AG, Zürich
www.kampaverlag.ch
Satz: Herr K | Jan Kermes, Leipzig
Gesetzt aus der Stempel Garamond LT / 220150
Druck und Bindung: Friedrich Pustet, Regensburg
Auch als E-Book erhältlich
ISBN 978 3 311 12045 2

Lernen heißt begreifen. Begreifen bedeutet Konsequenzen ziehen.

Wir haben gelernt. Wir ziehen die Konsequenzen.

Wer den Löwen nicht erlegt, den wird der Löwe fressen.

Nur wer lernt, lebt.

Lernen bedeutet mehr, als den Dingen einen Namen zu geben.

Lernen heißt, seinen Platz in der Welt anzunehmen und die Welt damit zu verändern.

Lernen heißt, eine bessere Welt zu schaffen, indem wir die Konsequenzen aus dem ziehen, was wir gelernt haben.

Wer lernt, verhilft der Wahrheit zum Licht.

Der Wahrheit, die für alle sichtbar ist und die doch keiner sieht.

Lernen heißt, die verkaufte Wahrheit, die entrechtete Wahrheit, die heimatlose Wahrheit wieder in ihr Recht zu setzen.

Das Leben der Vornehmen am Strand und in den Bars gleicht einem langen Sonntag. Sie wohnen in schönen Häusern unter reetgedecktem Dach, die sich niemand leisten kann, der auf der Insel aufgewachsen ist.

Die Vornehmen tragen teure Kleider.

Sie haben feiste Gesichter.

Sie sprechen ihre eigene Sprache.

Sie sprechen die Sprache der Macht in der Grammatik der Herrschaft.

Sie fressen Fischbrötchen und betrinken sich, um am Nachmittag ein Grundstück nach dem anderen auf der Insel zu kaufen. Darauf bauen sie ein Friesenhaus und noch eines und noch eines. Sie bauen so viele, dass sie selbst nie darin wohnen können, zu Preisen, die kein Handwerker bezahlen kann, der die Häuser baut.

Wir haben gelernt: Wenn niemand mehr auf der Insel leben kann, weil sie Stück um Stück verkauft wurde, dann müssen wir uns unsere Insel zurückholen, weil wir keine neue Insel schaffen können.

Es ist an der Zeit, der Freiheit ein neues Haus zu bauen.

Es ist an der Zeit, die alte Ordnung abzufackeln.

Es ist an der Zeit, auf den Ruinen der Ferienhäuser Wohnungen für Friesen zu bauen.

Lasst sie brennen zu Biike.

Lasst es Freudenfeuer sein.

Lasst es Freiheitsfeuer sein.

Lewer duad üs Slaav.

Friede den Hütten!

Krieg den Palästen!

I

Es ist die stillste Zeit im Jahr. Sie beginnt nach Neujahr mit einem Megastau an der Westerländer Autoverladung, der fast bis nach Rantum reicht. Aber spätestens an Heilige Drei Könige sind die letzten Touristenschlangen vor den Bäckereien verschwunden. Dann umweht die Insel eine überraschende Friedlichkeit. Die Einheimischen, die sich Leben und Wohnung auf der Insel noch leisten können, brechen auf, um selbst ein paar Tage Urlaub zu machen. Die Läden in der Strand- und in der Friedrichstraße in Westerland verkürzen ihre Öffnungszeiten oder bleiben gleich ganz geschlossen. Erst kurz vor dem 21. Februar, wenn die aus vertrockneten Weihnachtsbäumen aufgeschichteten Biikefeuer auflodern, glüht der Umsatz wieder hoch.

Das Einzige, was die nachweihnachtliche Stille in dieser Zeit noch stören kann, sind die Winterstürme. Meterhoch türmt sich die Gischt auf und wird vom Wind über den Sand gepeitscht. Sturm drückt das Wasser hoch und höher und knabbert hungrig am Strand. Jahr für Jahr wird deshalb an wechselnden Stellen auf der Insel neuer Sand aufgespült. Eine Sisyphusarbeit. Durch riesige rostige Röhren, die wie eine Land-Art-Installation in der Landschaft liegen, wird der neue Strand aus den Tiefen des Meeres geholt. Doch dieser kieselige Vorspülsand ist lediglich eine flüchtige Gabe an Wettergott und Klimawandel, denn er wird in den kommenden Jahren von der See gierig Stück für Stück wieder verschlungen.

In diesem Jahr ließen die Winterstürme auf sich warten.

Stattdessen schob der Golfstrom treulich sein wärmeres Wasser aus den tropischen Regionen des Atlantiks in Richtung Nordsee. So blieben die Temperaturen auch Anfang Januar noch recht mild und lagen deutlich über dem Gefrierpunkt. Mittags stand die Sonne zwar noch immer tief über dem Horizont. Aber an einem geschützten Platz täuschte sie bereits etwas Frühling an, während der kühle Wind den Himmel blitzeblau polierte.

Ed liebte diese Tage.

Sie kamen ihm vor wie ein Geschenk, nach den dunklen Novemberwochen, in denen der Herbst seine stürmische Kraft gezeigt hatte und ein gutes Stück von Hörnum fortgespült worden war. Ed liebte diese Tage aber auch, weil die meisten Feriengäste abgereist waren. Manche von ihnen kannten nach ein, zwei Flaschen Schampus weder Hemmung noch Anstand. Trunken setzten sie sich in ihre übermotorisierten Luxuskarossen. Manchmal dachte Ed, dass sie geradezu nach Bestrafung lechzten. Zwei Parkplätze hinter dem trendigen Strandlokal im Süden der Insel sammelten seine Kollegen die Schlangenlinien fahrenden Wintergäste auf ihrem Heimweg nach Kampen und Keitum regelmäßig in einer Mausefalle ein. Die Taxis standen dann schon bereit, um die zumindest für diese Nacht vom Führerschein befreiten Touristen in ihre Ferienhäuser und Hotels zu chauffieren. Doch anstatt den Kollegen dankbar dafür zu sein, dass sie aus dem Verkehr gezogen wurden und daher niemandem schweren Schaden zufügen konnten, verfluchten sie die Polizisten und beschimpften sie unflätig. Unterstützt wurden sie von ihren aufgetakelten Begleiterinnen, von denen sich manche nach den ersten empörten Schritten in der kalten Winterluft über den kahlen Heckenrosen erleichterten.

Weihnachten und Silvester auf Sylt waren kein Vergnügen.

In gemütlichem Laufschritt stapften Ed und Rob schweigend durch den Sand an der Nordspitze der Insel. An diesem Januarsamstag begegneten ihnen nur wenige andere Spaziergänger. Sie hatten den Strand fast für sich allein, frischen Salzwind und Sonnenschein inklusive.

Auch diese langen Runden liebte Ed.

Gleich hinter dem Flutsaum lagen vereinzelt kleine Holzstücke. Glatt gespült vom Meer schimmerten sie silbrig grau. Die Freunde sammelten einige der bizarr geformten Hölzer mit ihrer feinen geschliffenen Maserung auf und wischten mit den Fingern behutsam den Sand ab.

»Und Nathalie?«, fragte Ed.

Rob wartete einen Moment mit seiner Antwort, als müsste er sich besinnen, wer diese Nathalie, von der Ed sprach, überhaupt war. Mit dem rechten Fuß kickte er eine große Herzmuschel über den Sand und zuckte mit den Schultern.

»Was soll sein? Nichts. Kein Wort, kein Brief, keine Mail. Schweigen.«

»Weißt du überhaupt, wo sie jetzt ist?«

»Ich vermute, sie ist noch immer in Vancouver. Aber eigentlich weiß ich es nicht genau.«

Und damit war das Thema Robs Ex-Frau für dieses Mal beendet. Wobei die Bezeichnung Ex-Frau es nicht wirklich traf. Schließlich waren Rob und Nathalie noch immer verheiratet, auch wenn sie sich seit drei Jahren nicht gesehen und kaum gesprochen hatten. Ohne ein Wort, ohne Brief und in Robs Augen auch ohne jeden Grund hatte Nathalie damals zwei Tage nach Weihnachten einen Koffer gepackt und sich auf den Weg gemacht, während Rob einen Spaziergang machte. Als Rob wieder nach Hause kam, war sie einfach fort. Erst vermutete er, sie würde sich mit einer Freundin auf einen Tee treffen, auch wenn sie ihm davon nichts erzählt hatte. Nach ein paar Stunden hatte er dann begonnen, überall anzurufen und rumzufragen, wo sie sein könnte. Nichts. Niemand wusste etwas. Auf dem Polizeirevier vertröstete man ihn. Wenn ein Erwachsener verschwinden wolle, verschwinde er eben, und noch seien keine vierundzwanzig Stunden seit ihrem Verschwinden vergangen. Ein Verbrechen scheine ja nicht vorzuliegen. Es half alles nichts. Rob musste warten, ob und wann sich Nathalie bei ihm meldete. Doch Nathalie schwieg beharrlich weiter, ebenso ihr Handy, bis aus heiterem Himmel einige Wochen später eine Postkarte mit der Ansicht des Florentiner Doms bei ihm eintraf, auf der sie ihn bat, ihr Zeit zu geben.

Bis heute rätselte Rob, was vorgefallen war, was Nathalie zur Flucht veranlasst hatte, denn es war nichts anderes als eine Flucht aus dem gemeinsamen Haus gewesen, das sie zusammen geplant und gebaut hatten. An ihrem letzten gemeinsamen Weihnachten hatte er ihr einen seidenen Umhang geschenkt, mit einem wunderbaren zarten Muster in lichten Farben, den er auf ihrer gemeinsamen Reise nach Marokko im Herbst entdeckt hatte. Irgendwie stimmte es ihn zuversichtlich, dass sie diesen Umhang mitgenommen hatte.

Gelegentlich schickte Nathalie ihm eine Nachricht. Bin hier. Bin dort. Es geht mir gut. Ich brauche bitte Geld (das er ihr dann treulich aufs Konto überwies). Das war's. Von Italien aus machte sie sich auf den Weg nach Amerika, New York, San Francisco, Seattle und von dort weiter nach Kanada, wo sie vermutlich noch immer irgendwo zwischen Elchen, Grizzlys und Seeadlern lebte. Die Erinnerung an Nathalie wurde zu einem Schatten, der in Robs Alltag zwar immer mehr verblasste, aber doch nicht ganz verschwinden wollte und eine Wunde hinterließ.

Schweigend liefen Ed und Rob weiter.

Männergespräche brauchen nur wenig Worte. Darin waren sie sich beide einig, so wie sie in den meisten Dingen übereinstimmten. Dieses schweigende Einverständnis bildete die Grundlage ihrer Freundschaft, obwohl sie sich nur unregelmäßig trafen, zu einem Spaziergang am Meer oder einem Bier am Abend.

Daher dauerte es bis zum zweiten Leuchtturm am Königshafen, ehe jeder aus dem Zirkel der eigenen Gedanken wiederauftauchte und Rob den losen Gesprächsfaden aufnahm.

»Und Mara?«

»Schwierig, irgendwie, immer noch«, antwortete Ed und senkte den Kopf.

Der Seenotretter, der im Lister Hafen stationiert war, machte eine Tour durch die Meerenge, die Sylt vom dänischen Rømø trennte. Für einen Augenblick blieben die Männer stehen und sahen dem Schiff zu, das sich durch die gefährlich kabbelige Strömung zwischen den Inseln kämpfte.

»Schließlich macht sie inzwischen mit Fiete rum, diesem Flachbohrer.«

Rob grinste.

»Na, ist doch wahr.«

Ed seufzte.

Es gab kaum noch einen Tag, an dem er einen vernünftigen Satz mit seiner Ex wechseln konnte und sie nicht anfing, sich über ihn oder seine Arbeit zu mokieren. Er wusste, dass das aufhören musste. Aber vor den Konsequenzen schreckte er zurück. Noch.

»Sie ist mit ihrem Fiete derzeit völlig ausgelastet«, stöhnte er. »Aber wegen Lasse und Lotte mache ich mir Gedanken. Die Kinder müssen sich ja wie zwischen zwei Mühlsteinen vorkommen.«

»Oder sogar zwischen drei, wenn du Fiete mitzählst«,

fügte Ed nach einer kurzen Pause hinzu, während er dem Auf und Ab des Seenotretters in der Dünung weiter folgte.

Rob beugte sich über eine tote Möwe, die am Strand lag.

Keine Zeichen von Öl. Immerhin. Wodurch auch immer das Tier verendet war, wenigstens nicht durch illegal in der Nordsee verklapptes Öl.

»Es ist für die Kids wirklich nicht leicht. Zudem ist Sylt ohnehin nicht der spannendste Ort für Pubertisten. Und dann ziehen in schöner Regelmäßigkeit ihre besten Freunde weg auf das Festland, weil sich die Eltern das Leben hier nicht mehr leisten können oder ihnen die Wohnung unterm Hintern wegverkauft wird. Und niemand unternimmt etwas dagegen.«

»Was willst du auch machen?«

Ed zuckte mit den Schultern.

Er selbst hatte keine Idee, und auch die Sylter Gemeinden offenbar nicht. Es war ein vergebliches Ringen. Die Insel verdiente blendend an den Feriengästen, und die Immobilienpreise kannten seit Jahrzehnten nur eine Richtung: steil aufwärts. Wirkungsvolle Instrumente, um dauerhaft genügend bezahlbare Wohnungen für die Einheimischen zu erhalten, hatte bisher niemand gefunden. Wer auf der Insel nicht seit Generationen oder durch einen Zufall über ein Stück des sündhaft teuren Grunds und Bodens verfügte, der hatte schlechte Karten. Aber selbst das musste ja noch nicht ausreichen. Ed kannte genügend Fälle, in denen die Eltern, die Oma oder ein Onkel verstorben waren und eine Erbengemeinschaft entstand. Und anstatt sich über die wertvolle Erbschaft zu freuen, begann man sich zu zerstreiten. Der eine wollte das Grundstück behalten, der andere ausgezahlt werden, doch dafür reichte das Barvermögen der Übrigen nicht aus. Schon hatte man den Kladderadatsch. Und so wurde das Haus nach Jahren des Streits und des Leerstands am Ende doch verkauft und schließlich abgerissen. Dafür entstanden neue Ferienapartments im Pseudofriesenstil unter Reet, als wären die Gäste im Innersten ihres Herzens alles kleine Keitumer Kapitäne.

Obwohl es erst kurz nach Mittag war, begannen sich die blauen Schatten immer länger auszudehnen. Die Sonne stand bereits tief am Himmel und tauchte alles in ein unwirkliches Licht. Von ihren grellen Strahlen geblendet, blieben Ed und Rob erneut stehen und sogen den Moment ein. Ed spürte eine kostbare Ruhe durch den Körper strömen.

Was für ein Glück trotz allem, hier auf der Insel leben zu dürfen, dachte er.

Das Meer, der Strand, die Dünen. Einfach perfekt.

An der Wattseite entlang kehrten sie langsam zum Auto zurück, den Blick über die weite Bucht des zu drei Seiten durch Dünen eingefassten und so ganz natürlich geschützten Königshafens. Im nassen, schweren Wattsand quietschte jeder Schritt. Ed hätte die Zeit gern weiter ausgedehnt, wäre am liebsten weiter und immer weiter gelaufen. An diesen Januartagen besaß die Welt eine Schönheit und Friedlichkeit, dass man sie am liebsten in ein Marmeladenglas füllen wollte, um sie später in kleinen Portionen frühstücken zu können. Ed wollte sich an diese Momente klammern, sie nicht mehr freigeben und wusste doch, wie vergeblich dieser Wunsch war, wie widersinnig, ja wie kindisch. Alles war in Bewegung. Immer. Veränderung war der Normalzustand. Das vergaß man nur allzu leicht. Und er selbst bildete da keine Ausnahme, gestand sich Ed ein.

Die Gesichter von Wind und Anstrengung leicht gerötet, trabten die Freunde die letzten Meter durch den sanft wogenden Strandhafer auf den Dünen bis zum ersten der beiden Lister Leuchttürme. Dort hatte Rob sein Auto geparkt. Eine Herde Schafe umlagerte den Wagen. Die Tiere trollten sich nur langsam, als sie näher kamen. Doch zwei Schafe blieben einfach stehen. Ed strich ihnen durch das Fell, das sich fest und fettig anfühlte.

»Magst du nachher noch mit zu uns kommen?«, fragte er. »Hab von Rose einen Fisch mitgebracht, den wollte ich braten.«

Doch Rob schüttelte den Kopf.

»Lass mal gut sein. Ich muss bis morgen noch einen Auftrag fertigbekommen.«

Ed nickte. Er schob das Tier zur Seite. Rob hatte recht. Es war an der Zeit.

2

Das Haus war voll, alle waren daheim. In Lasses und Lottes Zimmern brannte Licht, Fiete quatschte mit Mara unten in der Küche. Leise schloss Ed die Haustür hinter sich und schlich die Treppe ins Dachgeschoss hoch, um mit niemandem reden zu müssen. In seiner Küche oben holte er den Wolfsbarsch aus dem Kühlschrank und legte ihn auf den Rost im Ofen. Salz und Pfeffer, dazu ein paar frische Kräuter und einen Spritzer Zitrone, frisches Brot und Aioli. Er entkorkte den Grauburgunder, der ebenfalls im Kühlschrank auf ihn gewartet hatte, und füllte Leitungswasser in eine Glaskaraffe, in die er einige Minzblätter gefüllt hatte. Alles nicht sehr friesisch. Aber alles möglichst frisch. Das war Ed wichtig.

Kaum hatte er sich an den alten Esstisch aus Holz in der Küche gesetzt und angefangen, am Laptop seine Mails durchzugehen, als die Küchentür aufging.

»Hi, Paps.«

»Hi, was gibt's?«

»Wollte ich auch gerade fragen«, sagte Lasse und nickte zum Ofen.

»Wolfsbarsch.«

»Fein. Salat?«

»Wenn du einen machst, gerne.«

»Yo. Soll ich Lotte unten Bescheid sagen?«

»Gibt's bei deiner Mutter nichts zu essen?«

Lasse verdrehte die Augen.

»Schmusegurken an Turtelragout.«

»Hey, du sprichst von deiner Mutter«, wies ihn Ed zurecht und bemühte sich, sein Schmunzeln glaubhaft zu unterdrücken.

»Sag Lotte, dass wir in einer Viertelstunde essen können.«

»Yep. Ich hole sie, dann machen wir den Salat.«

Polternd stürzte Lasse die Treppe hinunter und kam kurz darauf mit seiner ein Jahr jüngeren Schwester zurück.

»Wolfsbarsch?«, fragte sie rhetorisch.

Ed lächelte.

Die Kinder hatten zwar mit einem Leben als Vegetarier geliebäugelt, aber ihre Leidenschaft für Fisch hatte die Oberhand behalten. Glücklicherweise endete ihre pubertäre Weltverbesserung vor dem Genussverzicht.

»Na los, macht mal den Salat.«

Gemeinsam schnippelten sie Gurke und Tomaten in kleine Stücke, zupften den grünen Salat und ergänzten das Gemüse mit Mangostückchen und Avocado. Für das Dressing nahm Lasse das fruchtige Olivenöl, das Ed neulich aus Ottensen mitgebracht hatte, und mischte etwas Zitrone, Bockshornklee und Kresse darunter, während Lotte auf dem Herd ein paar Körner anröstete.

Als sie zu dritt am Tisch saßen, ging die Küchentür erneut auf, und Mara schaute herein.

»Schon wieder Fisch?«

»Aber ja. Wolfsbarsch. Magst du auch?«, lud Lasse seine Mutter ein, wohl wissend, dass sie nichts annehmen würde.

»Nein danke«, antwortete sie prompt. »Aber denkt bitte daran, ordentlich zu lüften, sonst stinkt das Haus wieder den ganzen Abend nach eurem Fisch.«

Ed fühlte sich wie ertappt und spürte zugleich den Zorn in sich aufsteigen.

»Aber ja«, antwortete er und zwang sich zu einem Lächeln.

»Man kann ja auch mal nur Brot essen, oder?«, fragte Mara und zog die Tür wieder zu.

»Kann man. Schmeckt aber nicht«, rief Lotte ihrer Mutter hinterher.

Für einen Moment saßen die drei schweigend um den Tisch und kauten still, bis Lotte mit einem »Schmeckt gut« das Eis wieder brach.

»Gibt es eigentlich einen moralischen Mord?«, schob sie hinterher, als wäre es selbstverständlich, beim Abendbrot eine solche Frage zu stellen.

Ed verschluckte sich und bekam einen heftigen Hustenanfall.

Was war denn das jetzt? Wollte Lotte ihre Mutter meucheln? Was war in das Kind gefahren? Ein derartiges Potenzial von muttermordender orestischer Dramatik hatte er nie bei ihr vermutet. Natürlich waren ihre aktuellen Wohnverhältnisse gewöhnungsbedürftig, und sie hockten einander viel zu dicht auf der Pelle, zumal im Winter, wenn alle weniger draußen an der frischen Luft waren als im Sommer. Aber ansonsten kamen zumindest er und die Kinder einigermaßen gut miteinander aus in dem alten Satteldachhaus. Fand er zumindest. Lotte unten im Erdgeschoss bei Fiete und Mara. Er mit Lasse in der Einliegerwohnung im Obergeschoss, die sie früher an Sommergäste vermietet hatten, als Mara und Ed noch Tisch und Bett geteilt hatten.

»Wie meinst du das?«

Sein Husten hatte wieder nachgelassen. Lasse hatte ihm kräftig auf den Rücken geschlagen, während Ed die Arme wie ein kleines Kind zur Decke emporstreckte und Lotte ihm ein Glas Wasser reichte. Er nahm einen kräftigen Schluck.

»Na, ich meine, wenn der Untertan den Fürsten umbringt. Oder beim Tyrannenmord in der Antike beispielsweise.«

»Ach so.« Ed war beruhigt.

»Brutus und Cäsar. Cicero und Marc Anton.«

»Mord ist niemals moralisch«, verkündete Ed kategorisch.

»Graf Stauffenberg, Georg Elser – es war also unmoralisch von ihnen, zu versuchen, Hitler zu töten?«, fragte Lasse provokant.

»Ein Mord ist niemals moralisch zu rechtfertigen, aber manchmal ist er dennoch notwendig«, schob Ed nach, den eigenen moralischen Rigorismus aufweichend.

Lasse grinste.

»Aber das sind politische Ausnahmesituationen«, versuchte Ed zu erläutern.

»Es gibt genügend Diktatoren in der Welt«, erwiderte Lotte.

»Ja, die gibt es. Aber das Ziel politischen Handelns muss es sein, sich mit friedlichen Mittel wieder von ihnen zu befreien.«

»Aber was ist mit einem as-Sisi in Ägypten oder sogar mit Assad in Syrien, der verbotene chemische Kampstoffe gegen die eigene Bevölkerung anwendete?«, beharrte Lotte.

»Hast du für die Mathearbeit gelernt?«, fragte Ed.

»Du weichst deiner Tochter aus«, sprang Lasse seiner Schwester in belehrendem Tonfall bei.

»Ja, tue ich«, ergab sich Ed. »Weil ich versuche, meiner Hilflosigkeit auszuweichen. Natürlich ist es unverzeihlich, Kampfgas zu verwenden, im Irak, in Syrien, wo auch immer. Natürlich wäre es gut, wenn alle Diktatoren dieser Welt verschwinden würden. Und natürlich wäre es gut gewesen, wenn Graf Stauffenberg 1944 Erfolg gehabt hätte und Hitler in der Wolfsschanze beim Attentat gestorben wäre. Und noch besser wäre es gewesen, wenn Georg Elser bereits mit seinem Attentat im Münchner Bürgerbräukeller Erfolg gehabt hätte. Millionen Menschen wären dann nicht sinnlos gestorben und ermordet worden.« Ed gönnte sich eine kleine dramaturgische Pause und tunkte sein Brot in das Dressing des Salats. »Andererseits bleibt Mord immer Mord. Selbst der Tyrannenmord, so legitim er auf den ersten Blick erscheinen mag, bleibt letztlich immer ein Mord. Es ist ein Dilemma, sich zwischen dem Tod des einen und dem drohenden Tod der vielen zu entscheiden …«

»Klingt zynisch«, warf Lotte ein, deren Gerechtigkeitsempfinden durch die Argumente ihres Vaters empfindlich gestört wurde. »Es gibt Situationen, in denen ist man einfach zum Handeln gezwungen.«

»Sei froh, dass wir von solchen Entscheidungen hier und heute meilenweit entfernt sind. Glücklicherweise«, versuchte Ed die Debatte in die Gegenwart zurückzuholen. Zugleich begeisterte ihn das Engagement seiner Kinder.

»Ja, glücklicherweise«, stimmte Lasse zu. »Aber wodurch haben wir dieses Glück verdient?«

Die drei sahen sich für einen Moment an und spürten, dass sie mit ihrem Gespräch nicht weiterkommen würden. Es gab Momente, in denen der unmoralische Mord moralisch geboten war. Aber wann war das der Fall? Wann war eine Grenze überschritten? Und wer wollte und durfte das entscheiden?

Ed musste daran denken, dass er erst vor wenigen Stunden selbst darüber nachgedacht hatte, wie unverdient das Glück war, auf dieser Insel leben zu dürfen. Keine Frage. Das Leben war ungerecht. Und sie standen auf der Sonnenseite. Völlig unverdient. Und allzu oft undankbar.

»Ich muss noch mal los«, nuschelte Lasse.

»Zu Clara?«, neckte ihn seine Schwester.

»Hm«, bestätigte er.

»Na, dann viel Spaß.« Lotte grinste unverschämt.

»Werden wir haben.« Lasse grinste zurück.

»Na los, dann haut beide ab. Ich mache heute den Abwasch allein und lüfte die Bude, damit Mum sich nicht wieder beschwert.«

»Guter Dad«, bescheinigte ihm Lotte.

Auch wenn er gut mit den Kindern auskam, war Ed klar, dass seine Situation auf Dauer nicht haltbar war. Fiete und Mara lebten unten im Haus, dazu die beiden Kinder auf die beiden Geschosse verteilt und er als Ex-Mann in der Einliegerwohnung. Die Konstellation besaß etwas Absurdes. Er würde sich früher oder später dazu aufraffen müssen, nach einer eigenen Wohnung auf der Insel zu suchen. Den Kontakt zur Bauamtsleiterin hatte er zwar schon geknüpft, aber dann hatte er nicht mehr bei ihr nachgefragt. Ohne Drängeln klappte dort nichts. Andererseits hing er an dem Haus aus den fünfziger Jahren, so klein und zugig und voll es auch sein mochte. Auszuziehen würde bedeuten, sich etwas einzugestehen, was zwar eigentlich längst Wirklichkeit war, aber sich doch wie ein Scheitern anfühlte. Endgültig. Es würde ihn furchtbar schmerzen. Der Verlust einer Sicherheit, einer Vertrautheit. Der Verlust seiner Liebe. War er am Ende nur zu feige, etwas Neues zu beginnen? Oder war er einfach bloß faul?

Aufs Festland zu ziehen kam für ihn nicht infrage. Er musste vor Ort sein, schnell verfügbar. Und Fiete und Mara würden nicht ausziehen. Das Haus gehörte Ed und Mara zu gleichen Teilen, seit Eds Tante gestorben war. Vielleicht hätte er damals im jugendlichen Liebesrausch nicht so großzügig seine Frau mit ins Grundbuch eintragen lassen sollen.

Egal, dachte er, das ist so und nicht mehr zu ändern.

Er goss sich ein zweites Glas Grauburgunder ein.

Mara hatte ihren Fiete. Und er? Er hatte ein Auge auf Elsa geworfen. Aber die Dinge waren, nun ja, sie waren kompliziert. Man würde sehen, was sich ergab. Er war sich unsicher, was das Verhältnis zu seiner Chefin betraf. Wie sich die Dinge entwickeln würden, ob daraus mehr entstehen konnte, eine Beziehung vielleicht sogar. Er merkte, wie schwer es ihm fiel, das Wort zu denken, geschweige denn es auszusprechen. Andererseits spürte er die Wärme, die der Gedanke an Elsa bei ihm verursachte, und lächelte in sich hinein.

Seiner Ex-Frau und Fiete gab er jedenfalls keine Chance auf eine dauerhafte Beziehung, auch wenn sie in den letzten Wochen demonstrativ turtelten, so wie Lasse und Clara. Nur dass die beiden Jugendlichen gerade einmal siebzehn waren und seine Ex-Frau Ende vierzig. Und Fiete? Was immer sie an diesem fischigen Typ fand, mit seinem halblangen rötlich blonden Haar, das er mit Mittelscheitel trug, und der unangenehmen Stimme. Dazu diese bevormundende Art. Lotte hatte erzählt, wie grässlich sie Fiete im Unterricht fand. Zum Glück hatte sie ihn nur als Vertretung gehabt. Fiete unterrichtete Mathe und EDV, dazu leitete er die Wirtschafts-AG.

Es schüttelte Ed innerlich bei dem Gedanken, wie Fiete Mara berührte.

Eifersüchtig?, dachte er bei sich und horchte nach.

Ja, etwas Eifersucht war wohl dabei, gestand er sich ein. Aber auch sonst war ihm der Typ, mit dem er seit letztem Sommer in einer Art Zwangshausgemeinschaft leben musste, herzlich unsympathisch. Musste er wirklich?

Ed seufzte und schäumte den Schwamm mit viel Spülmittel ein, um endlich die fettigen Teller und das Besteck abzuwaschen. Das nasse Geschirr platzierte er auf dem Beckenrand der alten Spüle, damit es ordentlich abtropfen konnte. Abtrocknen und wegräumen würde Lasse die Sachen nachher. Er öffnete das Fenster und spürte, wie der

Wind gegen Abend aufgefrischt hatte. Im Sommer konnte er von hier aus sogar das Meer sehen, was Mara veranlasste, ihm vorzuwerfen, dass er sich mal wieder den besten Platz gesichert habe. Die Etagen tauschen wollte sie aber auch nicht. Ed lächelte und schrubbte. Schon absurd. Schließlich hatte er das Haus damals von seiner Tante geerbt.

Von fern mischten sich in das Brausen des Windes der Klang von Sirenen und ein rauchiger Geruch wie von den Kartoffelfeuern im Herbst. Noch bevor sein Diensthandy klingelte, ahnte Ed, dass es ein langer Abend werden würde.

3

Lange nach Mitternacht schlich Ed auf Socken die Treppe zu seinem Zimmer hinauf. Die Schuhe hatte er noch vor der Haustüre ausgezogen, um niemanden mit seinen Schritten aufzuwecken. In der Küche drehte sich die Trommel der Waschmaschine mit gleichmäßigem Klacken. Für einen Moment setzte sich Ed in die Dunkelheit. Seine nach Qualm stinkenden Klamotten konnte er auch nachher ausziehen und waschen. Auf dem Küchentisch stand noch das Glas Weißwein vom Abend. Ed nahm einen kleinen Schluck und ließ ihn sich langsam über die Zunge gleiten, während er der Waschmaschine lauschte, die die Stille im Haus durchdrang.

Alles schläft, einsam wacht, dachte er und grinste schief.

Er war grässlich müde. Aber zugleich spürte er eine innere Anspannung. Sie würde sich erst langsam lösen. Es würde heute lange dauern, bis er einschlafen konnte. Er kannte das. Es half nichts. Was er jetzt brauchte, war eine halbe Stunde Zeit, manchmal auch etwas länger, um zur Ruhe zu kommen.

Er genehmigte sich einen weiteren Schluck, diesmal etwas größer, und konzentrierte sich auf den Geschmack, auf das leichte Brennen am Gaumen, auf die holzigen Noten, die leichte Frucht.

Zufrieden stellte er das Glas wieder auf den Tisch. Strich mit der Hand über die Tischdecke, deren rot-weißes Karomuster im Dämmerlicht schwarz-weiß erschien.

Die Dinge verwandelten sich je nach Beleuchtung. Die

eigentliche Aufgabe war es, den Scheinwerfer jeweils so auszurichten, dass die richtigen Details beleuchtet wurden. Das war die Kunst. Jedes Mal. Erst dann konnte man etwas erkennen. Erst dann wurden die Dinge klarer. Erst dann konnte man Himmel und Hölle unterscheiden.

Die Brandwache war am Haus in Kampen zurückgeblieben, das fast bis auf die Grundmauern niedergebrannt war. Verletzte gab es keine. Gottlob. Weder im Haus selbst noch unter den Feuerwehrleuten. Die Kriminaltechniker mussten die Brandursache weiter untersuchen. Ein Kabelbrand erschien denkbar. Aber letztlich war es ebenso unwahrscheinlich, wie dass sich beim Decken des Reetdaches etwas entzündet hatte. Für die freiwilligen Sylter Feuerwehren war es ein Großeinsatz, gut sechzig Leute kämpften gegen das Feuer an, das sich in Windeseile durch die Lagen des Reetdaches fraß, die Holzbalken anknabberte und vor allem die Dämmung in den Wänden entflammte. Blaue und orangefarbene Blinklichter, Scheinwerfer, dazu das Flackern des Brandes und der beißende Qualm, der in Wogen aus dem Dach stieg, Wasser rann über die Straße, die verzerrte Stimme des Einsatzleiters aus den Funkgeräten.

Noch während er mit seinem Kollegen Muri in sicherer Entfernung vor dem brennenden Haus stand, traf Stein ein. Mit seinen nachgemachten Reetdachhäusern im Friesenstil hatte er in den letzten Jahren jedes zweite Grundstück auf der Insel zugebaut und sich damit nach Eds Einschätzung dumm und dämlich verdient. Stein war eigentlich Architekt und entwarf die Dinger auch noch selbst, mit denen er die Insel vollstellte. Damit verdiente er doppelt an seinem Geschäft. Seine Architektenseele würde dafür ewig in der Hölle schmoren, war sich Ed sicher. Aber wer wusste schon, ob es überhaupt eine Hölle gab? Und wenn – welchen

Geschmack Gott und der Teufel hatten, wäre ja auch noch zu klären. Klar war nur, dass jede Menge Rechtsanwälte, Professoren und Unternehmer aus der ganzen Republik in den letzten Jahren bei Stein ein Ferienhaus oder eine Wohnung gekauft hatten, als gäbe es kein Morgen mehr. Aber bitte mit Reetdach! Das viele Geld aus dem Anlagenotstand nach der letzten Finanzkrise suchte sich einen Weg zurück auf den Markt und landete bei Stein, der selbst eines der Keitumer Kapitänshäuser bewohnte, das er in enger Abstimmung mit der Denkmalpflege vorbildlich saniert hatte. Sogar mit einem Preis war er dafür ausgezeichnet worden. Wo immer ein Alteigentümer verstarb, stand Stein auf der Schwelle und kaufte die alten Fünfziger-Jahre-Häuser auf, um sie durch dicht an dicht gesetzte Luxusneubauten zu ersetzen.

»Und? Was wissen Sie?«, fragte er Ed, ohne ihn zu grüßen.

»Bisher noch nichts, Herr Stein«, antwortete er.

»Was soll ich der Versicherung sagen?«, hakte Stein nach.

»Dass es brennt.«

Stein schaute Ed und Muri entgeistert an.

»Nicht Ihr Ernst, oder?«

»Herr Stein«, setzte Ed an. »Wir wissen doch noch gar nichts Genaues. Wirklich. Die Kollegen löschen gerade das Feuer im Haus, wie Sie sehen, und versuchen ihr Bestes, um zu retten, was zu retten ist. Aber Holz und Reet brennen nun einmal prächtig, sobald sie Feuer gefangen haben. Wenn alles gelöscht ist, sehen wir weiter. Allerdings ist es erfahrungsgemäß bei solchen Bränden extrem schwierig, anschließend herauszufinden, was den Brand verursacht hat. Insofern können Sie Ihrer Versicherung tatsächlich im Moment nichts anderes sagen, als dass es brennt. Aber das sollten Sie möglichst bald tun. Dort wird sich dann umgehend ein Experte melden, der sich mit uns in Verbindung setzen will. Ganz ehrlich, seien Sie froh, dass offenbar niemand bei dem Unglück verletzt wurde.«

»Ja wie auch, das Haus war ja noch gar nicht fertig.«

»Personenschaden wäre trotzdem denkbar. Es hätte ja auch einen der Bauarbeiter treffen können.«

Stein nickte und wirkte tatsächlich für einen Moment nachdenklich.

»Sie haben recht«, entschuldigte er sich. »Ist nur ... Ich frage mich, wie kann so etwas bloß passieren?«

»Tja, keine Ahnung. Wie gesagt, das werden wir herausfinden müssen.«

Muri hatte die ganze Zeit neben seinem Chef gestanden und versonnen in die Flammen gestarrt, die aus den Fensteröffnungen züngelten. Der leicht untersetzte Mittvierziger hatte vor Jahren den Weg aus Bayern nach Sylt gefunden, was man ihm, dem Muritzer Harald, wie er in seiner alten Heimat immer genannt wurde, im Tonfall immer noch anhörte.

Auf Sylt wurde daraus ein knappes Muri.

»Verdammt heiß, was?«, rief er.

Selbst aus der sicheren Entfernung, mit der sie dem Feuer zuschauten, war die Hitze mittlerweile kaum zu ertragen.

Wie beim Biikebrennen, dachte Ed.

Sie wichen noch ein Stück weiter zurück.

»Frag mal bei Bendix nach. Vielleicht kann der schon was zur Ursache sagen.«

Muri trabte in Richtung Einsatzwagen, der neben einem von Heckenrosen überwucherten Friesenwall stand.

»Weiß nicht«, brubbelte der untersetzte Einsatzleiter.

Mit seiner Glatze, auf der die Schweißperlen standen, und seinem roten Gesicht sah er immer so aus, als stünde er kurz vor einem Herzinfarkt. Stand er ja möglicherweise auch.

»Aber das Ding ist dermaßen abgegangen, dass ich mal auf Brandbeschleuniger tippen würde.«

Brandstiftung bedeutete eine völlig andere Qualität als technisches Versagen oder ein Unfall. Nicht nur für die Versicherung. Auch für Ed. Auch für die Ermittlungen. Also telefonierte er vorsichtshalber mit Elsa.

»Sag mir Bescheid, wenn du Näheres weißt, ja? Und seid bitte vorsichtig«, fügte sie hinzu.

Der Rest der Nacht war Routine.

Muri klapperte die Häuser der Umgebung ab auf der Suche nach möglichen Zeugen. Aber jetzt Mitte Januar stand hier alles leer. Kein Feriengast, nirgends. Kampener wohnten in dieser Gegend so und so kaum. Gab es überhaupt noch echte Kampener?

Stein hatte sich in seinen Wagen gesetzt, den er am Ende der Straße geparkt hatte, und telefonierte. Wahrscheinlich sprach er mit seiner Versicherung. Es würde ausreichen, wenn er morgen von Bendix' Verdacht erfuhr, sofern der sich erhärten sollte.

Nach und nach fanden die Flammen immer weniger Nahrung. Eine Ausbreitung auf die Nachbarhäuser hatte die Feuerwehr erfolgreich verhindert.

Warum sollte jemand ein noch nicht bezogenes, aber fast fertiggestelltes Friesenhaus anzünden?

Das war die Frage.

Falls es Brandstiftung war.

Hinnerk vom *Tageblatt* machte ein paar Fotos von der Brandstelle und fragte bei Bendix und Ed nach, was sie schon wussten. Dem Reporter gegenüber äußerten sie nichts von ihrem Verdacht. Andernfalls hätten sie ihre Vermutungen am nächsten Morgen im *Tageblatt* gefunden. Ed kannte Hinnerk schon lange und schätzte ihn. Der Journalist bemühte sich um Sachlichkeit in seinen Texten und vermied, wo möglich, allzu reißerische Schlagzeilen. Doch es war eine Gratwanderung. Seine Zurückhaltung brachte ihm regelmäßig Rüffel aus dem Verlag in Flensburg ein. Dort war man auf Schlagzeilen aus. Schlagzeilen brachten Umsatz, und die gab es nur bei Zuspitzung und hemmungslosen Übertreibungen.

Eine Brandstiftung auf der Insel wäre da ein gefundenes Fressen, zumal in Kampen.

Ed hatte keinerlei Interesse daran, Informationen vor den Medien zurückzuhalten. Aber ebenso wenig wollte er Spekulationen säen. Also vermied er es, Hinnerk in einen Gewissenskonflikt zu stürzen. Hinnerk würde seine Informationen erhalten, sobald sie gesichert waren. Das abgebrannte Friesenhaus würde ihm ohnehin für mehrere Tage als Schlagzeile dienen. Sollte es sich wirklich um Brandstiftung handeln, würde man sogar wochenlang das Blatt damit füllen können. Sie mussten also besonders vorsichtig sein, welche Informationen sie preisgaben.

Aber das mussten sie schließlich immer.

4

Ed wollte schon los, als Muri auf ihn zukam.

»Um die Ecke wohnt offenbar doch noch jemand. Steht ein braunmetallicfarbener Opel Manta vor der Tür.«

»Ein Manta, wirklich?«

»Trippel H.«

Ed schaute ihn fragend an. Er brauchte einen Moment, bis er die Anspielung verstand. Das Auto war ein Youngtimer aus Hamburg, der durch ein zusätzliches H im Nummernschild gekennzeichnet war. Trippel H also.

»Hast du geklingelt?«

»Wollte auf dich warten, Chef.«

Ed lächelte. Na gut, dann auch das noch. Der Abend war ohnehin schon lang gewesen. Auch egal.

Im Haus brannte tatsächlich noch Licht. Die Bewohner schliefen also nicht. Auf das Klingeln hin öffnete ein junger Mann, vielleicht Mitte zwanzig, der Ed an Lasse erinnerte.

»Coutino, guten Abend«, begrüßte er die Polizisten mit Handschlag. »Sie kommen wegen des Feuers. Aber wir haben nichts Auffälliges bemerkt, wir wären sonst schon zur Feuerwehr rübergekommen. Aber wir wollten auch nicht als Gaffer da rumstehen, verstehen Sie?«

Trotz seines südländisch klingenden Namens hatte der Mann blondes Haar, Seitenscheitel. Die beiden obersten Knöpfe des Hemdes waren offen, dazu trug er eine beigefarbene Chino und eine Uhr mit Metallarmband am Handgelenk, die sich auf den zweiten Blick als Rolex entpuppte.

Sehr Hamburg, dachte Ed.

»Bitte kommen Sie doch erst einmal herein. Möchten Sie einen Tee? Ist ja aasig kalt draußen.«

»Vielen Dank, wir wollen Sie gar nicht lange stören. Tatsächlich wollten wir nur hören, ob Sie etwas bemerkt haben.«

Coutino schüttelte den Kopf.

»Auch meine Freundin hat nichts bemerkt. Beatrice, komm doch bitte mal.«

Coutinos Freundin war etwa im gleichen Alter, genauso blond, genauso sportlich, genauso Hamburg.

Auch sie hatte nichts bemerkt. Die beiden wirkten ziemlich verliebt, schien es Ed, der ihren Blicken folgte und innerlich lächelte. Auch das war wie bei Lasse und seiner Clara.

Der Name kam Ed bekannt vor.

»Sind Sie Immobilienhändler?«

Coutino nickte.

»Unter anderem. Hausverwaltung, Ferienwohnungen. Mein Vater leitet unser Büro in Hamburg, und ich kümmere mich um die Häuser hier«, ließ er mit einer sonnigen Unbekümmertheit wissen, die die Nacht erstrahlen ließ.

Ed reichte ihm seine Karte und bat ihn, sich zu melden, falls ihnen noch etwas ein- oder auffallen sollte. Dann machte er sich mit Muri auf den Rückweg.

Die Müdigkeit kroch jetzt zusammen mit der Kälte endgültig in ihm empor.

»Noch einer, der sich an den Sylter Häusern bereichert«, murmelte Muri. »Was für ein Zufall.«

»Vielleicht ist es ja wirklich ein Zufall«, antwortete Ed, dem nicht nach Spekulieren zumute war.

Muri hatte Ed an seinem Haus eingesammelt, um mit ihm gemeinsam zur Unglücksstelle zu fahren. Mara war kurz aus der Küche gekommen, als er in der Tür stand.

»Pass auf dich auf«, sagte sie und legte ihre Hand für einen Moment auf seinen rechten Arm. Vielleicht aus alter Gewohnheit. Vielleicht auch, weil sie es wirklich meinte. Ed wusste das nicht so genau. Aber es freute ihn. Er lächelte.

»Mach ich«, antwortete er.

Auch wie immer.

Wie früher.

Dann hatte sich Mara umgedreht und war wieder zu Fiete in die Küche zurückgelaufen. Es versetzte Ed einen Stich. Aber machen konnte er nichts dagegen. Mara wollte etwas anderes. Etwas anderes als ihn. Keinen Polizisten, keinen Langweiler, keinen … weiß der Geier, was sie eigentlich wollte. Ob sie es am Ende überhaupt selbst wusste?

Muri brachte ihn wieder nach Wenningstedt. Ganz von der Müdigkeit und seinen Gedanken umschwirrt, schlug Ed die Autotür etwas heftiger zu, als es notwendig gewesen wäre. Muri, der schon im Wagen gewartet hatte, zuckte zusammen.

»Alles o. k., Chef?«

»Alles gut. Lass uns fahren.«

Während das heiße Wasser wohltuend auf seinen Kopf prasselte, dachte Ed noch einmal an die kleine Szene vor der Abfahrt. Dann hüllte ihn das Wasser für einen Moment in einen Kokon des Vergessens. Er wusch sich zweimal die Haare mit dem sündhaft teuren Verbene-Shampoo, das so südlich nach Zitronensommer duftete, damit der Brandgeruch verschwand, und schrubbte die Haut vorsichtig mit der Badebürste. Nach der Dusche schlüpfte er in den flauschigen karierten Schlafanzug aus Flanell, den ihm Lotte zu Weihnachten geschenkt hatte.

»Damit siehst du *quite British* aus«, hatte sie in Anspielung auf seine Leidenschaft für alles Englische gesagt.

Er hatte seine Tochter glücklich an sich gedrückt und für eine Sekunde vergessen, dass er den Schlafanzug künftig oben unter dem Dach allein tragen würde. Keine Frau, die ihn bewunderte. Keine, die ihn ihm sanft von den Hüften streifen würde.

Als er aus der Dusche kam, war die Waschmaschine endlich durch, und er hängte Lasses Klamotten auf dem Wäscheständer auf, ehe er sein eigenes stinkendes Zeug in die Maschine warf und sie anstellte. Aufhängen würde er die Sachen erst morgen früh.

Das grüne LED-Lämpchen der Maschine war das einzige Licht in der Küche. Für einen letzten Schluck Wein setzte er sich noch einmal an den Tisch.

Und wenn es wirklich Brandstiftung war?

Wer zündete ein fast fertiges Ferienhaus in Kampen an?

Wer hatte davon einen Vorteil?

Stein? Sollte es ein Versicherungsbetrug werden? Oder war es ein verärgerter Nachbar, den der Lärm der Baustelle ärgerte? Aber das Nachbarhaus schien im Winter leer zu stehen. War es ein Zufall, dass ein anderer Immobilienhändler der einzige anwesende Bewohner in der Nähe war?

Das ergab alles nicht wirklich einen Sinn.

Vielleicht war es ja doch ein Kurzschluss gewesen, und Bendix hatte sich geirrt. Dann würde die Aufregung auf der Insel kurz aufwallen und bald wieder Ruhe einkehren. Das wäre das Beste. Doch etwas sagte Ed, dass es wohl nicht so einfach abgehen würde.

Bendix war ein Fachmann.

All das Spekulieren half nichts. Morgen würden sie mehr wissen.

In seinem Schlafzimmer öffnete Ed kurz das Fenster, um die stickige Heizungsluft zu vertreiben. Das Meer rauschte von ferne. Manch einer empfand die dröhnende Brandung als bedrohlich. Für Ed war sie ein Freund. Beruhigend, bestätigend: Ich bin noch da, du kannst in Ruhe schlafen.

Die Insel lag friedlich und schwarz vor ihm. Einige wenige Laternen verstreuten etwas Licht.

Kein Feuer mehr.

Nicht heute.

5

Dad.«

»Rmpf.«

»Daad!«

»Ja, ja … Was ist denn?«

Ed schreckte aus einem warmen, weichen Traum hoch, der sich im selben Moment pulverisierte, als er die Augen öffnete.

Lotte stand in der Tür seines Zimmers und winkte ihm mit seinem Handy.

»Elsa«, flüsterte sie ihm aufgeregt zu.

»Wer?«

»Frau Sebliczka.«

»Ah. Ich komme. Einen Moment. Wie spät …«

Lotte reichte ihm sein Telefon ans Bett.

»Mist, ich habe verschlafen«, murmelte Ed schuldbewusst.

»Alles gut. Guten Morgen übrigens«, antwortete Elsa.

»Ja, guten Morgen, entschuldige bitte.«

Ed wischt sich den Schlaf aus den Augen. 11:30 Uhr. Vor einer halben Stunde hätte er auf dem Polizeirevier sein sollen.

»Tut mir wahnsinnig leid.«

»Wie gesagt, alles gut. Ich hätte dich auch noch schlafen lassen, war ja wohl lange gestern Abend. Aber Bendix und die KTU haben es dringend gemacht heute Morgen. Sie sind sich jetzt sicher, dass es sich um Brandstiftung handelt. Kannst du in einer halben Stunde hier sein?«

»Natürlich. Bis gleich.«

Lotte hatte schon den Wasserkocher angestellt, als er in die Küche kam. Seine am Abend gewaschenen Haare standen nach der Nacht wild umher. Sie würden sich im Lauf des Tages legen.

»Wieso bist du zu Hause?«

»Studientag.«

»Was sollst du denn studieren?«

»Nichts, Dad. Die Lehrer haben Studientag«, antwortete Lotte und verdrehte die Augen.

»Dann sind Mum und Fiete auch zu Hause?«

»Nee, die haben irgendeine Fortbildung.«

Lotte goss ihm Kaffee auf und reichte ihm eine Scheibe Brot.

»Lieb von dir, danke. Wieso nennst du Frau Sebliczka eigentlich Elsa?«

»Seitdem wir neulich länger miteinander telefoniert haben.«

Ed nickte. Das war ihm neu.

»Aha. Hast du gar nicht erzählt.«

»Musst ja auch nicht alles wissen«, antwortete Lotte schnippisch.

Doch jetzt war nicht die Zeit, um nachzuhaken, was seine Tochter von Elsa wollte. Oder Elsa von ihr?

Ed hatte den Eindruck, dass immer öfter Dinge an ihm vorbeiliefen. Er war sich allerdings nicht sicher, ob das daran lag, dass die Kinder einfach älter und damit selbstständiger wurden, oder ob es sich um ein Nebenprodukt seiner Trennung von Mara handelte.

Lösen konnte er das Problem nicht. Zumindest jetzt nicht.

Er schwang sich auf das Fahrrad und pflügte durch den feuchten Nebel, der sich über Nacht auf der Insel breitgemacht hatte.

Mit jedem Tritt in die Pedale fühlte er sich frischer, atmete die samtkühle Luft ein. Kurz darauf erreichte er das schäbig wirkende rote Backsteingebäude der Polizei, das gleich neben dem Westerländer Bahnhof lag. Ein Haus, das einen muffigen angejahrten Charme verströmte wie so viele Behörden. Wenig einladend, wenig Sylt-like. Im ekelgrün gestrichenen Flur schloss Ed sein Fahrrad an das Treppengeländer an. Im Sommer war ihm sein Rad direkt vor der Tür geklaut worden. Obwohl es angeschlossen war, direkt vor dem Polizeirevier! Die Kollegen hatten sich schiefgelacht.

»Sollen wir eine Anzeige aufnehmen?«, hatte Muri gegiggelt und ihm auf Youtube gezeigt, wie schnell man mit dem richtigen Werkzeug selbst ein gutes Fahrradschloss knacken konnte.

Jetzt wartete sein Kollege zusammen mit Elsa im Besprechungsraum auf ihn.

»Wie ist die KTU so schnell zur Erkenntnis gelangt, dass es Brandstiftung war?«, fragte er, kaum dass er sich gesetzt hatte. »Die technische Untersuchung ist doch bestimmt noch nicht abgeschlossen?«

Elsa nickte.

»Bei den Aufräumarbeiten haben sie zwei Kanister gefunden, in denen sich Reste von Spiritus befanden. Laut dem Polier hatten die jedoch nichts auf der Baustelle verloren.«

»Und die Kanister werden auch untersucht?«

»Sie waren so offensichtlich abgestellt, als ob wir sie finden sollten.«

»Also werden wir daran auch keine weiteren Spuren finden.«

»Vermutlich nicht«, antwortete Elsa. »Und das ist es, was mir Sorgen macht.«

Muri schüttelte den Kopf.

»Äh, das versteh ich nicht.«

»Weil da offenbar jemand mit uns spielen will«, antwortete Ed, der das ebenfalls verdächtig fand.

»Sehe ich auch so«, fuhr Elsa fort.

Vor dem Fenster kämpfte der Tag mit dem Nebelgrau, damit ein wenig Sonnenlicht durchdrang.

»Damit wissen wir zwar noch nicht definitiv, ob es sich wirklich um Brandstiftung handelt, aber es ist sehr wahrscheinlich. Allerdings sollten wir nach wie vor nichts ausschließen. Muri, versuch du bitte mal in Erfahrung zu bringen, ob irgendwo auf der Insel in größeren Mengen Spiritus gekauft wurde und woher die Kanister stammen könnten. Und wir machen eine Tour durch Kampen, oder?«, fragte Elsa.

Ed lächelte.

»Wollte immer schon mal ein paar schöne Stunden mit dir da verbringen«, antwortete er.

Erst als Elsa bis über beide Ohren rot wurde und Muri verschämt grinste, bemerkte Ed, dass er zu weit gegangen war.

»Ich meine …«, stotterte er.

»Sollten wir wohl machen. Wobei ich mir noch schönere Momente in Kampen vorstellen kann. Ganz ohne Nebel und stattdessen mit mehr Sonne«, rettete Elsa die Situation.

Die Luft war so feucht, dass Elsa den Scheibenwischer des Wagens anstellen musste. Sie hatten sich entschieden, an der Wattseite entlang nach Kampen zu fahren, über die Keitumer Landstraße. Ihr Weg führte sie vorbei am weiten Feld des Flughafens in Richtung St. Severin und dann in einer scharfen Kurve über Munkmarsch. Dort hatten früher die Fährboote angelegt, mit denen die Badegäste im Sommer von Hoyerschleuse auf die Insel übergesetzt hatten. Von dort fuhren sie weiter nach Braderup und schließlich nach Kampen.

»Lotte hat erzählt, dass ihr neulich miteinander telefoniert habt.«

»Ja, sie ist wirklich ein wunderbares Mädchen. Weißt du das eigentlich, wie gut du es mit ihr hast?«, antwortete Elsa lächelnd.

Ed war etwas verlegen über Elsas Lob seiner Tochter, auch wenn er fand, dass sie recht hatte. Lotte war wunderbar. Sie war wunderhübsch. Noch hübscher als ihre Mutter. Und sie war klug.

»Und sie ist dir ziemlich ähnlich.«

»Ach ja? Ich dachte immer, sie käme eher nach Mara.«

»Ich weiß nicht. Mara kenne ich ja nicht so richtig. Aber die Ähnlichkeit mit dir fällt schon auf.«

»Wirklich?«

»Aber ja. Lotte ist neugierig, sie denkt fix und kombiniert gut, läuft aber deshalb auch leicht Gefahr, sich beim Denken selbst zu überholen.«

»Vielen Dank.«

Ed grinste, denn er wusste, dass Elsas Charakterisierung ziemlich genau auf ihn zutraf. Er hatte lernen müssen, von seinen Gedanken immer wieder einen Schritt zurückzutreten, um zu überprüfen, ob ihn seine Intuition nicht vielleicht in die Irre führte.

»Und was wollte sie von dir?«

»Ach, es ging um ein Thema für den Ethikunterricht. Über Moral und Tyrannenmord. Sie wollte das auch mit dir durchsprechen, aber erst einmal bat sie mich um meine Meinung und wollte eine rechtliche Einordnung haben.«

»Ich bin beeindruckt.«

»Ganz ehrlich, das war ich auch. Und ich empfinde es als große Ehre, dass sie mich gefragt hat.«

»Ja, das hat sie mir erst heute Morgen ganz nebenbei erzählt. Und dass ihr sogar per Du seid.«

»Na, das wäre ja sonst irgendwie albern, oder?«

»Stimmt schon«, antwortete Ed, der sich nicht sicher war, wie er das Verhältnis zwischen den beiden unterschiedlichen Frauen einschätzen sollte.

»Ihr Deutschen, ihr seid in manchen Dingen so formell und so furchtbar unentspannt.«

»Ihr Deutschen? Bist du etwa keine Deutsche?«

Elsa lachte.

»Schon gut, dass ist das Erbteil meiner serbischen Mutter«, antwortete sie schließlich.

»Und die deines kroatischen Vaters, wenn ich daran erinnern darf.«

»Oder ihrer gemeinsamen Wiener Affäre.«

»Da würde ich gerne wieder einmal hin.«

»Zu einer Affäre?«

Elsa schaute ihn herausfordernd an.

»Du guck mal schön auf die Straße.« Ed spürte, dass er in seinem Sitz langsam in Wallung geriet.

»Nach Wien natürlich.«

»Natürlich«, lächelte Elsa.

Und wenn du dabei wärst, hätte ich nichts dagegen, dachte Ed und schaute auf die sanft gewellte Heidelandschaft, die sich hinter Braderup erstreckte. Das helle Grau des Himmels verschmolz im Januarlicht mit dem Graubraun der Heide. Der Strandhafer setzte darin einige schüchterne Akzente, während die kahlen Heckenrosenbüsche die Szenerie dunkel untermalten.

Die kurze restliche Fahrt saßen sie beide schweigend nebeneinander. Aber es schien Ed ein harmonisches, fast zärtliches Schweigen zu sein.

Elsa stellte den Wagen kurz vor dem schwarz verkohlten Haus im Sanddornweg ab. Es roch noch intensiv nach dem nächtlichen Qualm. Ein Untersuchungstrupp der KTU vom Festland widmete sich der Ruine, die mit rot-weißem Band weiträumig abgesperrt war. Ein paar Touristen und Einheimische hatten sich dahinter als Schaulustige versammelt.

Ein Polizeifotograf dokumentierte die Brandstätte und zugleich die Zuschauer. Es war ja denkbar, dass sich der Brandstifter unter sie gemischt hatte, um gut getarnt an den Ort seines Verbrechens zurückkehren zu können.

Ed nickte den Kollegen in ihren weißen Anzügen zu, die wie Astronauten in einer Mondlandschaft wirkten. Darunter war auch Uli, mit dem er bereits mehrfach zusammengearbeitet hatte. Ein souveräner Wissenschaftler, präzise, nicht vorschnell. Was er sagte, hatte Hand und Fuß. Bisher hatten sie außer den Kanistern keine weiteren auffälligen Gegenstände gefunden, keine verwertbaren Spuren. Bisher. Doch die Suche der Kollegen dauerte an. Unwahrscheinlich, dass sie nichts außer den Kanistern finden würden. Die meisten Verbrecher überschätzten dramatisch ihre Fähigkeit, ihr Verbrechen zu tarnen. Ebenso dramatisch unterschätzten sie die technischen Untersuchungsmöglichkeiten der Polizei.

»Befragst du die Schaulustigen?«

Elsa nickte zu der kleinen Menschenansammlung hinüber.

»Ich mache derweil meine Runde bei den Nachbarn. Vielleicht habe ich mehr Glück als ihr gestern Abend. Welche Adresse hatte dieser Coutino?«

Bei Tageslicht wirkte das abgebrannte Haus noch trostloser zwischen seinen properen Nachbarn, deren Reetdächer sich hinter Heckenrosenbüschen und Krüppelkiefern wegduckten.

Sie hatten beide kein Glück mit ihren Nachforschungen. Weder Elsa, die in den benachbarten Häusern kaum jemanden antraf, noch Ed. Er notierte Namen und Adressen der Neugierigen und erklärte ihnen geduldig, dass er über die Ursache des Feuers nichts sagen könne. Und selbst wenn er es könnte, dürfte er es nicht. Keiner seiner wenigen Gesprächspartner erschien ihm besonders verdächtig. Ein älteres Ehepaar aus Castrop-Rauxel hatte auf dem Weg zum Kaffeetrinken in der Kupferkanne hier Zwischenstopp gemacht und verströmte eine Mischung aus Entsetzen und Faszination, während sich zwei Damen aus der Kampener Kurverwaltung selbst ein Bild von dem Unglück machen wollten. Zwischen den Schaulustigen stand auch Hinnerk, der ein paar Stimmungsbilder und Zitate sammelte für seinen Text im morgigen *Tageblatt*.

»Und? Was gibt es Neues?«, fragte der Journalist.

Ed zuckte mit den Schultern.

»Ich denke, heute Nachmittag können wir dir mehr sagen. Ist noch alles am Laufen, braucht seine Zeit.«

Hinnerk nickte.

»Und falls dir was unterkommen sollte, du weißt …«, setzte Ed an.

»Logo, Ed«, antwortete der Lokalreporter. »Ich halt die Ohren offen. Vorhin hatte ich übrigens ein längeres Gespräch mit Stein.«

»Und?«

»Der ist verdammt motzig drauf. Pass bloß auf. Ich habe den Eindruck, dass der euch irgendetwas ans Bein binden will. Seid ihr ihm irgendwie auf den Schlips getreten?«

Ed zuckte mit den Schultern.

»Nicht dass ich wüsste.«

Ed bedankte sich bei Hinnerk und machte sich auf die Suche nach Elsa.

Es gab keinen Grund mehr, hier in der grauen Kälte rumzustehen. Auf dem Revier war es zwar nicht schön, aber wenigstens warm. Er fand Elsa vor dem Haus der Coutinos, wo sie sich ein paar Notizen machte. Doch mehr als die Informationen, die Coutino schon am Vorabend gegeben hatte, war auch jetzt nicht zu bekommen. Zügig fuhren sie zurück nach Westerland. Die besondere Stimmung der Hinfahrt war einer routinierten Stille gewichen, in der jeder seinen eigenen Gedanken nachhing. Aus den Augenwinkeln beobachte Ed seine Vorgesetzte.

Also, wenn ich noch siebzehn wäre ..., dachte er verlegen und bemühte sich angestrengt, den Rest der Fahrt über nur durch die Frontscheibe zu gucken.

6

Ed schob die Papiere auf seinem Schreibtisch von links nach rechts und wieder zurück. In seinen Gedanken war er bei Elsas Lächeln. Nach einer Weile gestand er sich ein, wie müde er war und wie wenig er von dem Papierkram geschafft hatte, den die immer weiter ausufernde Bürokratie von ihnen forderte. In der Wachstube saß Max, einer der jungen Kollegen, der ihm salopp zuwinkte, als er an ihm vorbeiging.

Ed deutete auf die Uhr.

»Halbe Stunde«, rief er.

Max nickte nur.

Vorbei am Bahnhof, vor dem die seltsamen grünen Skulpturen standen, die sich gegen den Wind stemmten, lief Ed weiter in Richtung des Hotels Stadt Hamburg. Im Bistro des Luxushotels gönnte er sich gelegentlich ein Mittagessen. Aber nicht heute. Stattdessen lief er noch ein Stück weiter in die Strandstraße zum Wellhørn, das vor ein paar Jahren aufgemacht hatte. Mit seinen Möbeln aus silbrig verwittertem Holz, den violetten und dunkelgrünen Kissen auf den Bänken und dem Jazz, der unaufdringlich aus den Boxen kam, besaß es einen rauen, aber angenehmen Charme, der Ed gut gefiel. Trendig, aber nicht überstylt, war es schnell zum beliebten Treffpunkt geworden, vor allem bei den wenigen jüngeren Syltern, die noch auf der Insel lebten. Doch anders als viele Bars und Cafés, die ihren hippen Status schon nach einer Saison wieder verloren, hielt sich das Wellhørn. Bei Lisa, der Barista, orderte er einen doppelten Espresso

Macchiato, dazu ein Stück Zitronenkuchen. An einigen Tischen erkannte er ein paar Schulfreunde aus Lasses Jahrgang. Sie nickten ihm ungezwungen zu und nahmen dann ihr Gespräch wieder auf. Für einen Moment konnte man sich im Wellhørn so fühlen, als lebte man in einer richtigen Stadt. Nicht gleich so wirbelig wie Hamburg, aber doch lebendig.

Ed fand einen freien Tisch. Der Kaffee tat gut. Er pickte mit der Gabel kleine Stückchen von seinem Zitronenkuchen auf, während er auf die leere Strandstraße blickte. Alles schläft, einsam wacht, schoss es ihm erneut durch den Kopf. Mit dem nächsten Trupp Jugendlicher fegte ein eisiger Windzug in das Café.

»Hi, Dad.«

Lasse winkte ihm zu.

Von der Uwe-Lornsen-Oberschule waren es nur ein paar Minuten zu Fuß bis zum Wellhørn. Deshalb verbrachten die Jugendlichen hier oft ihre Freistunden.

»Brauchst du Geld?«

»Immer«, lächelte Lasse und streckte die Hand aus.

»Fünf?«

»Perfekt.«

Ed holte einen Fünfeuroschein aus seinem Portemonnaie und reichte ihn seinem Sohn.

»Und? Schon was Neues?«

Ed guckte ihn fragend an.

»Wegen dem Brand.«

»Genitiv bitte.«

»Du hättest auch einen prima Deutschlehrer abgegeben.«

»Ich weiß«, nickte Ed.

Und möglicherweise wäre er dann auch glücklicher geworden. Vielleicht hätte Mara ihn dann nicht vor die Tür gesetzt, wenn er Lehrer geworden wäre. Oder hätte sie sich dann einen Polizisten als Ersatz für ihn gesucht?

Alles Quatsch.

Für einen Moment spürte er eine unendliche Sehnsucht, Elsa zu umarmen, und erschrak zugleich darüber.

»Und?«

Ed brauchte einen Moment, ehe er den Gesprächsfaden wiederfand.

»Leider nein. Wir stochern in der Asche.«

»Wie poetisch.«

Natürlich wusste Lasse, dass sein Vater ihm auch dann nichts Relevantes über den Brand erzählen würde, wenn er etwas wüsste. Schon gar nicht hier. Nicht an einem öffentlichen Ort wie einem Café.

Ed wunderte sich ein wenig über Lasses Interesse. Aber gut. Der Brand war *das* Thema auf der Insel. Und Lasses Freunde würden ihn bestimmt mit neugierigen Nachfragen löchern, weil er der Sohn eines Polizisten war.

Ed blieb noch eine Weile vor seinem leeren Teller sitzen und beobachte die Jugendlichen, die abwechselnd lachten und auf ihre Smartphones guckten.

An einem solchen Ort, an dem sich Touristen wie Einheimische gleichermaßen wohlfühlten, hatte es auf der Insel lange gefehlt.

Lisa räumte seinen Teller und die Kaffeetasse ab.

»Noch einen Espresso, Commissario?«

Ed grinste und schüttelte den Kopf.

»Vielen Dank, Lisa. Ich muss zurück aufs Revier«, verabschiedete sich Ed.

Er winkte Lasse zu.

»Bis heute Abend.«

Während Ed die fünf Minuten durch die graue Stadt am Meer zurück zum Revier lief, durchströmte ihn ein warmes Vaterglück über seine beiden Kinder. Er hätte gern das gleiche Glücksgefühl in seiner Beziehung verspürt. Aber was sollte er tun? Was mit Mara nicht da war, war halt nicht da. Ob es je wiederkommen würde? Das erschien ihm im Moment mehr als ungewiss.

»Welchen Grund habt ihr Stein gegeben, sich gleich in Kiel über uns zu beschweren?«

»In Kiel? Wieso? Was hat Kiel mit unserem Feuer zu tun?«

Elsa hatte sie in den Besprechungsraum gerufen, kaum dass Ed zurück war.

»Die Ministerin hat dem Polizeipräsidenten einen Einlauf verpasst, was denn seine Subalternen da an der Küste verzapft hätten.«

»Die Ministerin?«

Muri bekam den Mund gar nicht mehr zu.

»Du weißt genau, dass wir Stein keinen Anlass gegeben haben, sich so zu produzieren«, erwiderte Ed, darum bemüht, gelassen zu bleiben.

»Bist du sicher? Man habe ihm gesagt, so wird Stein zitiert, er sehe doch, dass ein Haus brennt, und das solle er seiner Versicherung zügig mitteilen.«

»Etwas verkürzt und damit leider verfälscht, aber in den Grundbestandteilen richtig«, nickte Ed.

»Eduard!«

»Ja, was denn?« Ed zuckte mit den Schultern. »Das Haus brannte. Mehr wussten wir in diesem Moment auch nicht, und seine Versicherung sollte Stein ja tatsächlich zügig informieren.«

Elsa guckte Ed missmutig an.

»Und ich darf die Splitter deines sprachlichen Feinschliffs jetzt wegputzen, ohne dass sich jemand schneidet.«

»Dafür verdienst du ja auch mehr als ich, aber ich kann sehr gerne auch die Ministerin anrufen. Ich wollte mich so und so schon einmal über die Fenster im Revier mit ihr unterhalten und über den baulichen Zustand des Hauses insgesamt, und wenn wir dabei sind, können wir uns auch der personellen Ausstattung der Polizei im Land widmen, das wäre doch fein, oder?«

»Klappe.« Elsa lachte.

»Ich verstehe die Frauen nicht. Mara hat immer gesagt, ich würde nicht reden, und du sagst, ich soll die Klappe halten. Was denn nun?«

»Es gibt eine Zeit zum Reden, und es gibt eine Zeit zum Schweigen. Jetzt ist deine Zeit zum Schweigen. Vielleicht kannst du es ja mal mit einem Besinnungsaufsatz zum Thema ›Ein Haus brennt, und ich verhalte mich entsprechend den Kommunikationsrichtlinien der schleswig-holsteinischen Polizei‹ versuchen.«

»Nicht dein Ernst!«

Elsa schüttelte den Kopf.

»Schluss jetzt. Also, was haben wir?«

Elsa lenkte das Gespräch auf die Fakten des Brandfalls. Sie zückte einen Stift und stellte sich vor das Flipchart, das sie vor einiger Zeit aus eigener Tasche angeschafft hatte, weil es monatelang keine Bordmittel dafür gab.

»Ein brennendes Haus«, murmelte Muri.

»Aller Wahrscheinlichkeit nach Brandstiftung, in Kampen, bisher ohne erkennbares Motiv, mit beträchtlichem Schaden, aber ohne Bekenner.«

»Und wenn es doch ein Unfall war?«, warf Muri ein.

»Nach dem, was Bendix und die KTU gesagt haben, ist das inzwischen ausgeschlossen«, unterstrich Elsa. »Was allerdings wirklich seltsam ist: Das Haus war noch im Bau«, fuhr sie fort. »Das sollten wir auch nicht außer Acht lassen. Wir müssen mit den Handwerkern reden. Und mit Stein.«

»Juhu, das mache ich«, rief Ed.

Elsa verdrehte die Augen.

»Ich denke, da sind wir wieder einmal gemeinsam als Dreamteam gefragt.«

Juhu, dachte Ed, aber dieses Mal hielt er wirklich lieber den Mund.

7

Stein empfing Elsa und Ed mit jovialer Freundlichkeit in seinem Westerländer Büro. Funktional, stilvoll eingerichtet mit Metallmöbeln und echtem Holzboden anstelle der Fliesen in Holzoptik, mit denen Stein seine Ferienwohnungen pflasterte. In Steins Büro gab es kein friesisches Getümel, wie man es von seinen Sylter Bauprojekten hätte vermuten können. Das war den großformatigen Fotografien vorbehalten, die in silbernen Metallrahmen an der Wand hingen. In Steins Büro herrschte der Duktus eines Architekten, etwas unterkühlt, modern, sehr aufgeräumt. Nicht unsympathisch, befand Ed.

Über seine Beschwerde bei der Ministerin verlor Stein kein Wort. Es war, als hätte das Gespräch mit Kiel nie stattgefunden. Also ließen auch die beiden Polizisten das Thema außen vor.

»Wann waren Sie das letzte Mal vor dem Brand auf der Baustelle?«, begann Elsa das Gespräch, nachdem ihnen Steins Sekretärin einen Tee serviert hatte, der die zarten weißen Tassen mit einem bernsteinfarbenen Leuchten und köstlichem Aroma füllte. Der Rumkandis knisterte verführerisch in der heißen Flüssigkeit.

»Ich denke, drei, vier Tage vor dem Feuer. Warten Sie …«

Stein zückte sein Handy und wischte über das Display.

»Letzten Dienstag«, fuhr er fort, als er seinen Terminkalender geöffnet hatte. »Die Küchen wurden gerade eingemessen, und es hatte sich eine Frage wegen der Arbeitsoberfläche ergeben. Tießen hatte verschiedene Materialproben aus Stahl, Holz und Granit mitgebracht. Ich selbst bin ja immer für Stahl, aber viele Kunden mögen das Material nicht so gerne. Es ist ihnen zu kalt. Außerdem haben sie Angst, dass Stahl schnell zerkratzt. Genauso bei Granit. Der ist vielen Kunden ebenfalls einfach zu kühl. Letztlich haben wir uns dann für einen sehr schönen, warm aussehenden Kunststein entschieden, den wir gerade schon bei unseren Objekten in Hörnum verwendet haben. Wollen Sie mal sehen?«

Ed nickte interessiert und hielt die Klappe, wie Elsa es ihm geboten hatte. Vermutlich kostete die hochwertige Arbeitsoberfläche so viel wie der neue Kleinwagen, den er sich nicht leisten konnte.

Stein griff nach der Musterplatte neben dem Tisch und reichte sie Elsa, die sie mit anerkennendem Blick musterte.

»Sehr schön. Ist Ihnen an dem Tag irgendetwas Besonderes aufgefallen? Oder haben Sie in letzter Zeit Drohungen erhalten, irgendetwas, was auf einen oder auf die Täter hinweisen könnte?«, fuhr Elsa fort und reichte Stein die Platte zurück.

»Man sollte mit den Brandstiftern kurzen Prozess machen«, schnaubte Stein theatralisch.

»Also, Herr Stein …«, setzte Elsa an.

»Ein Zitat von Max Frisch«, warf Ed dazwischen. »*Biedermann und die Brandstifter.*«

Elsa schaute zu Ed, um ihn wieder zum Schweigen zu bringen. Als Lotte das Stück im vergangenen Schuljahr gelesen hatte, hatte Ed, der es noch aus seiner Schulzeit kannte, es erneut gelesen. Der Schweizer Frisch gehörte offenbar immer noch zum Kanon der deutschsprachigen Klassiker. Es gab Schlimmeres. Schließlich hatte Frischs Spiel mit Naivität und Dreistigkeit nichts von seiner Aktualität eingebüßt.

Stein grinste Ed an.

»Belesen, der Herr Hauptwachtmeister.«

»Wir bemühen uns, Herr Immobilienspekulant.«

»Könnten wir bitte noch einmal auf meine Frage zurückkommen?«

Elsas Stimme war schneidend, bestimmt. Sie war genervt.

Die beiden Männer schauten, als hätte man sie bei einem Streich ertappt.

»Selbstverständlich, wenngleich ich Sie enttäuschen muss.«

Stein lehnte sich zurück und schlug sein rechtes Bein lässig über das linke. Das Hosenbein rutschte ihm dabei leicht hoch, sodass man die orangefarbenen Socken sehen konnte, zu denen er schwere englische Lederschuhe trug.

»Keine Drohungen, keine Absonderlichkeiten auf der Baustelle. Nichts, absolut nichts Ungewöhnliches«, antwortete er.

Er machte eine kurze Pause.

»Es gibt weder Finanzierungsprobleme noch sonstige Schwierigkeiten, um Ihrer nächsten Frage vorzugreifen. Trotzdem habe ich Frau Sichelfeld schon mal gebeten, die Unterlagen über das Objekt Sanddornweg zusammenzustellen, damit Sie sich selbst ein Bild davon machen können.«

»Das ist wirklich nett, Herr Stein.«

Kurz überlegte Elsa, ob sie auf Steins Unterton eingehen sollte, den sie als süffisant empfand, entschied sich aber dagegen. Auf einen weiteren Anruf vom Polizeipräsidenten an diesem Tag hatte sie keine Lust.

»Sie haben doch sicher auch eine Aufstellung Ihrer übrigen Bauprojekte auf der Insel, den abgeschlossenen wie den laufenden?«

Stein legte die Stirn in Falten.

»Sicher, eine solche Aufstellung lasse ich Ihnen umgehend zukommen. Per Mail?«

»Wunderbar.« Elsa schob ihm ihre Karte zu und stand lächelnd auf.

»Herr Stein, herzlichen Dank für Ihre Unterstützung. Wir hoffen sehr, dass wir bald mehr wissen.«

»Frau Sebliczka, es war mir ein Vergnügen, auch wenn der Anlass so wenig vergnüglich ist.«

Schleim nicht so rum, dachte Ed. Sonst glaubt sie dir noch, dass du mit der Sache nichts zu tun hast.

»Vielleicht«, merkte Elsa an, als Ed sie fragend anschaute, kaum dass sie wieder auf der Friedrichstraße standen, »solltest auch du lernen, dass es durchaus hilfreich für die Ermittlung sein kann, sich etwas galanter zu benehmen.«

»Galanter? So wie ein Lackaffe?«, ätzte Ed.

Elsa schüttelte den Kopf.

»Du willst es nicht begreifen, oder?«

Nein. Das wollte er wirklich nicht begreifen. Steins ganzes Wesen ging ihm gegen den Strich. Er wirkte so selbstbezogen und selbstzufrieden, dass es Ed geradezu ekelte. Möglicherweise war er aber auch einfach neidisch auf Steins schwere englische Lederschuhe. Vielleicht sollte er ihn bei nächster Gelegenheit fragen, wo er sie kaufte. Vermutlich direkt in der Jermyn Street in London. Andererseits, ob er sich je über derart intime Dinge mit Stein austauschen würde, bezweifelte er stark. Ed merkte, dass es Zeit war, nach Hause zu gehen. Er hätte Elsa jetzt sonst wohl gerne Dinge gesagt, die er für galant hielt. Er war sich allerdings im Moment ganz und gar nicht sicher, ob auch sie sie für galant halten würde.

8

Anstelle eines frischen Fisches von Rose wie am Abend zuvor gab es diesmal nur eine Risotto-Fertigmischung mit Steinpilzen zum Abendessen. Kurz mit etwas Fett angebraten, köchelte sie anschließend zwanzig Minuten auf dem Herd langsam vor sich hin. Doch das störte Lasse und Lotte wenig. Ebenso wenig wie Lasses Freundin Clara, die wieder einmal mit ihnen am Tisch saß. Irgendwie erschien sie Ed immer noch ein wenig schüchtern, wenn sie bei ihnen zu Besuch war, was immer häufiger vorkam. Bei den ersten Besuchen hatte sie sich nur dann an den Tischgesprächen beteiligt, wenn Ed sie direkt ansprach. Das hatte sich mittlerweile etwas gewandelt. Clara war in den letzten Wochen offener geworden, nahm immer häufiger von sich aus an ihren Gesprächen teil. Ihre anfängliche Zurückhaltung mochte ebenso in ihrer eher schüchternen Art begründet sein wie in der angespannten Situation mit Mara. Vielleicht lag es auch ein wenig an ihm. Als Polizist war Ed es gewohnt, dass manche Menschen anfangs eingeschüchtert waren, wenn sie ihm begegneten, aber das legte sich meist schnell.

Sie wächst in die Familie, dachte Ed insgeheim. Mit lächelnder Freundlichkeit hatte er sich um Clara bemüht. Sie war ihm von Anfang an sympathisch, mit ihren wachen blauen Augen, dem halblangen Haar und den Sommersprossen, die selbst im Winter nicht verschwanden. Clara besuchte den gleichen Deutsch-Leistungskurs wie Lasse. In ein paar Wochen standen für beide die Abiturklausuren an. Danach würde sich zeigen, wer von ihren Mitschülern auf der Insel blieb (die wenigsten), wer ging (die meisten) und wer anschließend wiederkommen würde (kaum einer). Dieser Gedanke ließ Eds kurz aufwallende Euphorie über eine mögliche Generation neuer Sylter gleich wieder in sich zusammenfallen.

Die anderen am Tisch hatten von seinen Gedankenspielen natürlich nichts mitbekommen und sich eifrig weiterunterhalten.

»Ich meine, wer hat denn ein Interesse daran, ein fast fertiges Haus anzustecken?«, fragte Lotte empört.

»Da könnte ich mir schon den einen oder anderen vorstellen«, bekundete Lasse großspurig.

Die Augen leicht zugekniffen, fixierte er dabei seinen Vater.

»Und wen bitte?«, nahm Ed den Ball auf.

»Ich meine, was weiß man denn über den Investor?«, wagte sich Clara hervor, die vor Erregung, am Gespräch teilzunehmen, wieder einmal ganz rote Wagen bekommen hatte.

Ed lächelte.

»Er ist ein Sylter, der baut und baut und baut.«

»Aber nicht für uns. Ich meine, nicht für uns, die wir hier leben«, wandte Clara jetzt mit erstaunlich bestimmtem Tonfall ein.

»Genau«, sprang ihr Lasse energisch bei und redete sich immer mehr in Rage: »Das ist es doch eigentlich, was man an dem aktuellen Fall verdeutlichen sollte. Ein Haus brennt. Aber für wen wurde es gebaut? Nicht für uns. Nicht für die Sylter. Wie viel wird bei uns neu gebaut und für wen? Da ist Sylt übrigens überhaupt kein Einzelfall. Es wird vor allem für die Leute gebaut, die es sich leisten können, überall auf der Welt zu wohnen, und nicht für die, die irgendwo leben müssen, weil sie dort arbeiten. Schaut nur nach München,

Hamburg oder Berlin. Oder noch weiter nach London, New York. Überall herrscht Gentrifizierung durch marodierendes Kapital.«

»Na hallo, geht's vielleicht doch etwas kleiner?«, wandte Ed ein. Sosehr er den Grundgedanken in der empörten spätkapitalistischen Kritik der Kinder nachvollziehen konnte, ging es ihm doch zu weit, mit welchen Begriffen Lasse um sich warf.

»Kampen ist nicht Kensington«, sagte er und nahm eine weitere Gabel Risotto, das wunderbar sämig gelungen war.

»Stimmt, der Strand bei uns ist schöner als der an der Themse«, grinste Lotte.

Aber niemand stieg auf ihren Versuch ein, die Diskussion aufzuweichen.

»Natürlich kannst du beides nur bedingt miteinander vergleichen. Aber die Kernproblematik ist doch dieselbe. Die schicken Reihenhäuser in London haben ihren Wert in den letzten Jahrzehnten vervielfacht. Doch gleich dahinter steht der Schatten des schwarzen Stumpfs eines abgebrannten Hochhauses. Dort haben all die Menschen gelebt, die sich ein solches kleines, feines Luxus-Reihenhäuschen niemals leisten können. Und was ist passiert? Sie sind in ihrem Wohnturm umgekommen. Das Haus ist abgebrannt, weil bei der Sanierung geschlampt wurde und es mit leicht entzündlichen Platten eingepackt wurde. Das ist ein Skandal!«

Ed nickte bedächtig.

Das Brandunglück in London hatte er mit Anteilnahme verfolgt. Eine unsachgemäße Dämmung hatte dem verheerenden Brand wohl den Weg entlang der Fassade bereitet und wegen fehlender Fluchtwege waren zahlreiche Bewohner in dem Hochhaus verbrannt oder erstickt. Betroffen waren vor allem Leute mit geringem Verdienst, ohne eine Lobby in der Politik. Nur wenige Monate später musste in

Deutschland ein Hochhaus von einem Tag auf den anderen geräumt werden, weil ihm ebenfalls Brandgefahr attestiert wurde. Zudem fehlte es überall an bezahlbarem Wohnraum, während zugleich jede Menge neuer Luxuswohnungen entstanden für diejenigen, die es sich leisten konnten, gerne auch als zweiter oder dritter Wohnsitz. Für Sylt bedeutete das, dass immer mehr Einheimische auf das Festland zogen, weil sie sich die Mieten nicht leisten konnten oder gar nicht erst eine Wohnung fanden. Ed selbst wurde seine Insel immer fremder.

»Und welche Lösung schlägst du vor?«, wandte er sich an seinen Sohn.

Lasse zögerte.

»Das ist es ja, ich habe keine Antwort. Wer hat die schon?«, gestand Lasse frustriert ein. »So, wie es ist, geht es aber nicht weiter. Wir müssen uns die Insel zurückerobern. Es ist ein bisschen wie in *Fahrenheit 451*. Wir müssen ganz raus aus dem System, auch wenn es schwerfällt. Wir müssen Zeichen setzen.«

Lasse schaute nachdenklich über den Tisch.

»Und vielleicht müssen wir dafür auch verbotene Wege beschreiten«, schob er murmelnd nach.

Ed erinnerte sich, dass Lasse das Buch von Ray Bradbury in seinem Englischkurs gelesen hatte und sehr beeindruckt gewesen war. Er selbst konnte sich nur noch dunkel an die Geschichte um den Feuerwehrmann Montag erinnern, der mit seinen Kollegen jedes Buch verbrennen musste – bei 451 Grad Fahrenheit – und am Ende sogar sein eigenes Haus, weil er gewagt hatte zu lesen, obwohl Bücher in der Stadt streng verboten waren.

Der große Topf mit dem Risotto war leer, und das Gespräch am Tisch erstarb. Doch die Diskussion um die Zukunft der Insel und die Gesellschaft drehte sich weiter in ihren Köpfen. Zu meckern war leicht. Gute Lösungen zu finden hingegen meist schwierig.

»Ich mache den Abwasch«, bot sich Lotte an.

»Und ich trockne ab und bringe dann Clara nach Hause. Also hilf mal mit, damit wir hier wegkommen«, rief er und warf seiner Freundin ein Geschirrhandtuch zu.

Ed freute sich über das Mitwirken der Kinder am Haushalt und überließ ihnen die Küche, um in sein Wohnzimmer hinüberzugehen.

Das Gespräch wirkte in ihm nach, während er durch das Fenster in die winterliche Dunkelheit schaute. Es würde noch eine Weile dauern, bis die Abende wieder lang und die Nächte kurz würden. Dann war es auf der Insel für ihn immer besonders schön. Inzwischen war der Nebel verschwunden, der Wind hatte aufgefrischt. Zum Ende der Woche hin war Sturm angesagt worden. Vor die Wahl gestellt, in seinem Sessel wegzudösen oder noch etwas zu unternehmen, entschied er sich für einen kurzen Ausflug und rief Rob an. Fünf Minuten später saß er auf dem Fahrrad und stemmte sich gegen den Wind. Sich mit seinem Freund auszutauschen war genau, was er jetzt brauchte.

Die feuchten Geschirrhandtücher legten Lasse und Clara zum Trocknen über die Heizung.

»Übrigens, Dad ist weg«, grinste Lotte.

»Was meinst du?«, fragte Lasse nach.

»Na, kein Grund mehr, überstürzt von hier aufzubrechen, oder? Schließlich fängt es draußen auch gerade an zu schütten«, blinzelte sie ihrem Bruder zu.

Clara merkte, wie sie erneut an diesem Abend rot wurde, und verfluchte sich dafür. Aber was sollte sie dagegen machen?

Lotte warf den beiden eine Kusshand zu und verschwand nach unten.

»Hast du Lust, noch etwas zu bleiben?«, fragte Lasse.

Als Antwort hauchte sie Lasse einen Kuss auf die Stirn. Sie hatten diesen Winter, sie hatten das Frühjahr und vielleicht auch noch den kommenden Sommer. Was sie danach haben würden, war völlig ungewiss. Clara wollte nach Frankfurt, um Physik zu studieren. Lasse hatte noch keinen Plan, aber dass er auch Physik studieren würde, war ausgeschlossen. Lasse war kein Naturwissenschaftler. Er wollte nach dem Abi reisen, vielleicht nach Asien, anschließend in London studieren oder zumindest in Hamburg.

»Und wer soll das bezahlen?«, fragte Clara, während sie sich eng an Lasse kuschelte. Seine Haut duftete süß.

»Ich weiß noch nicht. Ist das wichtig? Es wird sich zeigen.«

Journalismus konnte er sich vorstellen, Schreiben, Recherchieren. Lehrer zu werden erschien ihm allerdings vollkommen ausgeschlossen. So abschreckend fand er das Beispiel seiner Mutter und Fietes. So wie sein Dad wollte er allerdings auch nicht arbeiten. Niemals Polizei. Das war klar!

Doch zuvor mussten sie gemeinsam ihre Mission erfüllen. Vielleicht würden sie damit nicht die Welt retten. Aber vielleicht doch. Wer wusste das schon im Vorhinein?

»Wir müssen vorsichtig sein«, sagte Clara, und Lasse küsste sie zärtlich auf die Wange.

»Immer doch«, lachte Lasse leise und strich ihr über den Arm. Langsam nestelte er mit seiner Hand unter ihren Pullover, tastete nach ihrem Busen.

»Ganz vorsichtig«, hauchte sie.

Sie biss ihm sanft in das Ohrläppchen.

»Ja doch«, stöhnte Lasse verliebt.

9

Als hätte der Regen nur darauf gewartet, setzte er genau in dem Moment ein, als Ed gerade das Haus verlassen und die ersten Meter auf seinem Rad zurückgelegt hatte. Umkehren wollte er nicht, also trat er noch kraftvoller in die Pedale, um möglichst fix bei Rob anzukommen. Der Fotograf hatte sich am Rande von Westerland vor ein paar Jahren ein Haus auf dem Grundstück seiner Eltern gebaut. Es war ein ziemlicher Kampf gewesen, die zusätzliche Bebauung bei der Inselverwaltung durchzubekommen. Letztlich hatte er mit seinem Architekten aber doch Erfolg gehabt. Es war ein einfaches Haus aus hellem roten Ziegel, ohne Reet auf dem Dach, stattdessen mit ganz normalen Dachziegeln, dafür aber mit einem gläsernen Ausguck, von dem aus er das ganze Jahr über gut geschützt Himmel und Wetter beobachten konnte.

Ed hatte das Rad trocken gerieben und unter dem Vordach abgestellt, ehe er sich in Robs Badezimmer schnell die nassen Haare trocken föhnte. Auf eine Erkältung hatte er jetzt überhaupt keine Lust. Rob lieh ihm Jogginghose und Pullover, die nassen Klamotten legte er über die Heizung. Gemeinsam saßen sie unter dem Glasdach und hörten bei Kerzenschein und mit je einer Bierflasche in der Hand dem prasselnden Regen zu.

»Habt ihr schon eine Spur?«

»Nix und niemanden«, antwortete Ed.

In dicken Bächen strömte das Wasser jetzt über die Glasscheiben. Rain drops keep falling on my head. Angenehm beruhigend stieg Ed gleich der erste Schluck Bier in den Kopf, ließ den Tag und die kurze Nacht fortfließen.

»Zwei leere Benzinkanister waren so am Tatort platziert, dass wir sie auf jeden Fall finden sollten.«

Ed schniefte.

»Er will mit uns spielen«, fuhr er fort. »Er will uns zeigen, was er alles kann, ohne dass wir ihm auf die Spur kommen.«

»Brandstiftung also?«, merkte Rob an.

»Ja, das ist inzwischen sicher. Aber es steckt noch mehr dahinter.«

»Und was?«

Ed zuckte mit den Schultern. Das war es ja. Er wusste es nicht. Noch nicht. Aber er war sich sicher, dass da nicht mal eben jemand ein Haus abgefackelt hatte, weil ihm gerade danach war, mal eben ein Haus abzufackeln. Was ihn wunderte, war, dass die Botschaft so zurückhaltend war. So wenig konkret. Zwei Benzinkanister. »Schaut her, das kann ich.« Ja und, was soll's? Wozu? Es musste ein Motiv für diese Tat geben. Es gab schließlich immer eines, so wenig nachvollziehbar es erscheinen oder so falsch man es finden mochte. Mal war es Langeweile, mal war es Hass, sehr häufig war es Neid, und noch öfter enttäuschte Liebe. Was auch immer. Sobald sie das Motiv gefunden hatten, hatten sie den ersten Schritt zum Täter gemacht. Aber der wollte ganz offenbar mit ihnen spielen und gab ihnen nur homöopathisch dosierte Hinweise.

Oder übersah er etwas in dieser Botschaft?

War sie am Ende viel deutlicher, als sie ihm erschien?

»Aber warum will er mit euch spielen?«, fragte Rob und nahm sich ein zweites Bier aus dem kleinen Kühlschrank, den er unter seinem Ausguck aufgestellt hatte, um nicht immer die Treppe hinunter bis in die Küche kraxeln zu müssen.

»Das ist es, was wir herausfinden müssen.«

»Und wenn er gar nicht mit euch spielen will?«

»Wie meinst du das?«

»Wenn euch die beiden Kanister eine andere Botschaft überbringen sollen«, sagte Rob.

»Auf jeden Fall müssen wir die Kanister als eine Botschaft begreifen, auch wenn wir sie noch nicht verstehen.«

Rob reichte auch Ed ein zweites Bier, das sie gemeinsam mit lautem Plopp öffneten.

Der Regen hatte etwas nachgelassen und floss jetzt weich, fast schmeichelnd das Glas hinab.

»Du bist mal wieder zu schnell, Eduard. Wechsel die Position. Versetz dich in den Täter oder die Täter hinein.«

Ed lächelte, nahm einen Schluck Bier.

Das hätte Elsa sagen können.

Also gut, gehen wir noch einmal einen Schritt zurück, dachte er.

»Die zwei Kanister können ganz Unterschiedliches bedeuten. Denk doch mal nach«, fuhr Rob fort. »Wie viel Benzin brauchst du, um das Haus abzufackeln? Ganz sicher keine zwei Kanister Benzin. Das ist die erste Botschaft: Ich könnte mehr, wenn ich wirklich wollte. Ich will aber gar nicht mehr. Zumindest nicht hier und nicht jetzt. Mit meinen beiden Benzinkanistern könnte ich das halbe Dorf, ach was, das ganz Dorf abfackeln. Aber das ist gar nicht mein Ziel. Und darin liegt die zweite Botschaft: Ich habe mir genau herausgesucht, auf wen beziehungsweise auf was sich meine Tat richtet. Nicht auf ein bewohntes Haus. Ich will niemandem schaden, nicht körperlich zumindest. Ich zünde eine Baustelle an, da dort niemand wohnt. Rechts und links stehen Häuser, die im Winter unbewohnt sind, aber die bewohnbar wären. Die zünde ich trotzdem nicht an, obwohl sie leer sind. Ich fackele ein Haus ab, in dem aber niemand zu Schaden kommen kann, weil es in jedem

Fall leer ist. Und das ist die dritte Botschaft: Ich wende mich gegen die Neubauten auf der Insel. Vielleicht gegen die, die Stein baut. Wahrscheinlicher aber ist es, dass sich euer Brandstifter gar nicht gegen Stein wendet, sondern gegen alle Neubauten, die derzeit auf der Insel entstehen. Das ist die geheime Botschaft der beiden Benzinkanister. Und weil da jemand so überlegt gehandelt hat, werdet ihr auch keine weiteren Spuren finden. Da bin ich mir sicher.«

»Hey, ich glaub, ich nehme dich jetzt fest. Du scheinst ja bei der Brandstiftung dabei gewesen zu sein.« Ed grinste.

»Ich habe lediglich vor meiner Fotografenausbildung Psychologie studiert.«

»Und das heißt?«

»Dass du alle Zeichen sehr sorgfältig lesen solltest, um daraus die Schlussfolgerungen zu ziehen.«

»Keine Benzinkanister mehr auf Sylt?«, frotzelte Ed.

Er streckte seine Beine aus. Die Müdigkeit schlich sich wieder an. Es war langsam Zeit aufzubrechen.

»Nein, oder vielleicht ja«, nahm Rob den Faden noch einmal auf. »Aber die eigentliche Konsequenz muss sein, wachsam zu bleiben, denn der Täter wird weitermachen.«

»Ich kann nicht alle Baustellen auf der Insel per Video überwachen.«

»Warum nicht?«

»Erstens ist es rechtlich überhaupt nicht zulässig. Und zweitens hätten wir auch nicht das technische Equipment.«

»Wie wäre es mit Wachschutz?«

»Du übertreibst. Das ist nicht zu bezahlen.«

»Ich glaube nicht, dass ich übertreibe. Aber warten wir es ab. Noch etwas anderes: Ich würde gerne die Ruine fotografieren. Nicht dass ich mehr sehe als ihr, aber ich würde es einfach gerne dokumentieren. Wäre das in Ordnung?«

»Ich denke schon. Ich werde morgen Elsa fragen, ob es

o. k. ist. Und natürlich musst du dich mit Stein in Verbindung setzen.«

»Ach, Elsa«, grinste Rob jetzt.

»Kein Grund, anzüglich zu grinsen … Übrigens könnte es sein, dass du mit deiner Schlussfolgerung vom Serientäter zu voreilig bist. Was, wenn es einfach nur ein Pyromane war? Oder irgendjemand eine politische Botschaft vorgibt, in Wirklichkeit aber nur seinen Konkurrenten auf dem Markt schaden will?«

Rob nickte bedächtig.

»Das wäre natürlich auch denkbar«, antwortete er. »Wir werden es sehen. Mit Stein sollte übrigens alles klargehen«, fuhr er fort. »Schließlich fotografiere ich ja seine ganzen fertigen Objekte, bevor sie bezogen werden. Warum also nicht auch mal eines, das abgebrannt ist? Warst du in seinem Büro? Hast du die Fotos dort gesehen?«

»Sind das alles deine?«

Rob nickte.

»Stein zahlt gut und pünktlich. Und er ist kein so arroganter Typ, wie er vielleicht auf den ersten Blick erscheint. Er liefert seinen Kunden lediglich das, was sie gerne haben wollen. Ein Stückchen heile Welt unter Reet am Meer, solange die Insel noch nicht weggespült ist. Und weil diese heile Welt zurzeit ziemlich gefragt ist, verdient er damit eine Menge Geld, mit dem er sein Leben so leben kann, wie er es gerne möchte. Stilvoll. Die Schuhe hast du gesehen? Natürlich hast du sie gesehen.«

Rob lächelte.

»Und Stein ist der Sponsor für meine nächste Ausstellung.«

»Ich denke, ich nehme dich jetzt wirklich fest. Am Ende steckst du mit ihm unter einer Decke«, grunzte Ed, ehe er aus dem Ausguck hinunterstieg.

10

Elsa hatte nichts gegen Robs Fotoexperiment einzuwenden. Stein als Eigentümer der Ruine stimmte ebenfalls zu, so wie Rob es vorausgesagt hatte. Eine Woche nach dem Treffen unter Robs Glaskuppel lagen die eindrucksvollen Schwarz-Weiß-Fotos auf Eds Schreibtisch. Es waren Gesamtansichten des Brandortes. Aber Rob hatte auch etliche Details aufgenommen. Dokumentarisch und zugleich sehr ästhetisch. Verkohlte Balken, das eingestürzte Dach, die Struktur des Holzes. Ausführlich analysierten Ed, Muri und Elsa die Bilder, und auch Max, der junge Kollege, der im vergangenen Sommer frisch von der Polizeischule in Flensburg gekommen war, warf einen Blick darauf.

»Nicht schlecht«, merkte er an. Max fotografierte in seiner Freizeit und hatte den älteren Kollegen gelegentlich einige seiner Arbeiten gezeigt.

Sie nickten.

Robs Fotos waren wirklich gelungen. Aber sie halfen ihnen auf ihrer Suche nach dem oder den Tätern keinen Schritt weiter. Robs Theorie über die Brandstifter und deren mögliche Botschaften hatte Ed zunächst für sich behalten. Warum die Pferde scheu machen und von einem Serientäter reden, wenn es überhaupt keine Serie gab? Noch nicht. Aber vielleicht würde es dazu auch gar nicht kommen.

Drei von Robs Fotos, die Stein ihm zugespielt hatte, veröffentlichte Hinnerk im *Tageblatt*. Eines kam sogar auf die Titelseite des Mantelteils, der in ganz Schleswig-Holstein erschien, zwei wurden auf der ersten Seite im Lokalteil gezeigt.

Schönheit im Grauen. Noch immer keine Spur vom Kampener Feuerteufel.

Die Überschrift war reißerisch, aber die Fotos ausdrucksstark. Ed verzichtete darauf, Hinnerk seine Meinung über die Schlagzeile mitzuteilen. Vermutlich entsprach sie dem, was sich sein Flensburger Verleger unter dem Geschmack eines typischen Sylter Zeitungslesers vorstellte. Womit er die Sylter deutlich unterschätzte. Aber egal. Das war Hinnerks Problem, nicht seins. Eds Meinung nach trug das effekthascherische mediale Dünnbrettbohren dazu bei, dass das durch schwere See steuernde Schiff der privaten Medien immer seeuntüchtiger wurde. Wo Hintergrundinformationen und Präzision als Konkurrenz zu den Nachrichtenhäppchen der sozialen Medien gefragt waren, wurde meist nur dämlichstes Infotainment geliefert. Und dann wunderten sich die Zeitungsverleger, dass ihre Geschäftsmodelle nicht mehr funktionierten.

Das ist ebenfalls nicht mein Problem, dachte Ed. Wobei – eine uninformierte oder gar bewusst fehlinformierte Öffentlichkeit konnte auch schnell zum Problem für die Polizei werden. Schuld war die Polizei auch in diesem Fall – so wie fast immer. Zwei Leserbriefe forderten angesichts der mangelnden Ermittlungsfortschritte, dass endlich personelle Konsequenzen gezogen würden. Ein Leser unterstellte, es sei ja auch kein Wunder, dass die Polizei keine Täter fände, wenn die zuständige Kommissarin als Ausländerin selber aus dem Umfeld möglicher bekannter Intensivtäter stamme. Ein anderer schlug vor, den Fotografen der Bilder zu verhaften, der die Brandkatastrophe offensichtlich selbst inszeniert habe, um seine widerwärtigen Bilder zu schießen.

Elsa entschied sich, den Leserbriefschreiber, der sie beschuldigte, mit Intensivtätern unter einer Decke zu stecken, nicht wegen übler Nachrede anzuzeigen.

»Rassistische Schwachköpfe bleiben rassistische Schwachköpfe«, begründete sie ihre Entscheidung, »egal ob man sie vor Gericht bringt oder nicht.«

Ed allerdings wollte die Sache nicht einfach auf sich beruhen lassen. Er stattete Hinnerk in der Redaktion einen Besuch ab und wusch ihm bei einem Gespräch unter vier Augen den Kopf. Er machte ihm deutlich, dass sein Verlag mit juristischen Schwierigkeiten zu rechnen habe, wenn er weiterhin solche rassistischen Leserbriefe in seinem Blatt veröffentlichen würde, die ebenso verleumderisch wie beleidigend waren.

Am selben Nachmittag dachte Elsa darüber nach, ob es nach ihrer gemeinsamen Autofahrt nach Kampen nicht endlich an der Zeit wäre, Ed etwas anzustubsen. Es war höchste Zeit, dass er seine seltsame Klause im Dachgeschoss seiner Ex-Frau verließ und begann, wieder auf eigenen Füßen zu stehen. Selbstständig. Elsa fand es rührend, wie er sich um Lotte und Lasse kümmerte. Einen solchen Vater hatte sie sich immer gewünscht. Mara musste von allen guten Geistern verlassen sein, dass sie sich stattdessen mit Fiete eingelassen hatte, der auf der ganzen Insel als Sonderling verschrien war. Aber bitte, das musste sie selber wissen. Elsa fand auch, dass Ed sich unbedingt wieder um sich kümmern müsse. Und dafür reichte es nicht aus, jeden Tag neun bis zehn Stunden im Revier zu sitzen, Fälle zu bearbeiten und sich abends gelegentlich mit Rob zu treffen.

Die folgenden Wochen waren frustrierend. Sie vergingen zwischen Lappalien, die viel Schreibkram verursachten, aber nichts mit dem Brand zu tun hatten. Mehrfach wurden sie zu Einbrüchen in Ferienwohnungen gerufen, bei denen jeweils sämtliche technischen Geräte wie Fernseher, CD-

Player oder Computer entwendet wurden. Vermutlich handelte es sich um organisierte Bandenkriminalität, die auch im Fokus von Kiel stand. Um die Täter dingfest zu machen, bedurfte es einer langen, personalintensiven Observierung und etwas Glück. Beides stand ihnen bei Weitem nicht in dem Maße zur Verfügung, wie sie es benötigen würden.

»Vielleicht könnten wir einen Kollegen in eine der Banden einschmuggeln«, schlug Ed vor.

Elsa lächelte.

»Ich stelle mir das gerade bildlich vor, wie du bei einem Einbruch elegant den Laptop greifst und zusätzlich noch mal in der Küche nachschaust, ob es nicht noch ein edles Olivenöl gibt oder in der Bibliothek ein paar Erstausgaben. Aber im Ernst. Kiel ist da bereits dran …«, deutete sie vielsagend an.

In Sachen Brandstiftung fischten sie mit ihren Ermittlungen im Trüben. Keine ihrer Befragungen hatte etwas ergeben. So wie Rob es bereits vorausgesagt hatte, entdeckten sie auch keine neuen Spuren, die sie dem oder den Tätern näher gebracht hätten. Weder auf Sylt noch sonst im Norden waren auffällige Mengen Brandbeschleuniger verkauft worden. Bei den Benzinkanistern handelte es sich um Standardware aus dem Baumarkt. Dafür kam so gut wie jeder Sylter als Käufer infrage. Und wer sagte denn, dass es sich wirklich um einen Täter von der Insel gehandelt hatte? Selbst Hinnerk konnte das Thema irgendwann nicht mehr in den Schlagzeilen des *Tageblatts* halten. Nach und nach verzog sich die letzte Rauchschwade, die die Brandstiftung zurückgelassen hatte.

Am Montagabend, zwei Wochen vor Biike, lud Rob zur Ausstellungseröffnung in eine Galerie in Keitum ein. Mit Blick auf das winterliche Watt hatten sich dort Freunde und

Auftraggeber versammelt, aber auch einige zufällige Gäste waren aufgetaucht. Eine Fotografieexpertin aus Hamburg hielt eine kurze Einführung in die Geschichte der norddeutschen Landschaftsfotografie, und die Galeristin lobte Robs Arbeiten als ausdrucksstark und facettenreich. Für die Ausstellung hatte er eine Auswahl seiner Sylt-Fotografien der letzten Jahre zu drei Werkgruppen zusammengestellt. Alle Fotos hatten das gleiche Format, das gleiche Passepartout und den gleichen silbrigen Metallrahmen, sodass die Unterschiede erst auf den zweiten Blick auffielen.

Die erste Werkgruppe umfasste malerische Landschaftsaufnahmen und typische Sylter Details, stimmungsvoll und gut verkäuflich. Rob hatte Sandstrukturen ausgewählt, die von Wind und Wellen geformt waren, vom Wasser zerfressene Reste von Holzbuhnen, Sandspuren auf dem Kiel eines umgedrehten Bootes, die Holzmaserungen der vergrauten Strandwege, Rollen aus Reet auf den Feldern. Ed erkannte auf einem Bild sogar einige jener Holzstückchen wieder, die sie Anfang des Jahres gemeinsam gesammelt hatten. Die zweite Werkgruppe zeigte Sylter Häuser in Gesamtansichten, alte wie neue, und Ed hatte den Eindruck, dass damit vor allem die Wünsche von Stein bedient wurden, denn es waren auch einige Objekte des Immobilienmaklers zu sehen. Mit weißem Hemd, die obersten beiden Knöpfe offen, mit blauem Blazer, beiger Chino und Rolex am Handgelenk schlenderte Stein zwischen den Gästen umher. Gut gelaunt lächelnd, stets in der Nähe der Fotografien seiner Häuser, hielt er ein Glas des Crémants in der Hand, den er für die Eröffnung gesponsert hatte.

Die dritte Werkgruppe fiel aus der Reihe. Es waren Sylter Rückseiten, Hinterhöfe an Friedrich- und Strandstraße. Es waren Bilder eines anderen Sylt. Das Sylt mit Mülltonnen und Wohlstandsresten, die leeren Augen der Abbruchhäuser, die zugemüllte Strandpromenade im Sommer. Ein Bild zeigte, wie eine Putzkolonne aus einem Kleintransporter stieg. Im Hintergrund war eine Kampener Villa zu sehen. Für den Mindestlohn und manchmal vermutlich auch für weniger mussten sie in schnellem Tempo die Wohnungen durchhecheln. Den ganzen Tag putzen im Akkord. Sie begannen um sechs Uhr morgens ihre Arbeit. Das bedeutete, dass sie Tag für Tag spätestens um 4:30 Uhr aufbrechen mussten, um rechtzeitig vom Festland über den Hindenburgdamm nach Sylt zu kommen, denn auf der Insel wohnte niemand von ihnen. Sie waren Zwangspendler im Namen des Wohlstands der anderen.

Unerbittlich hatte Rob darauf geachtet, dass in diesen Bildern von Sylt nichts Liebliches geblieben war.

»Und?«, wandte er sich an Ed. »Zufrieden?«

Er hatte Ed die Fotos der letzten Werkgruppe schon vor der Ausstellung gezeigt. Nicht weil er sich unsicher gewesen wäre, ob er sie ausstellen sollte. Da war er sich völlig sicher. Sondern um das ehrliche Urteil des Freundes zu hören.

Ed hatte nur kurz gezögert.

Er liebte seine Insel, auch wenn sie ihm im Lauf der letzten Jahre zunehmend fremder geworden war. Aber gerade deshalb mochte er diese Hinterseiten ganz besonders, die mit den Klischees des Schönen und Reichen aufräumten, die die Idylle als Teilzeitfiktion entlarvten. Sylt hatte eben beides. Die Insel besaß noch immer eine unendliche landschaftliche Schönheit. Jeder Sonnenuntergang über dem Meer war ein einzigartiges Erlebnis, keiner glich dem anderen. Das war immer wieder ganz großes Kino zu jeder Jahreszeit. Und es gab diese schönen, wirklich historischen Friesenhäuser mit ihren tief herabgezogenen Dächern, mit Hortensien und Heckenrosen im Vorgarten, so wie bei der Galerie, in der jetzt die Ausstellungseröffnung stattfand.

Aber es gab auch das andere Sylt, das täglich Müllberge produzierte, das sich rücksichtslos in die Reste der Natur fraß und Blechlawinen lostrat. Das sich selbst verschwendende Sylt, das seine Chance nicht nutzte, nicht Maß hielt und sich stattdessen immer mehr zudröhnte, mit Champagner und mit Häusern.

Ob die anderen Gäste der Ausstellungseröffnung dieses Sylt auch so sahen?

Ed war sich nicht sicher, und das sagte er auch zu Rob.

»Gerade deshalb müssen diese Bilder gezeigt werden«, antwortete Rob.

Anstatt ihm zu antworten, umarmte Ed seinen Freund. Rob hatte recht. Dieses andere Sylt war Teil eines Gesamtpakets. Und es war interessant. Eine Woche vor der Eröffnung meldete sich die Redaktion einer Hamburger Zeitung bei Rob und wollte ein Stück über dieses »andere Sylt« machen.

»Wir wollen das Hässliche zeigen«, sagte ihm der Redakteur.

Rob schüttelte den Kopf.

»Es gibt nicht das hässliche Sylt und das schöne Sylt. Es sind einfach nur die beiden Seiten der Insel Sylt. Sie gehören zusammen. Ob wir wollen oder nicht, das eine gibt es nicht ohne das andere.«

Unter den Fotos des anderen Sylt waren auch zwei Bilder aus der Serie des abgebrannten Hauses, dessen Ruine Stein mittlerweile hatte abreißen lassen. Die Versicherung würde zahlen, und Stein hatte nach einigem Drängeln bei der Bauaufsicht durchgesetzt, dass er unverzüglich wieder auf dem alten Kellerfundament weiterbauen konnte, damit »die Verluste für mich nicht aus dem Ruder laufen«. Ed hegte keine Bedenken, dass es Stein nicht gelingen würde, aus dem Unglück am Ende noch einen Gewinn für sich zu schlagen.

»Keine Ergebnisse, Herr Kommissar?«, fragte Stein, während er Ed ein Glas reichte.

»Den Crémant müssen Sie einfach probieren, Herr Koch, Sie sind ja heute Abend nicht im Dienst. Und Robert hat wirklich phantastische Bilder geschossen, nicht wahr?«

»Wo Sie recht haben, haben sie recht, Herr Stein. Vielen Dank.«

Ed nippte an dem Crémant, der angenehm trocken schmeckte.

»Ausgezeichnet, gute Wahl«, lobte er den Immobilienunternehmer.

Stein lächelte.

»Hatten Sie daran Zweifel?«

»Eigentlich nicht. Wie war noch Ihr Wahlspruch? Die minderen Qualitäten schaden meiner unsterblichen Seele?«

»Sie haben es erfasst, Koch. Hätte ich nicht besser sagen können. Oscar Wilde?«

»Beinah, hätte auch von ihm sein können und würde zu Ihrer hanseatischen Englandvorliebe passen.«

»Die wir teilen, wie ich gelernt habe.«

»Ihr scheint euch ja heute Abend prächtig zu verstehen«, sagte Elsa, die sich neben Ed stellte. Eine Warnung? War er unvorsichtig gewesen?

»Frau Sebliczka, auch ein Glas für Sie?«

»Mit Vergnügen, Herr Stein. Welche von Roberts Fotografien favorisieren Sie denn? Ich habe gehört, das Heimatmuseum würde gern eines oder zwei ankaufen, wenn das Budget es ermöglicht.«

»Ach ja? Na ja, von Berufs wegen liegen mir natürlich die Fotos meiner Häuser besonders am Herzen, aber künstlerisch gesehen ist diese Non-Sylt-Serie hervorzuheben, oder? Die Rückseiten, die wir jeden Tag sehen, ohne sie wahrzunehmen.«

Ed nickte. Er war sich nicht sicher, ob Stein das ironisch meinte oder ob es seine ehrliche Meinung war.

»Sie entschuldigen mich, ich sehe gerade den Kollegen Coutino aus Hamburg, da muss ich doch mal Hallo sagen.«

Elegant löste sich Stein aus dem Gespräch und widmete sich den drei Personen am Eingang der Galerie. Ed erkannte den jungen Mann mit dessen Freundin Beatrice wieder, die er am Abend des Brandes gesprochen hatte. Daneben stand ein älterer Herr um die siebzig, etwas untersetzt, unscheinbar, aber nicht unsympathisch.

»Coutino senior«, sagte Elsa, die in dieselbe Richtung wie Ed schaute.

»Woher kennst du ihn?«, fragte Ed überrascht.

»Persönlich kenne ich ihn nicht«, erklärte Elsa. »Aber ich habe mich etwas in der norddeutschen Immobilienlandschaft umgehört. Das ist ein Haifischbecken, das sich nicht allein auf den Sylter Markt beschränkt. Coutino ist ein interessanter Fall. Er versucht sich seit einiger Zeit gegenüber den großen Immobilienunternehmen auf dem Markt zu positionieren. Neben den globalen Akteuren gibt es europäische, nationale und regionale Firmen, die jeweils unterschiedliche Geschäftsmodelle verfolgen. Meist mit einem sehr präzise zugeschnittenen Portfolio. Die einen haben sich auf den Bau neuer Wohnimmobilien fokussiert, die anderen auf Gewerbe, die Dritten auf Einkaufscenter. Wieder andere bauen alte Häuser um, um sie dann mit entsprechendem Gewinn weiterzuverkaufen. Selbst mit sozialem Wohnungsbau und ohne viel Eigenkapital einzusetzen, lassen sich lukrative Geschäftsmodelle entwickeln. Dein Freund Stein ist mit seinen Sylter Ferienwohnungen unter diesen Haien nur ein ganz kleiner Fisch. Coutino dagegen will zu den Großen. In Hamburg agiert er als Immobilienentwickler, der denkmalgeschützte Areale wie ehemalige Fabriken,

Schlachthöfe, Bahnanlagen günstig einkauft und dann saniert. Zusätzlich baut er auf den Geländen neu. So steigert er die Ausnutzung der Quartiere. Das wird von der Politik auch unterstützt angesichts der Wohnungsnot. Anschließend stößt Coutino die Immobilien teurer wieder ab. Ein Modell, das er seit einiger Zeit auch international aufzuziehen versucht, wobei er auf seine Hamburger Erfahrungen zurückgreift. Zugleich ist er auf Sylt aktiv und kommt dabei offenbar zunehmend Stein in die Quere. Um seinen hohen Kapitalbedarf zu decken, hat Coutino für eine Reihe von Projekten geschlossene Immobilienfonds aufgelegt. Und da wird es spannend, denn offenbar sind einige seiner Fonds notleidend.«

»Ein norddeutscher Bernie Madoff?«, fragte Ed, beeindruckt von Elsas ausführlicher Recherche.

»Das ist nicht gesagt. Es kann schon vorkommen, dass solche Fonds insolvent werden, weil die Kosten gestiegen sind oder das Geschäftsmodell nicht funktioniert hat. Die Anleger haben ihr Geld dann ganz oder teilweise verloren. Auch da gilt: Je höher das Renditeversprechen, desto höher das Risiko.«

»Ökonomisches Glücksspiel.«

»Nicht unbedingt. Das ist vielmehr eine Frage der Kalkulation und der wirtschaftlichen Strategie.«

»Und was heißt das für uns?«

»Nichts Konkretes. Zumindest zurzeit. Wir sollten unsere beiden Sylter Häuslebauer einfach im Blick behalten.«

Ed verstand Elsas Überlegungen. Es konnte tatsächlich nicht schaden, die »Sylter Häuslebauer« im Blick zu behalten. Zumindest so lange, bis sich geklärt hatte, ob sie etwas mit der Brandstiftung zu tun hatten. Doch auch für die Entwicklung der Insel erschien es ihm ganz persönlich wichtig, solche entscheidenden Figuren zu beobachten.

Coutino und Stein standen immer noch beieinander und schienen sich gut zu unterhalten. Doch wenn es stimmte, was Elsa herausgefunden hatte, dann mochte das freundliche Gelächter, das zu ihnen hinüberklang, auch einfach nur Fassade sein. Zwei Alphamännchen, die sich umkreisten und einander spielerisch abtasteten. Wer würde hier was bauen? Was wusste der andere über gute Grundstücke auf der Insel, die bald auf den Markt kommen würden? Oder sprachen sie sich ab, um sich nicht ins Gehege zu kommen?

Lasse und Clara standen zusammen mit ein paar Schulkameraden vor den Fotos mit den schnuckeligen Sylter Friesenhäusern und unterhielten sich angeregt. Ed bemerkte an der Lautstärke, wie sich die Diskussion zwischen den Jugendlichen immer mehr hochschaukelte. Aus den Bruchstücken, die zu ihm hinüberdrangen, hörte er Claras erstaunlich energische Stimme heraus. Offenbar trat sie dafür ein, dass man gegen diesen gebauten Wildwuchs ein flammendes Zeichen setzen müsse. Ed staunte über die Heftigkeit der jungen Frau und fühlte sich zugleich an die Debatten am gemeinsamen Esstisch erinnert.

Rob stand etwas abseits vor seinen Bildern. Kariertes Sakko, weißes Hemd, hielt er glücklich lächelnd ein Glas Crémant in der einen Hand, die andere hatte er in seine blaue Chino gesteckt.

»Ein schöner Erfolg, Glückwunsch!«

Ed legte dem Freund den rechten Arm auf die Schulter.

»Ja, das sind wirklich besondere Momente, über die ich mich wahnsinnig freue. Wenn du fotografierst, bist du allein. Wenn du über der Auswahl der Motive brütest, bist du allein, wenn du die Fotos entwickelst, bist du allein. Da bekommen solche Momente der Gemeinsamkeit, die man mit Freunden und Bekannten teilt, eine wunderbare Qualität. Das Fürchterliche ist nur, dass du danach meist wieder im Meer der Zweifel an deiner Arbeit zu versinken drohst. Aber das kennt vermutlich jeder Kreative.«

»Glaub mir, nicht nur die. Dann ruf mich gefälligst das nächste Mal an, wenn du zu versinken drohst. Und ganz ehrlich: Die Fotos sind sensationell, und die Ausstellung ist ein Riesenerfolg. Darauf kannst du auch morgen und übermorgen noch stolz sein.«

Rob lächelte glücklich, aber Ed wusste, wie sehr dem Freund in diesem Moment Nathalie fehlte, auch wenn er sie mit keinem Wort erwähnte. Er wusste, wie gerne Rob diesen Abend zusammen mit ihr erlebt hätte. Es schien, als würde auch Elsa es spüren. Sie nahm Robs Hand, drückte sie sanft und hielt sie einen Moment lang in der ihren.

»Danke«, flüsterte Rob und drehte sich schnell weg.

Ed lächelte Elsa an.

Gerne hätte er ihr jetzt gesagt, wie wunderbar er ihre Geste fand, wie einfühlsam, aber er traute sich nicht. Ebenso wenig, wie er sich traute, sie zu berühren. Und so verstrich der Moment ungenutzt, und sie kehrten fast schon in ihre freundschaftliche Souveränität zurück, als Elsa ihn fragte:

»Deine Kinder sind mit dem Rad da, du musst sie also nicht mit nach Hause nehmen. Wollen wir noch etwas zusammen trinken gehen?«

Ed war ein wenig erstaunt, aber doch geistesgegenwärtig genug, um Ja zu sagen.

Vor dem alten Friesenhaus, in dem die Galerie residierte, hakte sich Elsa mit dem rechten Arm bei Ed unter, mit der Linken hielt sie sich den Kragen am Hals zu.

»Kalt geworden«, stellte sie fest.

»Ziemlich«, antwortet Ed. »Wollen wir ins Wellhørn?«

»Das liegt ziemlich dicht beim Revier, aber ja, gerne, warum nicht.«

Sie schlenderten schweigend durch die Winternacht, beide ungewiss, wie der Abend verlaufen würde, beide Mitte vierzig und beide so verlegen, als wären sie siebzehn. Es gab Dinge, die sich einfach nicht zu ändern schienen im Leben.

11

In kaum einem der Keitumer Häuser brannte an diesem Abend Licht. Das malerische Keitum hatte sich in den letzten Jahren rechts und links der Hauptstraße, des Gurtstiegs, zu einem gehobenen Shoppingcenter in Dorfform gewandelt. Da, wo erst Sylter gelebt hatten und später Feriengäste wohnten, lag nun eine Nobelboutique neben der nächsten. Die alten Kapitänshäuser dienten schon lange nicht mehr als Wohnungen für Kapitänswitwen. Aber nicht nur dieses Kapitel der Inselgeschichte war längst abgeschlossen. Ein Gang über den Keitumer Friedhof bei St. Severin war wie ein kleiner Ausflug in die deutsche Geistes- und Kulturgeschichte. Doch von diesem Geist war auf der Insel nur noch wenig zu spüren. Eigentlich nur noch in der kleinen Buchhandlung am Tipkenhoog, an der sie auf dem Weg zum Auto vorbeikamen. Deren Inhaber waren zusammen mit den Büchern, die sie verkauften, in die Jahre gekommen. Und doch hielten sie immer einen Lesetipp bereit, kannten etwas Neues, ganz Unerwartetes zum Lesen, das Ed begeisterte, wenn er auf einer seiner Fahrradtouren über die Insel an freien Tagen hier vorbeikam.

Im schummerigen Kerzenlicht des Wellhørn hatten Ed und Elsa freie Platzwahl. Lediglich ein Tisch war besetzt. Sie bestellten jeder ein Glas Grauburgunder, dazu Käse und kehrten in ihrem Gespräch zu Robs Bildern zurück. Wie Lasse und Clara war auch Elsa besonders von Robs Sylter Rückseiten beeindruckt. Ihr fielen etliche Blicke im Westerländer Kurzentrum ein, die dazu noch passen würden.

Die Müllcontainer in der Steinmannstraße, die traurigen Apartmenthäuser in der Brandenburgerstraße, die selbst an strahlenden Sommertagen unterschwellig eine melancholische Atmosphäre verbreiteten, die raumgreifende Ödnis des Parkplatzes am Fernmeldeturm aus den 1970er Jahren, dessen ausgeblichene Farbfelder dem technischen Betonriesen einen fröhlichen Charakter verleihen wollten und das Gegenteil erreichten.

»Westerland, du kannst so hässlich sein, so dreckig und grau, du kannst so schön schrecklich sein«, summte Ed.

Elsa grinste.

»Dickes W, oben an der See, im Sommer tust du gut, und im Winter tut's weh, Mama Sylt, Strand und Salz, wir lieben deinen Duft, wenn wir um die Häuser ziehn.«

Elsa nippte am Wein, brach sich ein Stück Parmesan ab.

»Warum nach Sylt?«, fragte Ed sie unvermittelt.

»Was meinst du?«

Sie musterte ihn eindringlich mit ihren braunen Augen.

»Warum wolltest du unbedingt nach Sylt kommen, um zu arbeiten?«

»Warum nicht? Man kann nicht sein Leben lang in Stuttgart bleiben. Alle Stuttgarterinnen haben Sehnsucht nach Sylt. Wusstest du das nicht?«

»Tatsächlich?«

»Aber ja. Sylt war schon immer mein Sehnsuchtsort.«

Ed schaute sie fragend an.

»Sylt als Sehnsuchtsort?«

»Aber ja doch. Das stimmt wirklich!«, beharrte sie mit ernstem Gesicht.

Elsa nippte wieder an ihrem Wein.

»Weißt du, wenn du in Novi Beograd aufwächst, im vielleicht spacigsten architektonischen Ambiente in ganz Europa, und glaubst, die Moderne war gestern und die Zukunft und mit ihr die ganze Welt gehören dir, und wenn dann deine orthodoxe serbische Mutter und dein dummer katholischer kroatischer Vater ihr Heil im spießigen Schwaben suchen, dann hast du als Mädchen einfach ein Problem.«

In Elsas Blick flammte eine Traurigkeit auf, die Ed nicht an ihr kannte. Lächelnd und traurig zugleich, fand Ed. Aber da schien noch so viel mehr zu sein, was er nicht von ihr kannte.

»Ein Riesenproblem! Dann weißt du mit siebzehn einfach nicht mehr, wo du hingehörst. Gehörst du in dieses Belgrad, wo du geboren wurdest und deine besten Freundinnen aus dem Kindergarten noch immer wohnen? Oder gehörst du eher nach Pula, wo deine immer lachende Oma lebt, mit ihren krummen zärtlichen Fingern, die du über alles in der Welt liebst und bei der du jeden Sommer verbracht hast, seit du denken kannst. Deine Oma, die auf einmal nicht mehr mit deinem Vater spricht und die du deshalb viele Jahre nicht mehr wiedersiehst, weil ihr einfach nicht mehr in dieses Jugoslawien fahrt, das es heute nicht mehr gibt. Nicht nach Belgrad in Serbien, nicht nach Pula in Kroatien. Vier Jahre sind in diesem Alter eine Ewigkeit! Und dann fahren deine sozialistisch aufgewachsenen Eltern mit ihrer kleinen schwäbischen Strebertochter in den Sommerferien mit ihrem uralten Renault 16 nach Sylt hoch, obwohl sie sich das eigentlich gar nicht leisten können. Ihre Tochter hat ihnen nämlich gesagt, dass alle ihre schwäbischen Mitschülerinnen im Sommer nach Sylt fahren würden, um an der Buhne 16 in Kampen FKK zu machen. Und dann sitzt du einen nicht enden wollenden Tag lang beim Autofahren in der allergrößten Sommerhitze auf dem Rücksitz des Renaults, hast das halbe *Glasperlenspiel* von Hermann Hesse gelesen und wirst auf dem irrwitzig teuren Autozug zur Insel durchgeschaukelt. Du isst umgedreht gebackenen Pflaumenkuchen mit Schlagsahne in der Kupferkanne und Scholle bei Fisch Fiete in Keitum und badest in einem eiskalten Meer. Dabei würdest du im tiefsten Inneren deines Herzens eigentlich viel lieber im warmen Meer in Kroatien Tintenfische fangen, die du anschließend mit der Familie abends grillst. Mit viel, viel Knoblauch, während dir deine Oma sanft den Rücken krault. Doch das traust du dich nicht zu sagen, weil dann deine Mutter und dein Vater noch trauriger gucken würden. Weil du einfach nicht weißt, was richtig ist oder falsch oder gut. Weil du einfach gar nichts mehr weißt. Im letzten Jahr vor dem Abitur verliebst du dich in den weiten Strand bei List und in den salzigen Duft des Meeres und beschließt, hier musst du wieder hin, ganz unbedingt und für immer.«

»Wann war das?«

»Kurz bevor meine Heimat zerbrochen ist, im Sommer 1987.«

»Dann hätten wir uns damals am Strand begegnen können.«

»Das sind wir«, lächelte Elsa. »Wir sind uns damals schon begegnet, ganz bestimmt.«

Elsas Stimme war wieder ruhig und weich geworden bei ihrem letzten Satz. Mit der linken Hand strich sie sich die Haare aus dem Gesicht und klemmte sie hinter das Ohr, von wo sie gleich wieder hervorfallen würden, sobald sie den Kopf ein wenig bewegte.

»Ja, das sind wir, das sind wir ganz bestimmt«, antwortete Ed und merkte erst jetzt, dass er Elsas Hand hielt und sanft streichelte und dabei wie blöde lächelte und ihr auf das Grübchen schaute, das die Haare freigegeben hatten.

»Der Rest ist schnell erzählt. Das Abi, der plötzliche Tod meines Vaters und die Polizeischule, das Studium und irgendwann die Bewerbung auf eine Stelle auf der Insel.«

Ed hätte gern gewusst, warum sie sich für die Polizei

entschieden hatte und nicht für ein anderes Studium. Aber er wollte sie nicht ausfragen. Wollte nicht zu neugierig erscheinen. Sie würde es ihm schon noch erzählen, wenn es ihr wichtig war.

»Und dann warst du wieder auf der Insel.«

»Wieder hier«, bestätigte Elsa.

»Und? Ist es das, was du wolltest?«, fragte er.

»Unbedingt. Ich wollte unbedingt nach Sylt«, bestätigt sie energisch.

»Und ist es so, wie du es dir vorgestellt hast?«

»Aber nein. Natürlich nicht. Überhaupt nicht. Es ist Winter und wird an manchen Tagen überhaupt nicht richtig hell. Diese Dunkelheit ist furchtbar. Es ist grauselig kalt, und die Insel ist klein und spießig, und es ist nicht mehr 1987. Meine Mama ist tot, und mein Papa ist tot, und ich habe einen Kollegen, der nicht merkt, dass ich mich in ihn verliebt habe, oder es nicht zulassen will, weil ich seine Vorgesetzte bin. Es ist ganz und gar nicht so, wie ich es mir vorgestellt habe.«

»Oh.«

Ed schaute Elsa entgeistert an.

Er hatte mit vielem gerechnet an diesem Abend, aber damit? Nein, damit sicher nicht. Nicht mit diesen Geständnissen. Nicht mit dem Wirbel seiner eigenen Gefühle. In seinem Kopf rauschten die Gedanken und bildeten eine gefährlich wilde Strömung, in etwa wie das Meer vor Hörnum. Die Wellen schlugen über ihm zusammen. Er rang nach Luft und schluckte Wasser. Ruhig bleiben, dachte er, keine Panik. Atmen, eins, zwei. Auftauchen.

»Oh«, wiederholte er.

»Das hast du bereits gerade gesagt«, lächelte Elsa, die ihn musterte wie ein Chemiker seine Versuchsanordnung.

»Noch ein Wein?«

»Noch ein Wein? Dein Ernst?«, fragte Elsa.

Ed drückte ihre Hand.

»Ich glaube, ja«, flüsterte er und hauchte ihr einen Kuss auf den Daumen.

»Na, immerhin.«

Wäre das ein Film, dachte Ed, dann würde jetzt die Musik einsetzen, und anschließend gäbe es eine Schwarzblende. Aber es war kein Film. Oder vielleicht doch? John Coltrane spielte leise »Stardust« im Hintergrund, und er hatte Lisa, die gerade Gläser abtrocknete, im Verdacht, das Album eben erst angestellt zu haben. Ed schwebte nicht im siebten Himmel, aber über dem Tisch und sah sich und diese umwerfende Frau, die er begehrte, wie er niemanden begehrt hatte, seit er Mara kennengelernt hatte.

Die Schwarzblende blieb aus. In der Sylter Winternacht war es ohnehin dunkel genug. Und kalt. Anstatt verliebt zu Eds Auto zu bummeln und dabei Händchen zu halten, liefen sie mit schnellen Schritten zum Parkplatz.

Ed wusste, dass er heute Abend nur einen Teil von Elsas Geschichte gehört hatte. Darunter lag mehr, weitere Schichten einer Biographie, andere Leidenschaften. Er war müde und verwirrt und glücklich. Mit einem langen, zärtlichen Kuss verabschiedeten sie sich vor Elsas Wohnung.

Zu Hause schlich Ed auf Socken die Treppe hoch, mal wieder.

In den Zimmern der Kinder brannte kein Licht mehr. Die Waschmaschine brubbelte in der Küche verschlafen vor sich hin. Mechanisch schaute Ed in den Kühlschrank und schloss ihn wieder, ohne sich etwas herauszunehmen. Im Schlafzimmer zog er die Klamotten aus und warf sie auf den Sessel, putzte die Zähne und legte sich hin. Mit ein paar Zeilen aus Kästners *Fabian* lenkte er sich ab. Lotte hatte das

Buch im letzten Jahr im Deutschunterricht gelesen. Schullektüre eben. Das war es auch schon in seiner Schulzeit gewesen. Wie schön, hatte er gedacht, dass es diese langen Fäden gibt, die die eigene Geschichte aus der Schulzeit mit der der Kinder verweben. Doch *Der Gang vor die Hunde* war mehr für ihn, hatte ihn berührt. So wie Kästners wunderbar treffsichere Gedichte und seine ganze Lebensgeschichte. *Pünktchen und Anton* hatte er Lasse und Lotte vorgelesen, ebenso wie *Das doppelte Lottchen*. Ach, der Herr Kästner und der Herr Fabian. Die Liebe war schon ein seltsames Geschäft. Und ziemlich einsam. Für Fabian, dachte Ed. Natürlich konnte er sich nicht wirklich auf den Text konzentrieren. Elsas Gesicht tanzte vor seinen Augen, ihre schönen braunen Augen, die Geste von Arm und Finger, mit der sie ihre Haare hinter das Ohr schob, ihr kussiger Mund. Zeile um Zeile zwang er sich zurück in den Text. Die Nachttischlampe leuchtete noch, als Ed hochschreckte. Das Buch lag auf dem Fußboden, sein Diensthandy klingelte. Er schaute auf die Uhr: 2:15.

Das war eine kurze Nacht, dachte er. Zu kurz. Kaum mehr als eine halbe Stunde hatte er geschlafen.

Es war Muri.

»Ich hol dich ab, stehe gleich unten. In Kampen brennt es.«

Da war er also, der Serientäter, von dem Rob geredet hatte.

Ed schlüpfte in seine Sachen, schlich sich wieder auf Socken die Treppe hinunter und zog sich erst auf der Fußmatte vor dem Haus seine Schuhe an. Die kalte Luft traf ihn heftig. Durch die Müdigkeit fühlte sie sich noch kälter an. Ed fröstelte. Dann kam schon Muri und hielt vor dem Haus, das Blaulicht tauchte die Straße in ein unwirkliches Licht. Es half nichts. Er musste los.

Muri verzichtete auf die Sirene und ließ nur das Blaulicht durch die Nacht flattern. Kein anderes Auto war jetzt unterwegs. Ed wurde durchgerüttelt, als sie mit Karacho den Kreisverkehr beim Feinkostsupermarkt bei Haus Wittdün nahmen. Jetzt sahen sie die Blaulichter von Krankenwagen und den Wehren. Keine fünf Minuten später waren sie an der Kampener Wattseite angekommen. Noch waren nicht alle Einsatzkräfte da. Nach und nach trafen die Löschfahrzeuge der Wehren aus Wenningstedt, Kampen und List ein. Westerland war schon vor Ort. Bendix hatte wieder das Kommando und koordinierte seine Kollegen. Ed erschien die Situation wie ein Déjà-vu. Wieder handelte es sich um eine Baustelle, wieder war es ein frisch eingedecktes Reetdachhaus, das wie Zunder brannte. Orangefarbene Funken flogen durch die Nacht, als wollten sie den Sternen Konkurrenz machen, und verglühten. Die richtigen Sterne aber waren hinter den Wolken aus beißendem Qualm verborgen.

»Wer hat euch benachrichtigt?«, fragte er Bendix, dem der Schweiß auf der Stirn stand.

»Ein Bewohner zwei Straßen weiter, der den Rauchgeruch wahrgenommen hat. Aber da brannte das Haus wohl schon eine ganze Weile.«

»Vermutlich habt ihr sonst nichts Verdächtiges gefunden bisher?«

Bendix schüttelte den Kopf.

»Im Moment sind wir ganz mit dem Löschen beschäftigt. Das reicht. Aber offenbar wollte derjenige, der das Haus angezündet hat, nicht, dass auch noch andere Dinge beschädigt werden. Es müsste schon kräftig stürmen, wenn durch den Funkenflug weitere Häuser in Brand geraten würden.«

Ed nickte.

Das war beim ersten Feuer ganz ähnlich gewesen. Die Brandstifter waren gezielt unterwegs, handelten nicht beliebig. Sie verfolgten eine Strategie, auch wenn Ed noch nicht klar war, welche das sein könnte.

Er überlegte, ob er Elsa Bescheid geben sollte. Doch dann entschied er sich, dass es ausreichen würde, wenn er sie morgen früh informierte. Wenigstens einer von ihnen sollte etwas Schlaf bekommen. Die nächsten Tage würden heftig werden. Eine Serie von Brandstiftungen auf der Insel würde die mediale Aufmerksamkeit auf sich ziehen und damit zusätzlichen Druck vonseiten der Politik verursachen, dass die Polizei den Fall schnell löste. Trotzdem war Ed nicht ganz bei der Sache. Beim Gedanken an Elsa spürte er wieder, wie ihre Lippen seine berührten. Er lächelte in sich hinein und war zugleich unsicher, wie der Tag morgen ablaufen würde. Morgen? Ach was. Sie sahen sich ja schon in vier Stunden wieder.

Zusammen mit Muri drehte er eine Runde, um zu sehen, ob ihnen etwas Besonderes auffiel. Er lächelte, als er in einer der Querstraßen erneut den alten braunen Manta sah. Auch das ein Déjà-vu. Aber dieses Mal brannte im Haus der Coutinos kein Licht mehr. Also verzichteten sie darauf, dort zu klingeln. Das würden sie am Vormittag nachholen können. Kurz vor Sonnenaufgang war das Feuer gelöscht, das nach Bendix' Einschätzung noch verheerender gewütet hatte als beim ersten Brand. Obwohl die mit Sauerstoff ausgerüsteten Feuerwehrleute versucht hatten, von der Leiter aus die Reetlagen des Dachstuhls zu schneiden und damit der Glut die Nahrung zu nehmen, war letztlich der gesamte Dachstuhl verkohlt und drohte nun einzustürzen. Verheerend hatte sich ausgewirkt, dass ein Paket Dämmplatten im Haus gelagert war, das mit beißendem Gestank lichterloh abfackelte. Das bestärkte Ed in seiner Ablehnung dieses fürchterlichen Zeugs. Erst kürzlich hatte er einen Zeitungsartikel gelesen, der sich mit dem Dämmen auseinandersetzte. Der eigentlich guten Idee, damit Energie zu sparen, stand gegenüber, dass die Dämmplatten leicht brennbar waren und darüber hinaus an den Fassaden schnell unansehnlich wurden.

Natürlich tauchte irgendwann auch Hinnerk neben ihm auf. Seinen fragenden Blick beantwortete Ed nur mit einem Achselzucken.

Was hätte er auch sagen sollen?

Ein Brand ist ein Brand, zwei Brände sind bereits eine Serie. Das wusste Hinnerk ebenso gut wie er.

Wenigstens tauchte nicht auch noch Stein auf und machte ihm wieder die Hölle heiß. Doch dafür gab es diesmal auch gar keinen Grund. Diese Baustelle, die vor ihm niederbrannte, gehörte den Coutinos.

12

Sosehr der nächtliche Einsatz zunächst noch dem von vor ein paar Wochen geglichen hatte, am nächsten Morgen war alles völlig anders. Müde und zugleich überwach saß Ed mit brennenden Augen im Besprechungsraum. Elsa brachte ihn zusammen mit Muri und Max auf den neuesten Stand. Sie waren seit dem frühen Morgen in regelmäßigem Austausch mit Flensburg und Kiel. Die Kriminaltechnik war vor Ort und untersuchte die Ruine auf verwertbare Spuren. Für den Nachmittag hatte Kiel eine erste Pressekonferenz angesetzt. Noch war nicht sicher, ob das Bundeskriminalamt die Ermittlungen übernehmen würde. Seit dem Morgen klingelte das Telefon, Medienvertreter aus dem ganzen Land wollten informiert werden.

»Zwei Brände sind einer zu viel«, murmelte Muri, der genauso angegriffen aussah wie Ed.

Wieder hatte es zwei Kanister gegeben, die neben der Brandstelle standen. Eine Signatur. Doch diesmal war in einem der Kanister ein Brief, eine Art Bekennerschreiben.

»›Friede den Hütten, Krieg den Palästen!‹«, verkündete Elsa.

»Büchner«, platzte Muri hervor.

»Bravo, Muri, du alte Leseratte. Ein intellektueller Zündler also«, schlussfolgerte Ed.

»Und nun?«

»Bis wir aus Kiel zurückgepfiffen werden – und es ist ziemlich sicher, dass wir doofen Dorfpolizisten früher oder später zurückgepfiffen werden –, versuchen wir hier so weit zu kommen wie möglich«, verkündete Elsa.

»Das heißt?«, fragte Muri.

»Du machst deine Runde um die Häuser in Kampen und befragst die Anwohner, ob irgendjemandem etwas aufgefallen ist. Max, du hältst hier die Stellung – kein Wort an irgendwelche Medienvertreter, und schon gar nicht an Hinnerk. Ist das klar?«

Elsa guckte Max so streng an, wie sie nur konnte, der betreten den Blick senkte. Dabei wäre ihm im Traum nicht eingefallen, mit dem Schreiberling zu sprechen.

»Wir fahren zu Coutinos Haus. Vielleicht ist jetzt jemand dort.«

»Hat die Untersuchung des Bekennerschreibens schon etwas ergeben?«, fragte Ed.

»Bisher nicht, aber das ist natürlich noch in vollem Gange.«

Elsa und Ed hatten keine Gelegenheit, einen Gedanken an den vergangenen Abend aufkommen zu lassen. Kaum saßen sie im Auto, meldete sich Eds privates Handy.

»Hinnerk. Guten Morgen.«

»Und? Was wisst ihr?«, kam der Journalist sofort zur Sache.

»Du weißt, dass wir dir im Moment dazu nichts sagen können.«

Hinnerk lachte.

»Natürlich, ich weiß. Aber vielleicht kann ich euch etwas sagen. Was hältst du von einem Bekennerschreiben?«

»Warte mal«, rief er Elsa zu. »Hinnerk hat auch ein Bekennerschreiben erhalten.«

»Nicht wirklich.«

Elsa schaute besorgt zu Ed.

»Auf keinen Fall anfassen, damit keine Spur verloren geht. Wann hast du es bekommen?«, fragte Ed.

»Gerade eben. Und ich kann dich beruhigen. Ich würde

es selbstverständlich nicht anfassen, wenn ich es anfassen könnte. Aber es ist digital eingetroffen.«

Angesichts der neuen Situation warfen sie ihre eigentliche Planung um. Elsa brachte Ed zurück zum Revier. Dort schnappte er sich sein Rad, um zu den Coutinos zu fahren. Elsa machte sich auf den Weg zur Redaktion. Während der Fahrt benachrichtigte sie Kiel. Sie brauchten die IT-Experten. Und Verstärkung. Die Inselpolizisten waren jetzt definitiv überlastet.

Vom Haus der Coutinos aus konnte man hinter den kahlen Heckenrosenbüschen das Watt erkennen. Es besaß etwas Beruhigendes, wie es so grau und müde und friedlich dalag, und zugleich etwas Beängstigendes. Ein paar Stunden nur, dann würde sich die weite Fläche wieder mit Meerwasser gefüllt haben. Dahinter zeichnete sich die Küstenlinie des Festlandes ab. Ein grauer waagerechter Strich, auf dem die weißen Windräder im rechten Winkel dazu verteilt waren. Unablässig durchfurchten ihre Flügel die Luft. Es waren Giganten, die aus der Entfernung wie Zwerge wirkten.

»Sie zerstören mir die Silhouetten meiner Bilder«, hatte Rob immer wieder gestöhnt. Es gab Ansichten der Insel, die er so nicht mehr aufnahm, weil die Technik die Natur »zerschoss«.

»Dieses Mal hat es uns erwischt«, begrüßte ihn Coutino junior und bat Ed in sein Haus.

»Ja«, bestätigte Ed. »Tut mir sehr leid.«

»Mögen Sie etwas trinken?«

Ed bat um einen Kaffee. Noch konnte er welchen trinken, ohne dass sein Magen anfing zu rebellieren. Lange würde das allerdings nicht mehr gut gehen, wie er aus Erfahrung wusste.

Das Haus verströmte eine konventionelle Gemütlichkeit.

Roter Fliesenboden, ein Kamin, minimalistische Sitzgarnitur. Eds Aufmerksamkeit richtete sich auf die Aquarelle an der Wand. Mit wenigen Strichen, die wie hingehuscht wirkten, hatte Siegward Sprotte die Sylter Landschaft meisterhaft eingefangen. Impressionen des vorbeiziehenden Moments. Ein Büschel Strandhafer, eine Düne, die Wellen.

»Sie mögen Sprotte?«, fragte Coutino, dem Eds Blicke nicht entgangen waren.

Ed nickte. Die Stimmungen von Sprottes Werken hatten ihn von klein auf begeistert. Er erinnerte sich auch gut an den Maler, der in Wenningstedt gelebt hatte, und an die regelmäßigen Ausstellungseröffnungen.

»Und was halten Sie *davon*?«

Coutino führte ihn in die Bibliothek, ein kleines Zimmer, dessen Wände fast vollständig mit Regalen vollgestellt waren. Nur eine Stelle war ausgenommen. Dort hing ein Bild, das einen hohen nordischen Sommerhimmel zeigte, über den die Wolken huschten, ein Priel floss durch eine grüne Moorlandschaft. Der Horizont schien endlos weit.

»Ein Wrage?«

Coutino nickte.

Sie kehrten in den großen Wohnraum zurück.

»Sie waren ja gestern schon auf der Insel.«

»Ja, sogar auf der Baustelle, die jetzt nur noch eine Ruine ist. Mein Vater hatte mich gebeten vorbeizuschauen. Wir hatten eine Bemusterung mit dem Innenarchitekten. Abends waren wir dann auf der Ausstellungseröffnung. Aber da waren Sie und Ihre Kollegin ja ebenfalls.«

»Und Ihr Vater?«

»Der ist heute Morgen schon nach Hamburg und hat meine Freundin Beatrice mitgenommen. Er hatte Termine und wollte auch gleich mit der Versicherung sprechen, und Beatrice hatte ebenfalls Verabredungen. Ich dachte mir, ich bleib lieber hier, denn ich ahnte ja schon, dass Sie vorbeikommen würden.«

»Sie nehmen den Brand recht entspannt?«

»Was soll ich mich aufregen? Ändern kann ich es nicht. An Leib und Leben ist glücklicherweise niemand zu Schaden gekommen, und versichert ist das Haus auch. Was soll's? Wird das Haus halt später fertig. Verstehen Sie mich bitte nicht falsch, aber das ist ein relativ kleines Projekt für uns. Wenn das auf einer anderen, großen Baustelle passiert wäre, hätte es uns weitaus schwerer getroffen.«

»Kommt Ihr Vater zurück?«

»Ich denke, vorerst nicht. Ich fahre auch heute Nachmittag zurück. Oder ist das ein Problem?«

»Nein«, antwortete Ed. »Aber es wäre nett, wenn Sie uns eine Liste mit Handwerkern zukommen lassen könnten, die in den letzten Tagen auf der Baustelle gearbeitet haben.«

Ed war sich sicher, dass es verschenkte Zeit war, die Vertreter der Gewerke zu befragen. Niemand würde etwas bemerkt haben. Aber es war notwendig.

»Haben Sie einen Verdacht?«, fragte er Coutino geradeheraus.

»Nein, das war ein Spinner. Wer sonst würde eine Baustelle anzünden?«

»Keiner Ihrer Sylter Konkurrenten?«

»Sie meinen, Stein?«

»Das haben *Sie* jetzt gesagt.«

»Nein«, antwortete Coutino bestimmt. »Ganz sicher nicht. Das ist nicht Steins Art. Das ist überhaupt niemandes Art in unserer Branche«, korrigierte er sich nach einer kurzen Pause, als er bemerkte, dass seine Antwort zweideutig interpretiert werden konnte.

»Stein ist ein netter Mensch. Ich mag ihn. Er ist kein Konkurrent für uns.«

Coutino erweckte bei Ed den Eindruck, dass unter dessen oberflächlich freundlicher Art eine unangenehme Arroganz lauerte. Ob sie bei den weiteren Ermittlungen noch deutlicher zutage treten würde? Für den Moment hatte Ed jedenfalls genug gesehen und gehört.

»Der Wrage ist wunderbar. Wo haben Sie ihn erstanden?«

Coutino lachte.

»Das Geschenk eines glücklichen Bauherrn zur Einweihung seines neuen Hauses an meinen Vater.«

»Wie schön. Ein Bauherr mit Geschmack und genügend Geld.«

»Davon leben wir.«

Ed nickte und verkniff sich seinen Kommentar, dass man davon offenbar sogar ziemlich gut zu leben vermochte.

Auf dem Weg zur Haustür drehte sich Ed noch einmal zu Coutino um.

»Was ich noch fragen wollte: Der braune Manta, der gestern Nacht hier stand, gehört zu Ihnen?«

»Ja, der ist wunderbar, nicht? Solche Autos wie in den 1970ern gibt es nicht mehr, etwa einen Opel GT oder einen Ford Capri. Ein bisschen ist er getunt, sonst kommt er ja nicht von der Stelle. Mein Vater ist heute Morgen mit ihm nach Hause gefahren. Wieso?«

»Nur so«, antwortete Ed und setzte sich seinen Fahrradhelm auf.

Der Wind hatte mittlerweile leicht aufgefrischt und kam nun aus südlicher Richtung, sodass Ed auf dem Weg zurück nach Westerland stärker in die Pedale treten musste. Er nahm den Radweg neben der Hauptstraße, vorbei an dem markanten schwarz-weiß gestreiften Leuchtturm von Kampen, ein Weg, auf dem er auch gelegentlich joggte. Am Wenningstedter Kreisverkehr bog er nach rechts ab und fuhr über die Haupt- und die Westerländer Straße weiter. Es schien ihm, als würde es jetzt, ein paar Tage vor Biike, bereits ein bisschen voller auf der Insel werden. Er überlegte, ob er kurz daheim vorbeischauen sollte, entschied sich aber dagegen. Früher wäre es ihm wichtig gewesen, Mara zwischendurch einen Kuss zu geben, wenn sie an manchen Tagen früher aus der Schule zurückkam. Einfach so, ganz ohne Grund. Doch diese Zeiten waren vorbei. Endgültig. Er spürte kurz dem Stich nach, den der Gedanke in seinem Herzen verursachte. Dann schob er ihn beiseite und rief über sein Headset bei Elsa an. Anstatt gleich ins Revier zu fahren, wollte er noch bei Stein vorbeischauen. Aber nach dem ministeriellen Aufruhr, den er verursacht hatte, wollte er das nicht tun, ohne sich vorher das O. K. seiner Chefin zu holen.

Elsa führte nur ein kurzes Gespräch mit Hinnerk. Die Spurensicherung nahm den Laptop mit, der nun untersucht werden würde. Vermutlich ohne Ergebnis. Die Mail war via Proxy-Server quer über den Erdball gesendet worden und nicht zu ihrem Absender zurückzuverfolgen.

»Kein Problem«, grinste Hinnerk. »Ich habe ja meine Datensicherung.«

Es konnte ihm nicht schnell genug gehen, dass Elsa wieder aus seinem Büro verschwand.

»Du schreibst bitte nichts über das Bekennerschreiben.«

»Was?«, empörte sich der Journalist.

»Das ist eine Bitte, Hinnerk.«

Elsa schaute den Journalisten fordernd an.

»Eine Bitte, der ich leider nicht Folge leisten kann. Mein Redakteur und mein Verleger sind schon ganz gespannt auf meinen Beitrag, der in einer Viertelstunde online gehen soll.«

Anstelle einer Antwort rief Elsa beim Polizeipräsidenten

an. Doch ihre Bemühungen waren vergebens. Weder der Präsident noch die umgehend eingeschaltete Innenministerin konnten mit Bitten und Betteln und dem Verweis auf die ermittlungstaktischen Aspekte etwas beim Verlag bewirken. Golfpartner hin, Parteifreunde her.

»Dir ist klar, was du damit lostrittst?«, wandte sich Elsa wieder an Hinnerk.

»Ich trete damit vor allem jede Menge Klicks im Netz los. Der Beitrag wird auf Twitter, Facebook und Instagram verlinkt. Das generiert Aufmerksamkeit, und die sorgt für zusätzliche Werbeeinnahmen, die meinen Job für ein kleines bisschen länger ein kleines bisschen sicherer machen, ehe all die privaten Blogger und Influencer das Mediengeschehen komplett übernehmen. So sieht es aus.«

»Verantwortung ist ein Begriff, der nicht mit Quote zusammengeht.«

Hinnerk zuckte mit den Schultern.

»Gib's auf, Elsa. Es liegt nicht in deiner Macht. Ich verstehe euch, aber ich habe diese Nachricht erhalten. Und solange du mir nicht einen Gerichtsbeschluss vorlegst, werde ich sie publizieren. Das schaffst du erstens nicht in der kurzen Zeit, bis mein Beitrag online geht, und wenn du es doch schaffen solltest, dann schreibe ich eben über das ›Ende der Pressefreiheit auf der Bonzeninsel‹. Das wäre deiner Ministerin vermutlich noch viel unangenehmer.«

»Und ihr versteht euch als vierte Gewalt? Wie anmaßend und selbstgerecht ihr doch manchmal seid.«

Wütend verließ sie die Redaktionsräume im Hochhaus gleich hinter der Westerländer Kurpromenade und setzte sich in den Streifenwagen, den sie im Wendekreis an der Friedrichstraße abgestellt hatte. Sobald Hinnerks Beitrag online war, hatten sie eine doppelte Niederlage zu verarbeiten. Zum einen war damit Täterwissen frei in der Öffentlichkeit verfügbar. Und zum anderen öffnete es Tür und Tor für Nachahmer. Sie kannten das aus anderen Fällen, vom Selbstmord bis zu Raubüberfällen – je mehr darüber öffentlich berichtet wurde, desto tiefer sank die Hemmschwelle möglicher Trittbrettfahrer. Doch es war unmöglich, in so kurzer Zeit einen Gerichtsbeschluss zu erwirken, der die Veröffentlichung untersagte. Das alles würde ein Nachspiel haben, gewiss. Aber dann war es bereits zu spät!

Elsa war schon wieder im Büro, als sie der Anruf von Ed erreichte, der ihr von dem Gespräch mit Coutino berichtete und seiner Idee, mit Stein zu sprechen.

»Du reißt dich bitte zusammen bei Stein, ja?«

»Aber natürlich«, versicherte Ed.

Elsa konnte geradezu sein Gesicht vor sich sehen, wie er lässig grinste. Es wäre schön, ihn jetzt bei sich zu haben. Sie dachte kurz daran, ebenfalls zu Steins Büro rüberzugehen. Dann könnten sie ihn wieder gemeinsam befragen. Aber es gab mehr als genug, was hier zu erledigen war. Egal. Sie mussten Ergebnisse bekommen, wenn sie den Fall behalten wollten. Schnell. Die Kavallerie aus Flensburg und Kiel war schließlich schon im Anmarsch.

»Also gut, ich verlass mich auf dich.«

Dann rief sie in Kiel an und schilderte dem Polizeipräsidium die Sachlage mit Bekennerschreiben und Pressebeitrag, aber ohne große Hoffnung, die Entwicklung noch stoppen zu können.

13

Führen wir gerade ein Gespräch im Hause Stein über den abwesenden Herrn Coutino, Herr Koch?«, grinste Stein.

»Es scheint so, Herr Stein«, antwortete Ed formell. Doch insgeheim freute er sich über die kleine literarische Anspielung. Vielleicht hatte Rob recht, und er hatte Stein wirklich falsch eingeschätzt?

Dieses Mal gab es keinen Tee. Stein wirkte angespannter als bei ihrem letzten Gespräch.

»Ich hoffe sehr, dass Sie mich nicht verdächtigen?«, fragte Stein.

»Sollten wir Sie denn verdächtigen?«

»Ich bitte Sie. Das ist so absurd, dass ich das nicht mal Ihnen zutraue, dass Sie auf derartige Gedanken kommen.«

»War das jetzt ein Lob oder eine Beleidigung?«, antwortete Ed.

»Suchen Sie es sich aus, Koch. Wie auch immer: Ich kann Ihnen nicht weiterhelfen. Nur insoweit, als ich an meinen Baustellen jetzt einen Wachschutz aufstelle und eine Videoüberwachung installiere. Offensichtlich bekommt die Polizei diesen Feuerteufel ja nicht in den Griff. Das *Tageblatt* hat übrigens schon interessiert nachgefragt wegen der verstärkten Sicherungsmaßnahmen.«

»Davon halten wir Sie nicht ab. Sie würden uns ja sicher die Bilder zur Verfügung stellen, wenn noch etwas geschieht.«

»Sie rechnen also mit weiteren Brandstiftungen?«, fragte Stein spitz.

»Ich rechne mit gar nichts. Aber ich kann auch nichts ausschließen, bis wir den oder die Täter ermittelt haben. Gestern Abend schien es mir so, als würden Sie sich mit den beiden Coutinos ausgezeichnet verstehen«, wechselte er das Thema.

»Warum auch nicht? Wir sind Konkurrenten und Kollegen, keine Feinde. Und Coutino senior kenne ich schon seit vielen Jahren.«

»Das ehrt Sie. Was macht die Arbeit der Coutinos nach Ihrer Einschätzung aus?«

»Ich verstehe Ihre Frage nicht, Herr Koch?«

»Mich interessiert einfach nur Ihre Einschätzung Ihrer Kollegen und Konkurrenten. Sie werden doch beobachten, wie sie am Immobilienmarkt agieren, oder?«

Stein zögerte einen Moment mit der Antwort und schaute aus dem Fenster, wo es langsam dunkel wurde. Hatte man erst einmal den Januar geschafft, dann war die allerschlimmste Dunkelheit gebannt, die Tage wurden bereits spürbar länger. Ende Februar ging es dann Tag für Tag aufwärts bis hin zu den lichten Nächten zwischen Mai und Juli.

»Wir sprechen hier unter vier Augen?«

»Selbstverständlich«, versicherte Ed.

»Coutino senior kenne ich wie gesagt schon eine halbe Ewigkeit. Er ist eine Art Vorbild für mich. Ein ehrbarer Kaufmann, ganz Hanseat, wenn Sie verstehen, was ich meine.«

Ed verstand. Einer der guten, verantwortungsvollen unter den häufig so schnell als böse abgekanzelten Investoren. Aber das sagte er nicht, sondern schwieg, um Stein Raum zu geben, selber weiterzusprechen.

»Sein Sohn ist, wie soll ich es richtig formulieren …«

Stein machte eine Kunstpause, als müsste er erst darüber nachdenken, um die richtige Formulierung zu finden, wie denn Coutino junior sei, oder als wollte er Ed dazu verleiten, ihm mit einem vorschnellen Urteil ins Wort zu fallen. Doch diesen Gefallen würde Ed ihm nicht tun. Nicht dieses Mal. Elsa wäre bestimmt stolz auf ihn. Die Stille in Steins Büro war überraschend, aber nicht unangenehm. Der Trafo der Tischlampe surrte leise, aus dem Vorzimmer war der rhythmische Pendelschlag einer altmodischen Standuhr zu hören.

»Tom gehört einer anderen Generation von Immobilienmaklern an, fuhr Stein nach einer Weile fort. Er hat in den USA und England studiert. Er hat einen anderen Blickwinkel auf die Märkte, viel globaler ...«

Wieder verfiel Stein in Schweigen. Wieder hielt Ed an sich, dem das Wort »gieriger« auf der Zunge lag. Aber hier ging es eben nicht um seine Sicht auf Coutino, sondern um Steins Blickwinkel.

»Sehen Sie, er steht im Begriff, die Firma seines Vaters völlig neu aufzustellen. Dagegen bin ich mit Verlaub ein kleiner Fisch. Aber mir reicht das Wasserglas, in dem ich mich tummele, völlig aus. In dem gibt es nämlich keine Haie, die mich fressen wollen oder können. Aber wer auf allen Hochzeiten tanzen will, wird schnell müde. Sie verstehen?«

Ed verstand, aber er guckte Stein dennoch fragend an.

»Die Diversifizierungsstrategie von Coutino kostet sehr viel Energie und vor allem sehr viel Geld. Das muss von irgendwoher kommen. Und es muss irgendwohin weiterfließen. So entstehen Abhängigkeiten, von Banken, von Auftraggebern.«

»Die Firma ist in Schwierigkeiten?«

»Um Gottes willen, nein, das wollte ich damit auf gar keinen Fall sagen«, antwortete Stein blitzschnell und winkte ab.

Natürlich wolltest du ganz genau das sagen, dachte Ed. Und vielleicht hast du sogar recht.

»Sondern? Was wollten Sie damit ausdrücken?«

Je länger er in seiner zurückhaltenden Rolle blieb, desto mehr Gefallen fand Ed an dem Gespräch.

»Je größer eine Firma wird, je stärker sie ihre Geschäftsfelder diversifiziert, desto unübersichtlicher wird sie, vor allem für jemanden wie mich, der nur von außen schaut«, lächelte Stein.

»Es besteht aber eben auch die Gefahr, im Inneren die Übersicht zu verlieren, wenn man mit den ganz Großen mitspielen will. Ich hoffe, ich konnte Ihnen damit weiterhelfen? Und wie gesagt, ich vertraue auf Ihre Diskretion.«

»Herr Stein, vielen Dank. Sie haben mir sehr geholfen. Und wie schon eingangs gesagt, das war ein Gespräch im Hause Stein über den abwesenden Herrn Coutino«, verabschiedete sich Ed mit Handschlag von Stein.

Anstatt sich auf sein Rad zu setzen, schob er es durch die Friedrichstraße und landete wie von selbst vor dem Wellhørn. Für einen Kaffee war es zu spät, aber ein frischer Ingwertee wäre jetzt das Richtige, ehe er ins Revier zurückging.

Das Café war gut gefüllt. Ed ließ den Blick schweifen und sah Lasse an einem der Tische sitzen. Sein Sohn war ins Gespräch mit Clara vertieft und nahm ihn gar nicht wahr.

Er bestellte sich seinen Ingwertee und ging zu den beiden hinüber.

»Darf ich mich kurz zu euch setzen?«

»Oh, mein Herr Vater, ich habe ihn wiedererkannt, obwohl ich ihn Stunden nicht sah«, grinste Lasse.

»Sehr witzig. Ich bin hundemüde. Macht ihr uns für heute Abend etwas zum Essen?«

Er schob Lasse einen Fünfzigeuroschein rüber.

»Na, da wird bei den Sylter Preisen lediglich Schmalhans Küchenmeister sein. Klar, Paps, kein Thema. Was hättest du denn gerne? Fisch?«

»Sehr gern. Was meldet der Sylter Buschfunk?«

Clara und Lasse schauten sich vielsagend an.

»Das fragst du uns? Die Polizei rückt doch keine Informationen raus bisher.«

»Was euch sonst auch nie daran hindert, die wildesten Spekulationen über den Feuerteufel anzustellen.«

»Seitdem Hinnerk veröffentlicht hat, dass es ein Bekennerschreiben gibt, geht es in den sozialen Medien ziemlich ab«, erklärte Lasse.

»Und was heißt das?«, fragte Ed.

Clara griff nach ihrem Handy, das neben ihrer Kakaotasse lag, und öffnete ihren Account. Unter *#friededenhuetten* hatten Hunderte Nutzer ihre Kommentare zu den Bränden auf Sylt geäußert. Sie sahen in ihnen den Auftakt zu einer Welle des Widerstandes gegen eine verfehlte Wohnungsbaupolitik, der offenbar große Zustimmung fand. Die Äußerungen reichten bis hin zu »Räuchert die Schweine aus« oder »Keine Macht für niemand«. Dass es sich bei den Brandstiftungen um schwere Straftaten handelte, schien diese Schreiber offenbar nicht zu interessieren. Ebenso wenig, dass etliche mit ihren Kommentaren selbst die Grenze zur strafbaren Handlung überschritten. Meinungsfreiheit hin, Meinungsfreiheit her. Die bedenklichsten Kommentare waren die unverhohlenen Aufforderungen zur Nachahmung: »Fackelt sie ab.«

»Ach, du Scheiße«, entfuhr es Ed.

Die Familienkommunikation mit den Kindern lief weitgehend digital über einen Messengerdienst. Hin und wieder postete Ed auch eins seiner Syltfotos auf Instagram, aber mit seinen knapp hundertfünfzig Followern erzielte er damit kaum eine Wirkung. Bei Rob war das schon anders. Der hatte in seiner Fotocommunity mehrere Tausend Follower. Aber das hier war noch einmal eine völlig andere Größenordnung. Hier ging es nicht um Familiennachrichten oder nette Landschaftsfotos. Hier ging es um Hetze und die Aufrufe zu Straftaten, um Sympathisanten und Täter. Wenn das weitere Kreise zog, drohte im wahrsten Wortsinn ein Flächenbrand.

»Schon krass, welche Wirkung unser Sylter Feuerteufel erzielt«, bemerkte Lasse.

Ed zog die Stirn kraus und gab den Hashtag in sein Handy ein. Einige der Kommentare schockierten ihn.

»Ich finde das eher erschütternd. Gut, ich denke, ich muss los. Vielen Dank für den Hinweis.«

Ed stand auf und schaute verwirrt zu Lasse und Clara.

»Warum grinst ihr denn so?«

»Oh Dad, du bist so wunderbar ... *old-fashioned.*«

Ed zog einen Flunsch.

Na gut, dann war er eben altmodisch, weil er nicht von selbst und nicht so schnell wie die Kinder auf die Idee mit der Verbreitung des Bekennerschreibens über die sozialen Medien gekommen war. Nicht zu ändern. Wenn das alles vorbei war, würde er mit Elsa für ein paar Tage nach London fahren. Sie würden zum High Tea ins Dorchester gehen, und er würde sich ein Paar schwere Lederschuhe in der Jermyn Street kaufen. Dann war er eben *old-fashioned.* Auch gut.

»Denkt bitte an das Abendessen.«

Die Jugendlichen grinsten noch immer.

»Klar doch.«

14

Im blassen Neonlicht der Büroleuchten herrschte jede Menge Betrieb. Zwischen den Menschen, die umherliefen, redeten oder telefonierten, entdeckte Ed die Bürgermeisterin Wallenberg im Gespräch mit einem Polizeibeamten, den er nicht kannte. Offenbar war inzwischen die Verstärkung aus Kiel eingetroffen. Der Gesichtsausdruck der Bürgermeisterin war so angespannt, wie er es noch nie gesehen hatte. Der Mann verabschiedete sich mit einem Handschlag und ging hinüber zu Elsa, die an dem großen Tisch im Besprechungsraum stand. Ed schätzte ihn auf etwas älter als er selbst. Er hatte leicht schüttere blonde Haare, war schlank und strahlte eine ruhige, ernste Art aus.

»Hauptkommissar Franz Nesser«, stellte er sich vor und reichte Ed die Hand, als der zu den beiden trat.

»Es gibt jetzt eine Soko Feuerteufel. Die Franz und ich gemeinsam leiten. Franz kommt aus Kiel, Landeskriminalamt«, erklärte Elsa.

Sie liefen also tatsächlich Gefahr, den Fall abgeben zu müssen. Aber immerhin. Kiel hatte sie nicht gleich vollständig rausgekegelt. Sehr anständig, dachte Ed. Das Glas war, je nach Sichtweise, halb voll oder halb leer. Er entschied sich für halb voll.

»Eduard Koch«, stellte sich Ed vor.

»Darf ich Eduard sagen?«

»Ed wäre o. k.«

»Sehr gern.«

»Wir wollten gerade noch einmal sortieren, was wir bereits haben, ehe wir für heute Abend Schluss machen. Du siehst müde aus, Ed. Du warst gestern Nacht die ganze Zeit vor Ort?«

Ed nahm Nessers Frage zum Anlass, zu schildern, was geschehen war. Systematisch erläuterte er den Ablauf der Ereignisse vom Eintreffen am Brandort in Kampen bis zu dem Zeitpunkt, als er sich mit Muri wieder auf den Heimweg machte. Nesser hatte sich an dem Besprechungstisch niedergelassen und schrieb konzentriert mit. Es schien, als würde ihn das geschäftige Treiben um sie herum nicht weiter stören, als könnte er sich in eine Blase der Konzentration flüchten. Beneidenswert, dachte Ed. Auf einem zweiten Bogen notierte Nesser offenbar Fragen, die sich aus dem Bericht ergaben. Anschließend skizzierte Ed seine Gespräche mit dem überraschend entspannt wirkenden Coutino und mit Stein über seine Sicht der Wirtschaftslage der Coutinos.

»Du warst bei beiden Brandanschlägen vor Ort. Worin unterscheiden sie sich deiner Einschätzung nach?«, fragte Nesser.

»Es gab keine Unterschiede, außer dass es sich um ein anderes Haus handelte, mit einem anderen Eigentümer. Beide Brandanschläge sind nach exakt demselben Muster ausgeführt. Das Objekt war jeweils sehr präzise ausgewählt. Offenbar wollten der oder die Täter die Gefahr minimieren, dass an benachbarten Objekten Schäden entstehen. Zudem scheinen die Anschläge so geplant zu sein, dass auf gar keinen Fall Menschen zu Schaden kommen. Bei beiden Brandanschlägen haben wir, wenn die Techniker nicht noch etwas finden, keinerlei verwertbare Spuren entdeckt, vor allem nicht an den Benzinkanistern. Es scheint, als wären die Täter geradezu antiseptisch vorgegangen. Zugleich gibt es bewusst gesetzte Hinweise, dass es sich bei den Bränden nicht um Zufälle handelt, sondern um vorsätzliche Taten.«

Franz Nesser hatte wieder mitgeschrieben. Als Ed mit seinem Bericht fertig war, sah er Nesser zum ersten Mal lächeln.

»Sehr präzise, vielen Dank, Ed.«

»Ich habe auch eine Frage«, schob Ed nach. »Hat die Auswertung der Mail an das *Tageblatt* etwas ergeben?«

»Nichts bisher«, räumte Nesser ein. »Die Mail ist wie zu erwarten via Proxy-Server verschickt worden und nicht zu ihrem Ursprung zurückzuverfolgen. Ich mache mir wenig Hoffnung, dass die Kollegen in Kiel noch etwas herausbekommen. Und tatsächlich sind auch sonst keine verwertbaren Spuren gefunden worden, so wie du gesagt hast. Auch das war keine Tat im Affekt, sondern höchst professionell geplant, in jeder Hinsicht.«

»Die Kommentare in den sozialen Netzwerken habt ihr gesehen?«

»Und die machen uns ehrlich gestanden derzeit ganz besondere Sorgen. Das BKA ist äußerst wachsam. Es kann jederzeit und überall zu Nachahmungen der Brandanschläge kommen. Darauf deuten die Nachrichten auf Facebook und Twitter hin. Die Eskalationsstufen scheinen sich hochzuschaukeln. Das gilt ganz besonders für Berlin und München, wo gewaltbereite Gruppen nach Beobachtungen des Verfassungsschutzes nur darauf warten loszuschlagen. Ich selbst glaube allerdings, dass die Gefahr von spontanen Nachahmungstaten noch weitaus größer ist, weil die dann nicht so professionell vorbereitet sind wie unsere Sylter Brandstiftungen. Das würde die Gefahr erhöhen, dass doch Menschen zu Schaden kommen.«

Nesser machte eine kurze Pause und schaute auffordernd zu Elsa und Ed, um ihnen die Möglichkeit zu geben, etwas zu ergänzen, ehe er fortfuhr.

»Ohnehin droht uns ein Flächenbrand, wenn ihr mir den

blöden Kalauer nachseht. Aber ehrlich gestanden droht wirklich genau das: ein Flächenbrand. Das Thema Wohnungsnot und Spekulation, um das es unserem Brandstifter hier offenbar geht, ist bundesweit relevant.«

»Europaweit«, ergänzte Ed.

»Hm«, machte Nesser. »Ihr könntet das eigentlich sogar nahezu weltweit auf alle großen Städte und touristischen Destinationen ausweiten. Aber das hilft uns hier und heute nicht weiter. Was schlagt ihr vor, wie wir weiter vorgehen?«

Dass Nesser nicht den Boss herauskehrte, der er ja war, sondern kollegial mit seinen Mitarbeitern eine gemeinsame Strategie entwickeln wollte, nahm Ed sofort sehr für ihn ein.

»Morgen Vormittag sollten abschließende Informationen von der KTU vorliegen«, sagte Elsa.

»Ich denke, viel spricht dafür, dass der oder die Täter von der Insel kommen. Es ist ein Sylter Thema, auch wenn es eine bundesweite Tendenz spiegelt. Wir sollten also insgesamt aufmerksam bleiben, aber uns zunächst hier vor Ort umhören. Das ist mühsam, aber es hilft ja nichts. Unsere IT-Abteilung forscht derweil weiter in den sozialen Medien nach, ob dort irgendwelche Bezichtigungen auftauchen. Häufig sind der oder die Täter ja so blöd, sich selbst mit ihren Taten zu brüsten. Ich vermute allerdings, dass das in unserem Fall nicht geschehen wird, so präzise, wie sie hier vorgegangen sind. Wir werden außerdem versuchen, die Handydaten auszuwerten, die in der Umgebung der Brandorte zum Zeitpunkt der Brandstiftung festzustellen waren. Wichtig wäre zudem, eine Medienstrategie zu entwickeln. Das heißt zunächst einmal: Keine Information, die nicht zuvor ausdrücklich von mir autorisiert wurde, darf raus.«

Natürlich, das war selbstverständlich, dachte Ed. Doch auch an dieser Stelle waren die Täter ihnen bereits ein Stück voraus. Mit ihrer Bekenner-E-Mail an Hinnerk hatten sie bereits selbst für Öffentlichkeit gesorgt. Dadurch lag die Handlungshoheit nur noch begrenzt in den Händen der Polizei.

»Was haltet ihr davon, mit Coutino senior in Hamburg zu sprechen?«

»Das müssen wir sowieso, und es ist besser, dass das einer von uns macht, als wenn wir die Hamburger Kollegen um Hilfe bitten. Ed, dann ist das deine Aufgabe für morgen. Einverstanden?«

Ed schaute zu Elsa, die freundlich nickte, doch ihre Augen waren müde. Und da war noch etwas. Ed sah eine Traurigkeit, die er an Elsa noch nicht kannte.

Er hätte sie jetzt gern in den Arm genommen, meinte ihren warmen Körper zu spüren und erkannte, wie sehr er sich nach ihr sehnte.

15

Ed war gerade dabei, die LED-Leuchte am Lenker seines Fahrrads anzustecken, als ihn jemand am Arm berührte. Er schreckte zusammen, ehe er Elsa erkannte.

»Nicht so erschrecken. Ich bin es nur«, sagte sie lächelnd. »Ehrlich gestanden hatte ich mir diesen Tag vollständig anders vorgestellt.«

»Ich auch«, bestätigte Ed.

»Komm, lass uns ein paar Schritte laufen.«

Der Parkplatz vor dem Polizeirevier war bis auf den letzten Platz belegt. Die meisten Wagen hatten Kieler Kennzeichen. Auf der Insel fuhren viele mit dem Rad. Kaum waren sie in den Bahnweg eingebogen, hatten sie die Straße für sich.

»Magst du kurz zum Meer vor?«, fragte Elsa.

Sie liefen eine Weile schweigend durch den eisigen Wind, der jetzt aus Südwesten kam. Ed schob sein Rad.

»Als ich von Stein kam, habe ich vorhin Lasse und Clara im Wellhørn getroffen. Clara hat mir auf ihrem Handy die ganzen Sylt-Posts auf Social Media gezeigt. Ich muss irgendwie seltsam geguckt haben, denn dann meinte sie, ich sei so herrlich *old-fashioned*.«

»Hm, das bist du. Wenn du ein Auto wärst, dann ein Jaguar XJS in British Racing Green.«

»Tatsächlich?«

»Natürlich.«

»Egal«, sagte Ed, der den Gedanken befremdlich fand, sich selbst als Auto vorzustellen. Lightning Eduard. Und wenn schon, dann doch bitte als ein Jaguar E-Type. Aber British Racing Green war ziemlich o. k.

»Jedenfalls habe ich mir gedacht, wenn ich wirklich so *old-fashioned* bin, dann wäre es doch wunderbar, wenn wir nach diesem ganzen Kram hier zusammen ein paar Tage ganz entspannt und *old fashioned* nach London fahren. Was denkst du?«

»Das ist wunderbar altmodisch. Mit Scones und Sahne und Tee und Gurken-Kresse-Toasts?«

»Genau so.«

Mittlerweile hatten sie die Strandstraße erreicht, durch die die böigen Vorboten des angekündigten Sturms fegten. Trotzdem stand vor dem Kino eine kleine Traube Jugendlicher, die auf den Beginn des Films wartete.

»Hey«, flüsterte Elsa leise, als sie wieder für sich waren, und hielt Ed am Arm.

»London ist wunderbar, weißt du?«

Dann gab sie ihm den Kuss, auf den sie beide den ganzen Tag gewartet hatten.

»Und im Sommer zeige ich dir mein Pula. Einverstanden?«

»Einverstanden«, antwortete Ed und suchte ihre Lippen.

Auf der Uferpromenade wehte ihnen der salzig feuchte Wind ins Gesicht. Die Wellen tosten um die Tetrapoden vor der Kaimauer. In diesem Lärm war es nur noch schwer möglich, zu verstehen, was der andere sagte. Für eine Weile standen sie deshalb stumm nebeneinander und schauten auf das Meer, die Hochhäuser des Zentrums hinter sich, die endlose See vor sich, und irgendwo dahinten am unsichtbaren Horizont, hinter dem Sturm und der Dunkelheit, die Britischen Inseln. Kräftig durchgepustet stiegen sie wieder die Treppe zur Stadt empor.

»Wenn wir vor ein paar Tausend Jahren gelebt hätten,

dann hätten wir jetzt einfach immer weiter geradeaus laufen können und wären über das Doggerland bis nach England gekommen«, kramte Ed sein altes Schulwissen über die legendäre Landverbindung Schleswig-Holsteins mit den Britischen Inseln hervor.

»Wenn wir vor ein paar Tausend Jahren gelebt hätte, wären wir nie nach London gekommen, weil es damals noch gar kein London gab. Und vor allem hätten wir uns nie kennengelernt, denn eine Fischerstochter vom Mittelmeer wäre nie zu einem germanischen Bauern im eisigen Norden gelangt.«

»Gab's damals überhaupt schon Wasser im Mittelmeer, du Fischerstochter?«

Elsa zuckte mit den Schultern.

»Was weiß denn ich, du Klugscheißer.«

Ed grinste.

»Erwischt.«

»Anyway: Ich muss zurück. Nesser wollte das Vorgehen für morgen noch weiter absprechen. Halt mich morgen bitte über Coutino auf dem Laufenden.«

Und dann schmolzen sie für einen kurzen Moment in einer engen Umarmung zusammen. Es war Ed völlig unbegreiflich, dass er eine Frau wie Elsa im Arm halten durfte. Klug und wunderschön. Er musste an Rob denken. Vor vielen Jahren hatte der ihm erzählt, wie er Nathalie kennengelernt hatte und wie es sich für ihn damals angefühlt hatte, dass eine so wunderbare Frau wie Nathalie einen Kerl wie ihn offenbar mochte. London, Pula, Doggerland. Völlig egal. Genauso egal wie die Tatsache, dass Elsa noch immer seine Vorgesetzte war. Was zählte, war ihr Jetzt. Was zählte, war Sylt.

Der Wind trieb ihn in Böen auf seinem Fahrrad vor sich her, während er den Heckenrosenweg gleich hinter dem Dünensaum entlangradelte. Die Kinder hatten Wort gehalten und gekocht. Und mehr als das: scharf angebratener Seehecht, dazu ein Wasabi-Dip, ein würziger Couscous-Salat und kleine gebratene grüne Paprika. Ein Festmahl. Zumal nach solch einem Tag.

»Darf es ein Glas Wein sein, Herr Vater?«, fragte Lasse gestelzt.

»Aber nur wenn unser Feuerteufel heute Nacht nicht wieder zuschlägt.«

»Bestimmt nicht«, gab sich Lasse überzeugt. »Bei dem Sturm geht keiner aus dem Haus. Und ganz gewiss nicht euer Feuerteufel.«

Er holte drei Gläser aus dem Küchenschrank und eine Flasche Grauburgunder aus dem Kühlschrank.

Nachdem er zwei Gläser eingeschenkt hatte, winkte Clara ab.

»Für mich nicht, danke.«

»Sicher?«

»Absolut. Wasser ist gut.«

Der weiße Fisch besaß eine wunderbare feste Konsistenz, die Ed besonders schätzte, der Wasabi-Dip war scharf und schien ihm den Kopf frei zu machen.

»Gleich fängt er wieder an zu schwitzen«, kicherte Lotte.

Tatsächlich dauerte es nicht lange, und an Eds Schläfe bildeten sich kleine Schweißperlen, die ihm dann die Wange hinabliefen.

Clara reichte ihm eine Serviette.

»Vielen Dank. Und vielen Dank für das wunderbare Essen.«

»Und? Habt ihr ihn endlich?«

»Wen?«

Lasse verdrehte demonstrativ die Augen.

»Na, wen schon, euren Brandstifter natürlich.«

»Nein, noch nicht. Aber es kann sich nur um Stunden handeln.«

»Ach so?«

Lasse wirkte überrascht, fast erschrocken.

»Wir sind eben gut. Und wir haben jede Menge Verstärkung aus Flensburg und Kiel bekommen«, erklärte Ed.

»Na, dann wird ja alles gut«, flötete Lasse.

»Wird es.«

»Es ist also doch der Serientäter, wie Rob vermutet hat.«

Ed nahm eine Gabel voll Couscous-Salat, der eine ganz andere, viel zartere Schärfe besaß als der Wasabi-Dip und dank Minze und Zitrone eine frische Note erhielt.

»Scheint so«, brubbelte er mit vollem Mund.

»Aber ich weiß nicht, irgendwie ist das alles so … steril, so geplant, so …«

»… einfach perfekt«, vollendete Clara den Satz mit einem strahlenden Lächeln.

»Ja, es ist irgendwie perfekt und damit zugleich hochgradig irritierend.«

»Was genau irritiert dich denn, Dad?«, beteiligte sich jetzt auch Lotte an dem Gespräch.

Aus dem Erdgeschoss war der Fernseher zu hören. Spätnachrichten.

»Ich kann es noch nicht genau benennen. Es ist lediglich ein Gefühl, dass wir auf eine völlig falsche Fährte gelockt werden.«

»Vielleicht setzt ihr euren Brandstifter doch noch nicht so schnell fest, wie du meinst. Ich denke, ihr habt noch gar keine Fährte«, erklärte Lasse grinsend.

»Richtig. Keine Indizien. Bisher. Aber das ganz Tamtam mit den leeren Plastikkanistern und jetzt mit dem Büchner-Zitat …«

»Büchner?«, fiel ihm Lotte überrascht ins Wort.

»›Friede den Hütten, Krieg den Palästen!‹ Georg Büchner, *Der Hessische Landbote*, du Dummchen. In der Schule mal wieder ausgiebig deinen Schönheitsschlaf gemacht, anstatt aufzupassen?«

»Klugscheißer«, parierte Lotte ihren großen Bruder.

Oje, dachte Ed, das konnte heiter werden. Die Besserwisserei hatte Lasse offenbar von ihm mitbekommen. Was aber keineswegs bedeutete, dass er es wirklich immer besser wusste.

»Und was ist nun mit dem Büchner-Zitat?«

»Das alles erscheint mir so aufgesetzt.«

Lasse musterte seinen Vater intensiv.

»Aha, und das heißt jetzt was?«, bohrte Lasse nach.

»Wenn ich das wüsste, wäre der Fall schon gelöst.«

»Und was meint Elsa dazu?«, fragte Lotte.

»Neugierig seid ihr ja gar nicht, was? Das sind alles Dienstgeheimnisse.«

»Dass du gestern Abend Händchen haltend mit Frau Sebliczka im Wellhørn gesessen hast, ist das auch ein Dienstgeheimnis?«

»Bitte?«

Ed schaute seine Tochter ungläubig an. Woher wusste sie denn das jetzt? Und außerdem, etwas mehr Diskretion hätte ihr nicht geschadet.

Doch Lotte schaute ihn nur frech grinsend an. Die Sache mit Elsa dürfte also schon die Runde gemacht haben, bevor sie überhaupt richtig begonnen hatte. Kurz musterte Ed seine Tochter. Obwohl er sie jeden Tag sah, erschien sie ihm plötzlich ganz verändert, erwachsener. Die Schultern hochgezogen, in ihrem grauen Mohairpulli, den sie sich vor Weihnachten selbst gestrickt hatte und auf den sie sehr stolz war, die blonden Haare bis auf die Schulter fallend, sah Lotte umwerfend aus.

»Das ist kein Dienstgeheimnis, mein Schatz, sondern meine Privatsache.«

»Oho, na, dann behandeln wir das mal mit der notwendigen Diskretion und sagen allen, die es sowieso längst wissen, dass sie es nicht weiter herumposaunen sollen, damit Frau Sebliczka und Herr Koch weiter so tun können, als wenn da nichts wäre. Allerdings solltet ihr dann auch nicht Händchen haltend und knutschend vor dem Kino rumrennen. Lässt sonst Zweifel an eurem Diskretionsvermögen aufkommen«, erklärte ihm Lasse und zeigte ihm das Foto auf seinem Handy.

Ed räusperte sich.

»Ist doch nicht schlimm. Wir sind groß«, sagte Lasse. »Zumindest die meisten von uns«, ergänzte er mit einem Blick zu seiner Schwester.

»Was also den Fall angeht«, versuchte Ed das Gespräch wieder in für ihn sicherere Gewässer zurückzuführen. »Also, die Brandstiftungen meine ich, ähm, also, was meint denn ihr dazu?«

»Netter Versuch, Paps«, grinste Lotte.

Aber dann war der Fall der Brandstiftungen doch viel zu interessant, als dass die Kinder sich die Gelegenheit entgehen lassen wollten, darüber zu reden.

»Wenn ich dich recht verstanden habe, dann meinst du, dass sich jemand des Themas Spekulation und Wohnungsnot mit dem Mittel der Brandstiftungen bedient, um eigentlich ein ganz anderes Anliegen zu transportieren?«, fasste Lasse ihr Gespräch zusammen.

»Könnte doch sein, oder?«, überlegte Ed.

»Und wer und was sollte das sein?«

Erneut musterte Lasse seinen Vater.

»Keine Ahnung«, gestand Ed. »Ich muss morgen früh zu Coutino nach Hamburg fahren.«

»Wer ist das?«, fragte Clara.

»Ihm gehörte das Haus, das gestern Nacht abgebrannt ist«, antwortete Ed.

»Also war dieses Mal nicht Stein betroffen?«

»Nein, dieses Mal hat es einen anderen Immobilienunternehmer erwischt, der …«

»Einen anderen Spekulanten meintest du, der den Ausverkauf der Insel betreibt«, fiel ihm Lasse ins Wort.

Ed merkte, dass er heute Abend keine Kraft mehr besaß, diese gesellschaftliche Grundsatzdiskussion mit den Kindern zu führen, und schüttelte bloß missbilligend den Kopf.

16

Der nächste Morgen erwies sich für alle als eine einzige Überforderung. Der Sylter Feuerteufel hatte nicht nur im *Tageblatt* die Überschriften erobert, sondern war inzwischen landesweit präsent. Aus den Hunderten von Kommentaren im Netz waren über Nacht Tausende geworden. In München hatte die Polizei ein Gruppe Jugendlicher verhaftet, als sie gerade dabei waren, mit Molotowcocktails ein Haus mit Luxuswohnungen zu bewerfen. In Berlin hatte eine Gruppe Linksautonomer ein weiteres Haus besetzt und mit einem Plakat, das das Büchner-Zitat zeigte, eine offensichtliche Verbindung zu den Sylter Brandstiftungen hergestellt. Auf einem weiteren Plakat stand: *Besser besetzen als niederbrennen.*

Wo sie recht haben, haben sie recht, dachte Ed.

In mehreren Postings wurden Verbindungen zu der sozialen Situation in Paris und London hergestellt. Die Sylter Brandstiftungen hatten einen Nerv getroffen. Als würde eine gut organisierte Medienkampagne dahinterstehen, wurde im Netz intensiv diskutiert. Gelegentlich sachlich, meistens jedoch polemisch. Im Fernsehen gab es nach den Abendnachrichten einen *Brennpunkt* zu den Brandstiftungen und der Wohnungsbaupolitik und der Resonanz, die beides auslöste. Ed schüttelte den Kopf über den Titel der Sendung. Eine Münchner Psychologin und ein Kölner Soziologe führten eine hitzige Diskussion über die Rechtmäßigkeit solcher Protestaktionen. Dazu gab es eine Liveschalte zu einem Reporter auf der Insel, der vor dem abgebrannten Haus in Kampen zu sehen war. Doch der Beitrag besaß nicht nur für ihn keinen weiteren Informationswert. Offenbar diente er nur dazu, die Erwartung des Publikums nach verbranntem Holz auf der Bonzeninsel zu bedienen. Die Republik hatte für ein paar Tage einen neuen Aufreger, dessen Flammen gierig durch das ganze Land züngelten.

Ed wollte einen möglichst frühen Autozug auf das Festland erreichen, um bereits am Nachmittag wieder ins Revier zurückzukommen. In der Küche kochte er sich einen schnellen Kaffee, um wach zu werden, anstatt des starken malzigen Tees, den er sonst morgens bevorzugte. Die Kinder schliefen noch, als er leise die Treppe hinunterschlich. Doch offenbar hatte Mara bereits auf ihn gewartet und fing ihn an der Haustüre ab, die sie hinter sich zudrückte, sodass er nicht an ihr vorbeikam.

»Wir müssen reden, Eduard.«

Sie setzte eine Miene beleidigter Oberlehrerhaftigkeit auf, die sie sich im Umgang mit ihm angewöhnt hatte. Es versetze Ed einen Stich, denn darunter sah er noch immer die Gesichtszüge, die er liebte oder doch zumindest geliebt hatte. Den sanft geschwungenen Mund, das Grübchen auf der rechten Wange und die Augen, die so wunderbar lachen konnten. Doch davon war an diesem Morgen kaum noch etwas übrig. Verdeckt von Zorn und Missgunst und Beleidigtsein.

»Ja, können wir, aber jetzt bitte nicht. Ich bin auf dem Weg nach Hamburg und möchte den Autozug nicht versäumen.«

Demonstrativ schaute er auf seine Armbanduhr.

Doch das war Mara gleichgültig. Mit großem Gespür für den ungünstigsten Zeitpunkt setzte sie an.

»Du weißt ganz genau, dass Fiete und ich morgens früh rausmüssen. Trotzdem polterst du abends andauernd lärmend die Treppe hoch. Und morgens gehst du raus, wenn alle anderen noch ihren Schlaf brauchen. Das geht so einfach nicht weiter. Rücksicht ist ein Fremdwort für dich. Du bist wirklich nicht der Einzige, der hier wohnt. Du machst dein Ding, und alles andere ist dir völlig egal.«

Ed war so perplex über den Vorwurf, dass er nichts erwiderte. Stattdessen explodierte in seinem Kopf eine Blase der Vorwürfe: Ich mach mein Ding? Du hast mich verlassen. Du wohnst hier mit diesem fischigen Typ, während ich mich um die Kinder kümmere. Wer macht denn bitte hier sein Ding ohne Rücksicht auf Verluste?

Ja, sie müssten reden, aber sicher nicht jetzt. Das würde etwas von einem letzten Gefecht bekommen, vor dem es ihm graute. Ebenso wie vor den Folgen.

Also hielt er den Mund und ließ Mara weiterreden.

»Wir können von dir etwas mehr Rücksicht fordern. Das gilt vor allem auch gegenüber den Kindern. Die wissen überhaupt nicht mehr, was los ist und wie sie reagieren sollen.«

»Die Kinder …«, setzte Ed an und dachte an den letzten Abend. »Die Kinder fühlen sich erstaunlich wohl in unserer seltsamen Situation, finde ich. Gestern haben sie beispielsweise wunderbar gekocht, weil ich dafür keine Zeit hatte.«

»Du hast nie Zeit. Deinem Beruf wird alles untergeordnet. Und dann überstrapazierst du dauernd deine Rolle als Teilzeitvater. Du polarisierst und versuchst mit deiner übergriffigen Art, die Kinder von mir und Fiete wegzuziehen. Merkst du das denn gar nicht?«

Mara schaute ihn vorwurfsvoll an.

»Ich mache *was*?«, fragte er verständnislos.

»So geht das nicht weiter, Eduard. Es wäre am besten, wenn du dir möglichst bald eine eigene Wohnung suchst.«

»Ich soll aus unserem Haus ausziehen?«

Ed schnappte wieder nach Luft. Das hatte ihm jetzt gerade noch gefehlt. Er kämpfte gegen die aufsteigende Wut ebenso wie gegen Tränen, die ihm in die Augen schossen.

»Alles klar, Mara, ich muss jetzt los. Entschuldige bitte.«

Dann schob er seine Ex-Frau sanft weg, die sich in Rage geredet hatte.

»Das ist dermaßen typisch. Ist das alles, was du dazu zu sagen hast, Eduard?«

Ed blieb stehen, schaute ihr ins Gesicht.

»Im Moment ja.«

Er drehte sich um und ging zu seinem Wagen.

So war sie eben. Oder nein. So war sie geworden, in den letzten Jahren.

Es versetzte Ed erneut einen Stich. Ohne es zu bemerken, hatten sie sich voneinander entfremdet. Immer weiter entglitten sie sich.

Und nun?

Natürlich hatte Mara recht. Die Situation unter dem gemeinsamen Dach war für alle zur Belastung geworden. Während der Überfahrt mit dem Autozug nach Niebüll hatte er genügend Zeit, um langsam wieder zur Ruhe zu kommen und das Für und Wider von Maras Vorwürfen abzuwägen. Er würde noch einmal das Bauamt kontaktieren und nach freien Wohnungen fragen. Bald. Nein, nicht bald, gleich morgen.

Jetzt im Winter war die A7 nach Hamburg frei. Nicht einmal vor dem Elbtunnel sollte es laut Verkehrsfunk Stau geben. Durch das milchige Grau des Morgens schoss er dahin. In der Ferne sah er den Turm des Doms in Schleswig, mit dem das einsame Hochhaus aus den sechziger Jahren einen freundlichen Konkurrenzkampf ausfocht. Simon and Garfunkel summten leise und verkündeten »Jesus loves you more than you will know«, während er die beiden Blitzer passierte, die den Anfang und das Ende der Rader Hochbrücke über den Nord-Ostsee-Kanal markierten. Tatsächlich erreichte er nach knapp zwei Stunden den Hopfensack in Hamburg, gleich neben dem berühmten Chilehaus von Fritz Höger. Wie immer, wenn er hier in der Gegend war, nahm er sich einen Moment, um das Gebäude zu bewundern. Doch so oft er sich schon dem Chilehaus gewidmet hatte, diesem expressionistischen Architekturfeuerwerk in Schiffsform, in dessen Fassade die Ziegel von Rot über Braun bis Blau changierten, die Straße »Hopfensack« hatte er bis dahin nie bewusst wahrgenommen. Dort ging es vorbei an einem Barber Shop neben dem Eingang und über die Holzstufen des gefliesten Treppenhauses hoch in den vierten Stock.

Coutino empfing ihn mit wohlwollender Freundlichkeit in seinem Büro. Die Sekretärin, die er vertraulich mit Katrin ansprach, brachte ihnen Tee.

Coutino senior schienen die unterschiedlichen Spielarten der Arroganz zu fehlen, die Ed an seinem Sohn, aber auch an Stein ausgemacht hatte. Oder wusste Coutino senior sie nach all den Jahren geschäftlicher Erfolge nur besser zu überdecken? Er geleitete Ed auf die Terrasse vor seinem Büro und zeigte ihm den herrlichen Blick auf die Silhouette der Stadt. Die Spitze der Elbphilharmonie, das uralte Haus der Patriotischen Gesellschaft. Die Botschaft, die er damit an Ed sandte, war mehr als deutlich. Hier residierte jemand, der dazugehörte, der Teil der erfolgreichen Hamburger Kaufmannschaft war.

Sie ließen sich vor einer eindrucksvollen Bibliothek in zwei breiten Ledersesseln nieder.

»Sind Sie Sammler oder Leser?«, fragte Ed mit Blick auf die zahlreichen Bücher, die ihm schon in Coutinos Kampener Haus aufgefallen waren.

Coutino lächelte, als würde er sich über Eds Einfalt amüsieren.

»Beides. Ich sammele leidenschaftlich schöne Bücher, und ich lese sie auch gerne. Besonders schätze ich Lebensgeschichten historischer Persönlichkeiten. Wissen Sie, was das Erstaunliche ist?«, fragte er und fuhr fort, ohne eine Antwort von Ed abzuwarten.

»Hinter all den großen und den ganz großen Namen finden sich immer überaus menschliche Geschichten, in ihrer Größe wie in ihrer Tragik – und häufig auch in ihrer Beschränktheit. Je älter ich werde, desto mehr berührt mich das.«

Das nahm er dem Kaufmann ohne Weiteres ab, der in seinem Ledersessel wie auf einem Thron saß.

»Sie sind noch am Abend des Brandes von Sylt abgereist?«, wechselte Ed das Thema.

»Das stimmt. Ich bin mit Toms Wagen gefahren. Wobei es eigentlich mein Wagen ist, aber Tom fährt ihn halt gern.«

»Und Sie haben die Freundin Ihres Sohnes mitgenommen?«

»Ja, warum?«

»Wir versuchen lediglich, uns einen Überblick zu verschaffen.«

»Aber was haben Tom, seine Freundin und ich mit der Brandstiftung zu tun? Wir sind die Opfer eines Verbrechens. Ich verstehe die Zielrichtung Ihrer Frage nicht, Herr Kommissar Koch.«

Coutino musterte Ed scharf. Die vertrauliche Freundlichkeit, die noch eben seinen Blick ausgemacht hatte, war auf einmal verschwunden. Er konnte also auch anders. Coutino wechselte seinen Ausdruck auf Knopfdruck.

»Sie kommen schließlich nicht von Sylt hierher, um meine Bibliothek anzuschauen«, fuhr er milder fort.

»Leider nein«, stimmte Ed zu.

»Was uns interessiert, ist Ihre Einschätzung der Ereignisse. Wer hätte ein Interesse daran haben können, eines Ihrer Häuser anzuzünden?«

»Ich habe keine Ahnung. Das müssen leider schon Sie herausfinden.«

»Wir bemühen uns. Aber alles kann uns helfen, was Ihnen dazu einfällt.«

»Nichts. Wirklich, mir fällt zu einem solchen Verbrechen wirklich überhaupt nichts ein. Ich kann mir aus dem Kreis meiner Kollegen niemanden denken, der ein so dummes und niederträchtiges Verbrechen begeht.«

»Es gibt niemanden, der neidisch ist auf Ihren Erfolg?«

»Die gibt es bestimmt. Die Pflanze Neid gedeiht schließlich ganz besonders prächtig in Deutschland. Das ist auf Sylt nicht anders als in Hamburg. Dazu müssen Sie nur die Zeitung aufschlagen. Angeblich wird unsere Gesellschaft immer ungleicher. Der Graben wächst. Was für ein Unsinn! Noch nie ging es so vielen Menschen so gut in diesem Land wie heute. Aber neidisch sein auf den Erfolg eines anderen und einen Brand legen, das sind zwei völlig unterschiedliche Dinge. Dazu gehört eine kriminelle Energie.«

»Absolut«, stimmte ihm Ed zu. »Und dennoch können wir nicht ausschließen, dass Ihnen und Herrn Stein jemand schaden möchte.«

»Dann müsste er sich schon etwas anderes einfallen lassen, als ein kleines halb fertiges Haus in Kampen abzufackeln.«

Da war sie doch. Jene Überheblichkeit, die Ed schon bei Coutinos Sohn unangenehm aufgestoßen war.

»Wie gestaltet sich die Zusammenarbeit mit Ihrem Sohn?«

»Unsere Zusammenarbeit ist seit Jahren ganz wunderbar.

Jetzt ist es an der Zeit, dass ich mich langsam aus dem Geschäft zurückziehe und die Dinge an die nächste Generation übergebe. Sie wissen vielleicht, dass es nicht allen gelingt, sich zurückzunehmen. Die meisten meiner Freunde arbeiten noch, wenn sie schon mit einem Bein im Sarg stehen. Dann kippen sie eines Tages plötzlich tot um, und niemand weiß, wie es mit der Firma weitergehen soll. Das ist ein gefährlicher Moment. Dann kommen die gierigen Wölfe und stürzen sich auf das Geschäft. Am Ende bleibt nichts übrig. Nicht einmal für die Beerdigung. Das wollten wir Coutinos verhindern.«

»Und gelingt es Ihnen?«, fragte Ed, der durchaus verstand, was Coutinos Beweggründe waren, die Firma noch zu seinen Lebzeiten an den Sohn weiterzugeben.

»Unbedingt. Tom hat der Firma einen frischen Anstrich verliehen und sie stärker international ausgerichtet. Das ist viel Arbeit, aber es macht ihm genauso viel Spaß, wie es mir immer gemacht hat. Einen Heidenspaß. Sehen Sie, es ist großartig zu erleben, wie die junge Generation einem alten Schiff zu einem neuen Kurs verhilft.«

»Auf dem Sylter Immobilienmarkt sind Sie auch erst seit Jüngstem unterwegs«, warf Ed ein.

»Das stimmt. Aber das ist tatsächlich eher eine Liebhaberei.«

Er nahm einen Schluck Tee aus seiner weißen dünnwandigen Teetasse und brach sich ein Stück Shortbread ab, das daneben auf einem mit Blumenmotiven bemalten Teller lag. Meißner Porzellan, vermutete Ed. Aber er traute sich natürlich nicht, den kostbaren Teller umzudrehen, um nach den gekreuzten Schwertern zu sehen, dem Signet der Firma.

»Tom und ich, wir lieben beide Sylt. Sehen Sie, Tom ist eigentlich am Strand von Kampen groß geworden.«

In einer Kunstpause schob er sich wieder ein Stück Shortbread in den Mund.

Ed ließ ihm die Zeit, die er für diese kleine Inszenierung brauchte.

»Sind Sie Sylter? Dann werden Sie verstehen, dass wir mit unserem Engagement dazu beitragen wollen, dass künftig nur noch wirklich schöne Häuser auf der Insel gebaut werden und nicht nur so ein Ferienwohnungsmist wie in den vergangenen Jahrzehnten. Da hausen die Urlauber für ein paar Wochen im Jahr in diesen belanglosen Kästen wie die Hühner in der Legebatterie, und die Insel verliert dadurch ihre Großzügigkeit und vor allem ihre Schönheit.«

»So ein Mist, wie ihn Stein baut?«, fragte Ed.

»Aber nein. Stein ist einer von den Guten. Er ist engagiert, ein Kunstliebhaber. Ohne ihn wäre Sylt heute nicht da, wo es ist. Sie waren doch neulich auch auf der Vernissage dieses Fotografen. Ich habe Sie gesehen. Stein hat von Ihnen erzählt. Sie sind mit dem Künstler befreundet. Das waren wunderbare Bilder dort! Ohne Leute wie Stein wäre so etwas gar nicht möglich. Ich werde mir sicher einige der Fotografien kaufen.«

Ed war sich nicht sicher, ob Rob das alles so gefallen würde, wie Coutino es schilderte. Aber das war jetzt auch nicht wichtig.

Auf dem Weg zum Ausgang begleitete ihn Coutino das schmale Stiegenhaus mit den floralen Fliesen hinab bis auf die Straße. Dabei erzählte er ihm Anekdoten über die Eisenhandlung, die hier einst über ein halbes Jahrhundert lang residiert hatte. Lange Zeit war es dem Besitzer gelungen, den großen Baumärkten Paroli zu bieten. Doch dann war auch diese Zeit vorbei. Der alte Besitzer starb. Der junge Nachfolger konnte sich bloß zwei Jahre lang behaupten. Der Laden schloss, und vom Verkauf des Hauses wurden die aufgelaufenen Schulden bezahlt. Nichts blieb übrig. Ein halbes Jahrhundert Arbeit löste sich in Nichts auf.

»Man muss aufpassen, immer, und frühzeitig.« Coutino lachte.

Vor der Tür blieb er stehen, legte Ed vertraulich die Hand auf die Schulter und wies mit der anderen Hand auf das Straßenpflaster.

»Genau dort verlief vor hundert Jahren noch ein Fleet. Von dort aus wurde der Vorgängerbau dieses Hauses, ein einfacher Speicher, mit Waren bestückt. Ein schlichtes Lagerhaus. Dann wurde das Fleet zugeschüttet, weil keiner mehr Lust hatte, es zu pflegen und auszubaggern. Deshalb hat es angefangen zu stinken. So fängt es immer an: Irgendjemand ist zu faul, sich richtig um die Sachen zu kümmern. Und anstatt sie zu reparieren und wertzuschätzen, schmeißt man sie dann weg. Der Kanal ist zu und wohl für immer verschwunden. Was wäre, wenn es die alten Fleete noch gäbe? Können Sie sich das vorstellen? Hamburg war einmal fast genauso schön wie Amsterdam. Und nur weil sich keiner darum gekümmert hat, sieht es heute aus, wie es aussieht. Verstehen Sie? Man muss sich um die Dinge kümmern. Sonst gehen sie den Bach runter. Ganz schnell geht das. Ratzfatz.«

Ed schüttelte Coutino die Hand und bedankte sich für die Zeit, die er sich für das Gespräch genommen hatte.

»War mir eine Freude«, lächelte Coutino, der Ed auf einmal schrecklich alt auszusehen schien.

»Trotz des betrüblichen Anlasses.«

17

Wenn Ed sich beeilte, konnte er gegen vier wieder in Westerland sein.

Sobald er die Autobahn erreicht hatte, rief er Elsa an und berichtete ihr von seinem Gespräch mit dem Immobilienunternehmer. Im Gegenzug brachte ihn Elsa auf den aktuellen Stand der Ermittlungen, der sich allerdings seit dem Abend kaum verändert hatte. Sie hatten keine neuen Spuren, keine Zeugen, keine Anhaltspunkte. Das war zwar nicht motivierend, schnelle Erfolge waren schließlich gut für das eigene Selbstwertgefühl, ebenso wie für die Außenwirkung ihrer Arbeit, andererseits waren solche schnellen Erfolge nicht der Regelfall. Häufig erwies sich ihre Arbeit als eine unspektakuläre Mischung aus kleinteiliger Spurensuche und einer großen Portion Geduld. Es konnte durchaus sein, dass sich über die Kommentare im Internet eine Spur ergab. Vielleicht wurden der oder die Täter unvorsichtig. Und welche Rolle spielte das Büchner-Zitat? So ungewöhnlich war es allerdings auch wieder nicht. Seit den 1960er Jahren tauchte es immer wieder bei politischen Protesten auf.

Bei aller Mühe, die vor ihnen lag, war sich Ed gewiss, dass sie den Fall aufklären würden. Das, was ihre Arbeit besonders mühsam machte, waren der politische Druck und die öffentliche Erwartungshaltung, den Fall möglichst schnell zu lösen. Die Ministerin hatte angerufen und sich von Nesser über den Stand der Ermittlungen unterrichten lassen. Auf die Insel wollte sie jedoch nicht kommen, um die Brandstiftungen nicht zusätzlich politisch aufzuwerten, wie sie wissen ließ. Mit gutem Grund, fand Elsa. Denn die Wellen, die die Brandstiftungen ausgelöst hatten, schlugen in den sozialen Medien immer noch hoch.

»Unsere Brandstifter werden schon wie neue Robin Hoods auf Facebook gefeiert«, schloss Elsa ihren Bericht.

An mehreren deutschen Schulen hatten Polizisten die Transparente mit dem Büchner-Zitat abgehängt. Dabei war es zur Konfrontation mit Schülern gekommen. Für die kommenden Tage waren zudem Großdemonstrationen in Kiel und Hamburg angekündigt, mit denen die Wohnungsfrage auf die politische Agenda kam. Die gesellschaftliche Berechtigung, ja die vermeintliche Notwendigkeit der Brandanschläge wurde zum allgemeinen Diskussionsthema. Ed war entsetzt, wie schnell der gemeinsame gesellschaftliche Boden des unbedingten Bekenntnisses zur Gewaltfreiheit dabei preisgegeben wurde. Die kommenden Wochen drohten nicht nur auf Sylt zu einer Herausforderung zu werden.

»Und wie macht sich Nesser?«

»Ich finde, er ist überaus kollegial, alles in Ordnung mit ihm. Vermutlich wird er wohl schon in den nächsten Tagen wieder nach Kiel abgezogen, sofern sich bei den Ermittlungen auf Sylt nichts Neues ergibt.«

Ein paar graue Wolkenfetzen flogen eilig über das flache Land davon. Einige Krähen mühten sich, gegen den Wind anzukommen. Die Büsche und niedrigen Bäume, die die Felder begrenzten, standen melancholisch in der Landschaft, als würden sie schon nicht mehr an den nächsten Frühling glauben. Das zarte erste Grün des Frühlings schien immer am weitesten entfernt, wenn es fast schon bereit war hervorzubrechen.

»Ed? Bist du noch dran?«

»Ja, ja. Ich werde nur aus der ganzen Sache nicht schlau.

Weder aus Stein noch aus Coutino noch aus den Brandanschlägen insgesamt ...«

Und schon gar nicht aus Mara, dachte er, sagte es aber nicht. Nicht jetzt.

»Du glaubst nicht an ein politisches Motiv der Brandstifter?«

»Keine Ahnung. Ich weiß es nicht.«

»Was stört dich?«

»Es ist nur so ein Gefühl, ich kann es nicht greifen. Weißt du, ich werde den Eindruck nicht los, dass uns irgendjemand ganz mächtig an der Nase herumführt. Und unsere Immobilienhaie, die neulich bei der Eröffnung so einträchtig beieinanderstanden, die würden sich doch eigentlich am liebsten gegenseitig ins Geschäft pfuschen.«

Ed machte eine Pause.

Anstatt der schwerfälligen Krähen segelten nun grauweiße Silbermöwen elegant durch den Wind.

Ein Schild auf der Autobahn kündigte die Abfahrt nach Neumünster an.

»Aber sie würden sich doch nicht gegenseitig die Häuser anzünden. Das ergibt doch keinen Sinn«, erwiderte Elsa.

Nein, Sinn ergab das wirklich nicht. Noch nicht. Aber ergaben die vermeintlichen politischen Botschaften der Brandanschläge einen Sinn? Die Versicherungen würden die Schäden ohnehin begleichen. Die Bauverzögerung war für die Immobilienunternehmer ärgerlich, aber wirtschaftlich nicht dramatisch, dazu waren die Bauvorhaben zu unbedeutend. Also waren die Brandanschläge am Ende doch reine Symbolhandlungen? So klein allerdings die ökonomischen Folgen sein mochten, so schwer wog der Imageschaden. Doch der traf am Ende eher Sylt als die Immobilienunternehmer.

Was würde wohl noch auf sie zukommen, für den Fall, dass in den nächsten Wochen erneut ein Haus brennen sollte? Das mussten sie auf jeden Fall unterbinden, auch wenn sie im Moment noch nicht erkannten, wie ihnen das gelingen konnte. Trotzdem mussten sie vor allem geduldig bleiben. Aufmerksam und geduldig.

»Können wir noch ein bisschen mehr über die Coutinos herausbekommen?«, nahm Ed den Faden wieder auf. »Über seine Firma und deren wirtschaftliche Lage?«

Erneut hielt Ed inne.

»Ich würde auch gerne mehr darüber wissen, wie das Verhältnis zwischen Vater und Sohn aussieht.«

»Ich schau, was sich machen lässt. Ich frage mal bei Nesser nach. Vielleicht hat er da eine Idee.«

Ed merkte, dass der vertraute Tonfall aus Elsas Stimme verschwunden war. Ob sie nicht mehr allein im Büro war?

»Bis nachher. Pass auf dich auf. Und pass auf, dass du dich nicht in irgendetwas verrennst. Es gibt bisher für nichts verwertbare Beweise«, warnte ihn Elsa.

»Ich weiß«, murmelte Ed. »Ich weiß.«

Den Rest der Fahrt hörte er der Musik aus dem Radio zu, gelangweilt von der Strecke, die sich endlos zog und die er in- und auswendig kannte. Versunken in seine Gedanken, die ziellos zwischen Mara, den Brandstiftern, Elsa und Lasses Abiturklausuren hin und her mäanderten, schreckte er von einem grellen roten Blitz hoch. Er sah auf den Tacho und fluchte. Er fuhr knapp hundert Stundenkilometer. Achtzig waren hier erlaubt. Dank seiner Unaufmerksamkeit hatte ihn auf der Rader Hochbrücke ein Blitzer erwischt.

Wunderbar!

Seine Laune besserte sich auch nicht, als er bei der Autoverladung in Niebüll ankam. Die war zwar komplett leer, aber er musste trotzdem über eine Dreiviertelstunde warten, bis der Zug beladen war und endlich über das graue Land tuckelte. Die Fahrt führte vorbei an Klanxbüll, dann folgten die riesigen Windräder, die ihre roten Blinklichter in den Schein der Dämmerung warfen, und schließlich erreichten sie den Hindenburgdamm, der die Insel mit dem Festland verband. So vieles ihn an dieser Bahnverbindung störte, die alles, was von und nach Sylt wollte, langsam und teuer machte – diesen Moment schätzte er: wenn aus dem weiten grauen Wattenmeer langsam die Insel hervorwuchs und am Horizont die Hochhäuser des Kurzentrums in Westerland und der Fernmeldeturm auftauchten. Es gab ihm ein warmes Gefühl, wieder daheim zu sein, zurückzukehren in einen geschützten Bereich, der ihm gehörte. Sein Sylt. Doch meist verflog dieses Hochgefühl wieder, sobald der Zug Morsum passiert hatte und in Keitum kurz auf den Gegenzug wartete, um anschließend langsam in das Gleisdelta des Westerländer Bahnhofs einzulaufen.

Ed berichtete Nesser das Gleiche über das Gespräch mit Coutino wie zuvor schon Elsa. Der Kieler Kollege hörte aufmerksam zu und machte sich gelegentlich Notizen.

»So, wie du ihn schilderst, scheint Coutino doch mit sich und seiner Welt im Reinen zu sein«, stellte Nesser fest.

»Das stimmt«, antwortete Ed. »Und trotzdem, ich kann es dir nicht genau begründen, aber ich hatte das Gefühl, da schwingt zwischen den Zeilen irgendetwas mit.«

»Und deshalb willst du die wirtschaftliche Lage des Unternehmens einmal genauer inspizieren, hat Elsa erzählt?«

»Da wir bisher keine wirkliche Spur haben, die uns weiterführt, kann das doch nicht schaden, oder?«

»Möglich. Ich habe jedenfalls mal bei unseren Wirtschaftsfachleuten in Kiel nachgehakt. Sie wollen sich auf die Suche machen, ob da etwas zu finden ist. Dafür brauchen sie aber etwas Zeit, haben sie gemeint. Morgen wissen wir hoffentlich mehr«, antwortete Nesser.

Ed war überrascht, wie unkompliziert sein Vorstoß akzeptiert worden war. Lag es wirklich daran, dass sie sonst nichts in Händen hatten? Oder lag es einfach an Nessers Art, gern neue Ideen aufzugreifen, auch wenn sie nicht von ihm selbst kamen, sondern von seinen Kollegen?

Die Befragungen der Bewohner auf der Insel gingen voran, hatten bisher aber keine Besonderheiten ergeben. Ebenso wenig wie die Untersuchung der Handydaten, die zum Zeitpunkt der Brandstiftung gespeichert worden waren. Keine Hinweise auf verdächtige Personen. Lediglich die Auswertung der Posts im Internet hatte zu einer Reihe von Anzeigen wegen Beleidigung und Aufrufen zu Straftaten geführt. Doch keiner von ihnen hatte bisher eine Spur zu ihrem Täter eröffnet.

Müde von der Fahrt nach Hamburg überlegte Ed, ob er nicht einfach faul zu Hause auf sein Sofa fallen sollte. Doch stattdessen entschied er sich dafür, eine Runde laufen zu gehen. Den inneren Schweinehund zu besiegen würde mit einem guten Gefühl belohnt werden. Angenehm erschöpft würde er blendend schlafen können. Es gelang ihm sogar, Lasse zu überreden mitzukommen. Eds Lauftempo war für Lasse inzwischen viel zu langsam. Meist weigerte er sich daher mitzulaufen. Gelegentlich machte er sich einen Spaß daraus, eine Viertelstunde später doch zu starten, um seinen Vater noch vor Kampen feixend einzuholen.

Wie so häufig, wenn sie zusammen eine Runde joggten, liefen sie an der Friesenkapelle beim Dorfteich in Wenningstedt vorbei. Dort hatten sie wie immer zu Heiligabend auch letzte Weihnachten die Christmette besucht. Vorbei an dem Platz, wo im Sommer der Mitmachzirkus für die Kinder stand, liefen sie weiter in Richtung Kampen.

»Wir haben uns übrigens in der Schule über die Brandstiftungen unterhalten. So eine Gelegenheit lässt sich Frau Wellershusen nicht nehmen«, berichtete Lasse. Mit federnden Schritten rannten sie nebeneinanderher. Die hellen Lichter ihrer LED-Stirnlampen tanzten auf dem Sandboden vor ihnen, während hoch oben der Kampener Leuchtturm sein Leuchtsignal durch die Nachte schickte.

»Und? Zu welchem Ergebnis seid ihr gekommen? Kennt ihr den Brandstifter jetzt?«

»Wieso den Brandstifter?«, fragte Lasse. »Komm mal aus deinen Denknischen heraus, alter Mann. Es kann doch auch eine Brandstifterin gewesen sein oder ein ganzes Kollektiv?«

»Allerdings«, bestätigte Ed. »Und? Welches Ergebnis hat eure Diskussion erbracht?«, beharrte er auf seiner Frage.

Bei Frau Wellershusen, die gefühlt seit einer Ewigkeit kurz vor der Pensionierung stand, hatte schon Ed Deutschunterricht gehabt. Und er hatte es geliebt. Ganz im Gegensatz zu Physik bei Frau Kühl und Mathematik bei Frau Baumwald. In Momenten, in denen er wirklich ehrlich mit sich war, gestand er ein, dass seine Abneigung gegen die Lehrerinnen wohl eher in seiner eigenen naturwissenschaftlichen Inkompetenz gründete als in der Qualität ihres Unterrichts.

»Sie hat das ganze Programm gezündet! Max Frisch, Ray Bradbury, dazu ein bisschen Orwell und natürlich eine kräftige Prise Vormärz. Das kennst du doch noch.«

Kannte er. Natürlich. Schon wieder Georg Büchner, *Der Hessische Landbote*. Das bewegte kurze Leben des Georg Büchner. *Leonce und Lena*. Beides gehörte nicht zu seiner Lieblingslektüre. Der verträumte Jugendliche, der er gewesen war, hatte stattdessen für die Romantiker geschwärmt, für Eichendorffs *Taugenichts*, für Chamissos *Schlehmil* und für E. T. A. Hoffmanns Schauergeschichten. Das alles hatte ihm mehr gelegen.

»So weit zur literaturgeschichtlichen Einordnung. Unser

Brandstifter ist gebildet. So weit, so gut. Aber irgendwann seid ihr bei eurer Diskussion ja auch in der Gegenwart angekommen, oder?«, fragte Ed.

»Sind wir. Aber was soll das bringen? Wir haben das schon seit Jahren immer und immer wieder auf der Insel diskutiert, und es ändert sich einfach nichts. Es fehlt an Wohnungen, und die Wohnungen, die vorhanden sind, sind zu teuer. Alle ziehen weg. Keiner hat mehr Bock. So ist das hier im Block, tagein, tagaus.«

Ed grinste über das Zitat von Materia, auch wenn es dabei eher um Sozialbauwohnungen in Berlin ging als um Sylter Ferienhäuser.

»Und was war das Ergebnis eurer Moraldiskussion? Darf man das? Darf man anderer Leute Häuser einfach anzünden?«

Sie bogen auf die Kampener »Whiskystraße« ein, die nahezu verwaist vor ihnen lag, kein Rolls-Royce, kein Aston Martin. Nur ein dunkler Wind mit Salzgeschmack. Vor den beiden Luxushotels, die neben der Uwe-Düne lagen, bogen sie in Richtung Sturmhaube ab.

»Am Strand oder oben entlang?«, fragte Ed, der trotz des Windes kräftig schwitzte.

»Oben herum«, entschied sich Lasse für den Weg entlang der Kante des Roten Kliffs, der sie wieder zurück nach Wenningstedt führen würde.

Als sie den Dünenkamm erreicht hatten, nahm Lasse den Gesprächsfaden wieder auf.

»Ich weiß es nicht, Dad. Die Frage ist, ab wann ein System so sehr in sich selbst gefangen ist, so sehr im Matsch festgefahren wurde, dass eine radikale oder gar eine gewaltsame Veränderung notwendig wird.«

Ed erschrak über die Wortwahl seines Sohnes.

»Wer entscheidet das? Wer maßt sich dazu das Recht an?

Ich? Du? Die Brandstifter?«, fragte er mit aufgebrachter Stimme.

»Natürlich musst du als Vertreter der Staatsgewalt so argumentieren. Grundsätzlich ist gegen das Gewaltmonopol des Staates ja auch nichts einzuwenden. Aber wenn die Dinge so falsch laufen wie hier, was ist dann?«

»Das war das Ergebnis eurer Diskussion bei Frau Wellershusen?«

»Nein. Wir haben keine Lösung gefunden. Es gab Zustimmung zu den Brandstiftungen, und es gab Ablehnung. Vor allem aber gab es Zweifel. Und es gab die Idee, die Bürgermeisterin zu einer Diskussion einzuladen, um über die Insel und den Wohnraum zu sprechen.«

»Tja, wenn sie kommt. Das fände ich sehr gut.«

Ed hatte seine Zweifel, ob es gelingen würde, die Politikerin zu einem Gespräch mit den Schülern zu bewegen. Aber einen Versuch war es allemal wert.

Auf dem Holzsteg, der vor Wenningstedt an die Stelle des sandigen Trampelpfades über die Dünen trat, liefen sie nur noch hintereinander und kämpften gegen den wieder auffrischenden Wind an. Hatte der Sand jeden Schritt gedämpft, wurden sie nun von den Holzbohlen zurückgefedert. Sie liefen am neuen Wenningstedter Kurhaus und dem breiten Strandabgang vorbei. Wie sehr sich die Insel doch verändert hatte, seitdem er hier zur Schule gegangen war. War es besser geworden seitdem? Schlechter? Oder einfach nur anders? Ed war sich nicht sicher.

Als er nach der Dusche später aus dem Bad kam, fand er eine Nachricht von Elsa auf seinem Handy.

Gemeinsam kochen? Morgen bei mir? 19:30?

Ed grinste.

Besser, entschied er sich. Es war definitiv besser geworden auf der Insel.

Sehr gerne, tippte er mit beiden Daumen und schickte die Nachricht ab.

Er zögerte kurz, dann ergänzte er:

Freu mich sehr.

Ein kurzes Lächeln. Ein grinsender Emoji. Dann wanderte auch die zweite Nachricht aus seinem analogen Herzen in die digitale Welt.

18

Elsa saß mit Ed an ihrem alten Küchentisch. Das Möbel begleitete sie bereits seit ihrer Ausbildungszeit. Gekauft hatte sie es an einem Samstagnachmittag in Stuttgart auf dem Trödelmarkt. Auf dem Dach eines Ford Kombi, den ein Schulfreund von seinem Vater ausgeliehen hatte, transportierte sie es in ihre erste eigene Wohnung. Von dort begleitete es sie dann weiter von Wohnung zu Wohnung. Bücher, Regale, alte Schallplatten. Etliches, was sie über die Jahre angesammelt hatte, war bei ihren Umzügen verloren gegangen oder auf dem Müll gelandet. Nur der alte Tisch hatte sie weiter begleitet. Auf der Platte lagerten sich die Reste mehrerer farbiger Anstriche ab, als wäre der Geist Jackson Pollocks zu Besuch gewesen und hätte ihn in eine Art abstraktes Kunstwerk verwandelt. Und irgendwie war es das auch für Elsa. Jetzt stand er also am Rand von Westerland, in der Küche der Zweizimmerwohnung in einem schlichten zweigeschossigen Nachkriegsbau aus gelben Ziegelsteinen. Die Küche selbst verströmte ebenfalls den Charme der 1950er Jahre, fand Ed. Die Schiebeschränke über der Arbeitsfläche hatten schräg gestellte Fronten in Hellblau und lichtem Gelb, wie sie schon lange nicht mehr Mode waren. So abgegriffen die Möbel bereits aussahen, als Elsa hier einzog, besaßen sie in ihren Augen doch eine eigene Würde und passten seltsam gut zu ihrem alten Tisch. Und weil sie ohnehin keine völlig neue Küche wollte, hatte sich Elsa dafür entschieden, sie von ihrer Vormieterin zu übernehmen. Mit fast neunzig Jahren konnte Gertrud Hansen die Treppe in den zweiten Stock einfach nicht mehr bewältigen. Hier hatte sie über ein halbes Jahrhundert gelebt, die längste Zeit davon allein. Elsa fühlte sich wie ein Eindringling in der Welt von Frau Hansen, die ihr bei einer Tasse Tee vom alten Westerland erzählte. Wie der kleine Ort immer größer geworden war. Seitdem fühlte sich Elsa für die alte Dame verantwortlich, deren Wohnung sie übernahm.

»Endstation«, verkündete Frau Hansen trocken, als sie ihr neues Zimmer im Altersheim betraten, untergehakt in Elsas rechtem Arm.

»Nun warten Sie es doch erst mal ab und geben sich Zeit anzukommen. Geben Sie Ihrer neuen Bleibe eine Chance«, versuchte Elsa sie zu motivieren. Dabei verstand sie die Gefühle von Frau Hansen besser, als die alte Frau es sich vermutlich vorstellen konnte. Den Verlust der eigenen Wohnung und die Angst, die damit einherging. Der wöchentliche Besuch bei Frau Hansen wurde für Elsa zu einem Ritual, ebenso wie die regelmäßigen Telefonate, die Elsa genauso wenig missen mochte wie die alte Dame selbst.

Als Elsa dann allein in der neuen alten Wohnung stand, beobachtete sie lange den Staub, der im Gegenlicht tanzte. Die Sommerluft war warm und muffig. Sie öffnete das Fenster und konnte von ferne den Lärm vom Strand hören, die Wellen und das Kreischen der Möwen. Beim Putzen war der Schmutz aus Jahrzehnten hinter den alten Möbeln hervorgekommen. Für einen Moment setzte sich Elsa auf den Boden und dachte an ihre Großmutter in Pula und an ihre Eltern. Sie lief in der Erinnerung durch die Wohnungen in Belgrad und Stuttgart und durch das alte Haus in Pula. Sie dachte an den Duft der Räume und das Licht. Sie fühlte den Abschiedsschmerz nach, der Frau Hansen begleitet hatte. Die Wände bargen noch ihre Erinnerungen und die Windungen der Zeit, den fernen Klang des jugendlichen

Lachens, als sie hier eingezogen war. Der Sand der Jahrzehnte hatte sich zusammen mit dem Salz der Luft vermischt und unter den Scheuerleisten festgesetzt. Stück für Stück ging Elsa die wenigen Sachen der alten Dame durch, die noch in der Wohnung geblieben waren und eigentlich alle fortsollten. Sie stellte ihr Bett in der Mitte des Raumes auf und lauschte einem gelebten Leben nach. Schaute auf Fotos, Bücher, Notizzettel, Kalenderblätter. Auf alte Artikel aus Sylter Zeitungen, vergilbt und handschriftlich mit Datum versehen, auf Geburtstagskarten und Sterbeanzeigen. Zwei Wochenenden lang lächelte Elsa. Und weinte. Dann räumte sie fort, was wegkonnte, und strich die vergrauten Wände hell, räumte ihre eigenen Möbel ein und brachte all das, was ihr noch gut und wichtig erschienen war, in zwei Kartons hinüber zu Frau Hansen in das Pflegeheim.

Während Ed und Elsa für ein Curry Kartoffeln schälten und Zucchini würfelten, Brokkoliröschen brachen und Frühlingszwiebeln hackten, erzählte Elsa die Geschichte der Küche, die die Geschichte von Gertrud Hansen war. Ein Sylter Witwenleben. So unspektakulär und zugleich berührend. Wie schon neulich im Wellhørn fiel Ed auf, dass Elsa eine gute Erzählerin war. Mit ihrer weichen Stimme und dem leichten schwäbischen Tonfall spürte sie den Dingen nach. Sie wusste sie zu umschreiben und nahm ihn damit gefangen. Oder liebte er ihre Geschichten nur deshalb so sehr, weil er sich selbst gerade in Elsa verliebt hatte?

Behutsam raspelte er die rohe Süßkartoffel, die Gurken und den Kohlrabi, schnitt die geschälte und entkernte Avocado in kleine Stückchen und schmeckte den Salat mit Balsamico, etwas frischer Limette und einem Spritzer japanischer Fischsoße ab. Dann häckselte er Kerbel mit dem großen Küchenmesser, um anschließend mit dessen flacher Seite Erdnusskerne zu zerdrücken, die er vorsichtig unter den Salat hob. Elsa deckte die große blaue Keramikschale mit einem Teller ab, damit der Salat noch eine halbe Stunde ziehen konnte. So würde er selbst mitten im Sylter Winter einen frischen sommerlichen Geschmack entfalten. Auf dem Herd, den sie für die Küche dann doch neu gekauft hatte, köchelte derweil der Reis. In der gusseisernen Pfanne simmerte das Curry bei kleiner Flamme. Ed fand den Duft unwiderstehlich.

Im Wohnzimmer brannten vor dem Fenster einige Kerzen. Die Atmosphäre an diesem Abend, an diesem Ort schien ihm irgendwo zwischen überraschend vertraut gemütlich und höchst aufregend verführerisch zu liegen. Während sie darauf warteten, dass das Curry fertig wurde und der Salat durchzog, breitete sich für einen Moment ein Schweigen zwischen ihnen aus. Elsa hatte sich auf ihr Sofa gefläzt, Ed saß daneben auf dem Boden und betrachtete die Kerzen.

»Nur kurz, um uns nicht den Abend zu verderben: Ich hatte ein Gespräch mit dem Inselbaumeister Schmidt-Werhahn«, setzte Elsa an und war sich unsicher, ob es klug war, gerade jetzt von der Arbeit anzufangen. Andererseits war sie sich sicher, dass auch Ed ihr gemeinsamer Fall die ganze Zeit durch den Kopf ging.

»Wegen einer neuen Wohnung für mich?«

»Hast du immer noch Stress mit Mara?«

»Stress ist kein Wort dafür. Ich werde gerade aus unserem Haus gemobbt.«

»Du Armer.«

Und dann erzählte er ihr von dem morgendlichen Zusammenprall mit seiner Frau. Elsa strich ihm sanft mit der Hand über die Wange.

»Ich würde gerne sagen, das wird wieder, mit Mara. Aber du weißt ja auch, dass da nichts mehr wird, oder?«

Ed nickte.

Ja, das wusste er.

Aber es tat trotzdem weh. Verdammt weh. Er verstand es nicht, immer noch nicht. Das war vielleicht das Schlimmste. Dass er nicht verstand, was da schiefgelaufen war. Aber auch das änderte nichts.

»Allerdings habe ich nicht wegen einer Wohnung für dich mit dem Inselbaumeister gesprochen. Ich wollte seine aktuelle Einschätzung zum Sylter Immobilienmarkt hören.«

Sie setzte sich auf und klopfte neben sich auf das Polster, damit Ed sich neben sie setzte.

»Und das war wirklich nicht uninteressant. Pass auf. Schmidt-Werhahn meint, dass Stein bei seinen Investitionen nach wie vor sehr genau guckt, welche Grundstücke er erwirbt. Dabei legt er Wert auf möglichst gute Lagen, damit sich die Objekte auch schnell wieder weiterveräußern lassen. Und er achtet genau darauf, wie er dort bauen kann. Hochwertig in den Materialien und so, dass die Grundstücke nicht komplett von den Häusern zugebaut sind, sondern dass genügend Platz für einen ansprechend großzügigen Garten bleibt. Dagegen greifen die Coutinos derzeit bei allem zu, was sich ihnen auf dem Markt bietet. Schmidt-Werhahn meint, dass sie dabei oft selbst für Sylter Verhältnisse geradezu aberwitzige Preise bezahlen, besonders in Kampen und Keitum. Eine wirkliche Strategie sei dahinter für ihn nicht zu erkennen. Ehe sich diese Investitionen refinanziert hätten, würden Jahrzehnte vergehen. Er hatte schon die Idee, ob es sich um eine Art Geldwäsche handelt aus anderen Unternehmungen der Firma. Aber das sei nur Spekulation, meinte er. Ich glaube, es war ihm etwas unangenehm, dass er sich mir gegenüber so weit vorgewagt hat. Aber du weißt, ich kann sehr hartnäckig sein, wenn ich etwas möchte. Egal. Und dann meinte Schmidt-Werhahn, wir sollten doch mal mit den Banken von Coutino Kontakt aufnehmen. Es kursierten nämlich auch Behauptungen, dass sich die beiden ziemlich überschuldet hätten und kurz vor der Insolvenz stünden. Zumindest mit der Gesellschaft, mit der sie auf Sylt investieren. Schmidt-Werhahn meinte, dass sich der alte und der junge Coutino deshalb wohl auch nicht mehr wirklich grün wären. Der Alte fühlt sich ausgebootet und misstraut dem Geschäftsgebaren seines Sohnes. Und außerdem soll er seine Schwiegertochter, na ja, reich beschenkt haben, sagen wir mal … Aber das ist ebenfalls nur ein Gerücht.«

»Das ist jetzt nicht wahr, oder? Der ist doch über dreißig Jahre älter.«

»Keine Ahnung, wie ihr Männer da tickt. Aber wie gesagt, *just rumors.*«

»Na, das gilt dann ja wohl auch für sie, oder, das Ticken?«

»Wie auch immer. Es kann auch üble Nachrede von Neidern sein. Wir müssen das sorgfältig prüfen. Das Entscheidende ist, dass an deinem Gefühl etwas dran zu sein scheint, dass dort etwas im Argen liegt.«

»Wir müssen uns also noch mal die Coutinos vornehmen.«

»Einerseits ja. Andererseits kommt von ganz oben die Direktive, bloß nicht zu viel Staub aufzuwirbeln.«

»Bitte, was soll das denn heißen? Entweder wir ermitteln, oder wir ermitteln nicht. Mit Staubaufwirbeln hat das herzlich wenig zu tun.«

»Der Polizeipräsident hat offenbar mitbekommen, dass die Kieler Wirtschaftsabteilung bei Coutino rumstochert. Daraufhin hat er bei Nesser nachgefragt, was wir denn gegen Senator Coutino in der Hand hätten, nachdem wir uns schon bei Stein – ich zitiere – ›so vergaloppiert‹ hätten.«

»Steckt da die Ministerin als Parteifreundin dahinter?«

Elsa zuckte vielsagend mit den Schultern.

»Nichts Genaues weiß man nicht.«

»Und das heißt für uns?«

»Dass Nesser von Kiel aus versucht, uns, soweit es geht, den Rücken freizuhalten. Wir müssen eben nur sehr genau aufpassen, auf welcher Grundlage wir unsere Ermittlungen durchführen, und das auch sehr gut begründen, natürlich schriftlich. Dann sind wir aus dem Schneider. Du darfst also in den nächsten Tagen viele sehr präzise Berichte schrieben.«

Ed stöhnte auf.

»Nesser will morgen mit der Freundin von Tom Coutino sprechen, ob ihr an dem Abend der Brandstiftung irgendetwas Ungewöhnliches aufgefallen ist. Und falls er mehr zu Tom und seinem Vater erfährt …«

»Soll ich das auch in meinen Bericht schreiben?«

Elsa wuschelte ihm durchs Haar.

»Ein Wespennest scheint ja nichts gegen diese Familie zu sein.«

»Sagen wir es mal so«, erklärte Elsa. »Meine Tante aus Pula hätte gesagt, der sozialistische Filz unterscheidet sich nur in einem Punkt vom kapitalistischen. Der eine ist rot, der andere ist bunt, aber Filz bleibt Filz. Komm, das Essen müsste längst fertig sein, ich habe Hunger. Ich mache uns den Wein auf.«

Und damit sprang sie auf und reichte ihm ihre Hand.

19

Später, als sie dicht aneinandergeschmiegt in ihrem Bett lagen und Elsa mit geschlossenen Augen ihren Kopf an Eds Schulter lehnte, zeichnete er mit seinem Zeigefinger sanft den Bogen ihres Schlüsselbeins nach. Er folgte der Kuhle über ihrem Dekolleté und setzte seine Erkundung auf dem anderen Schlüsselbein fort.

Sie waren satt und glücklich und müde.

Die Kerzen auf dem Fensterbrett flackerten von den Windstößen, die zwischen den Ritzen der alten Fensterrahmen hindurchpusteten. Draußen war es kalt und dunkel, ein ungemütlicher Wintertag. Aber hier war es warm. Die Heizung bollerte. Ed fand es herrlich. Die Welt da draußen hatte keinen Zutritt. Kein Stein, keine Mara, kein Coutino. Nicht einmal seine Kinder. Ed fühlte sich so geborgen wie seit Langem nicht mehr.

»Bitte jetzt keine Brandstiftung, nicht heute Nacht.«

Elsa schob ihren Zeigefinger auf seinen Mund.

»Pst, nicht beschreien, hörst du?«

»Bin schon still.«

Sie lauschten dem Wind und der Heizung, dem leisen Mahlen des Geschirrspülers in der Küche nebenan, von irgendwo kam Musik. Oder war das nur Einbildung?

Kurz hatte Elsa nach dem Essen noch mit Gertrud Hansen telefoniert, die sich in wilden Theorien über »den verrückten Zündler« erging, wie sie ihn nannte. Nesser hatte eine Nachricht geschickt und bestätigt, dass er morgen in Hamburg sei. Sie sollten sich nicht wundern, dass er nicht im Westerländer Büro wäre. Als Eds und Elsas Handy kurz nacheinander piepten, während Nessers Nachricht bei ihnen einging, mussten sie lachen.

Es gab endlos viele Fragen, die Ed Elsa gerne gestellt hätte, über Belgrad und Pula und Stuttgart, über ihr Leben und ihre Gefühle. Doch er zögerte, sie zu stellen.

Nicht jetzt.

Noch nicht, vielleicht aber auch nie.

Er wollte diesen Moment umklammern und festhalten. So wie er war. Ohne Gestern und Morgen. Er wollte diesen Ort für die Ewigkeit in sich tragen. Dieses Gefühl, die Haut, die Lippen, die Haare, Elsa. Er war sich nicht sicher, ob es Elsa genauso ging, die sich so weich und gut anfühlte. Aber er hätte vor Glück zerplatzen mögen.

»Holst du mir noch ein Glas Wein aus der Küche?«

Barfuß und nackt schlich er über den dicken Teppich und die Dielen im Flur zu den eiskalten Küchenfliesen. Aus dem Küchenschrank nahm er zwei frische Weingläser und schenkte von dem Pfälzer Grauburgunder ein. Als er zurückkam, hatte sich Elsa ein T-Shirt übergezogen und hockte mit angezogenen Beinen im Bett. Für einen Moment fühlte sich Ed, als wäre er so jung wie Lasse, und Elsa sei seine Clara. Lang her. Dass sich manche Dinge nicht änderten, dass sie sich ganz genauso anfühlten, obwohl sich doch sonst alles veränderte, kam ihm verrückt vor.

Er reichte ihr das Glas, zog sich selbst auch sein T-Shirt über und krabbelte neben sie, während er von seinen Gedanken zu Lasse und Clara erzählte.

»Du spinnst, du alter Mann«, sagte sie lachend.

Doch dann wurde sie auf einmal ernst.

»Lasse, Clara, und vergiss nicht Lotte. Manchmal muss ich an deine Tochter denken, und dann sehe ich mich selbst wieder in diesem Alter vor mir. Voller Kraft und voller Wut.

Sie ist so ein wunderbares Mädchen. Weißt du eigentlich, wie glücklich du dich schätzen kannst, die beiden zu haben?«

»Ich weiß. Wenn da nur nicht dieser ganze Mist mit Mara wäre.«

»Leider kann ich dir nicht anbieten, bei mir einzuziehen. Es ist etwas zu klein. Und überstürzen sollten wir das auch nicht, oder?«

»Schade eigentlich.«

Sie nippte am Wein, ohne auf Eds Einwurf einzugehen.

»Weißt du, ich hoffe wirklich sehr, dass du recht hast mit deinen Überlegungen zu den Coutinos.«

»Du kannst nicht abschalten, nicht einmal jetzt, oder?«

Ed pikste sie leicht in die Seite.

»Das kannst du auch nicht. Ich sehe es dir an der Nasenspitze an.«

»Also gut. Ich finde, dass einiges dafürspricht, dass die Coutinos involviert sind. Spätestens wenn sich bestätigen sollte, dass sich ihr Unternehmen in einer angespannten wirtschaftlichen Lage befindet. Vielleicht ist es ja auch ein Machtkampf zwischen den Lokalmatadoren. Wer weiß? Vielleicht brennt demnächst noch ein anderes Objekt, und dann haben wir einen Versicherungsbetrug, mit dem sie sich sanieren können. Wie auch immer, ich glaube nicht, dass schon alles vorbei ist.«

»Möglich, aber bisher gibt es zwar viel Rauch und einigen Schaden, aber niemanden, der wirklich ein Nutznießer davon ist.«

»Allerdings haben wir die Aufmerksamkeit der ganzen Republik für die Insel.«

Tatsächlich waren die Proteste nicht abgeklungen. In Potsdam konnte der Brand einer Villa am Heiligen See nur aufgrund der Aufmerksamkeit von Nachbarn rechtzeitig eingedämmt werden, ehe Schlimmeres geschah. Die Sylter Lunte war offenbar noch nicht erloschen. Ed erschrak wieder über die Wut und die Hemmungslosigkeit, die sich entluden, die Gewalt, die vor seinen Kollegen nicht haltmachte und die das berechtigte Anliegen nach bezahlbarem Wohnraum für alle zu verunglimpfen begann. Die Sprache verrohte, vor allem im Netz. Dort überschritten die markigen Sprüche immer wieder die Grenze zur Hetze.

»Das alles macht mir Angst«, bekannte Elsa.

Versonnen tunkte sie den Zeigefinger in das Wachs einer brennenden Kerze und formte es mit Zeigefinger und Daumen zu einer kleinen Kugel, die sie wieder in das Wachs zurücklegte, wo sie schnell zerschmolz.

»Was, wenn es doch ganz andere Gründe für die Brandstiftungen gibt? Wenn der Spruch ›Friede den Hütten, Krieg den Palästen!‹ gar kein Ablenkungsmanöver, sondern die eigentliche Botschaft ist? Wer steckt dann hinter den Brandstiftungen? Wie lauten dann unsere Verdächtigen und wie unsere Antworten? Bestimmt nicht Stein und Coutino, denn die wollen Frieden für ihre Paläste. Wer ist dann verantwortlich, und woher kommen die Brandstifter? Stammen sie von der Insel? Oder aus Hamburg? Oder woher sonst? Wir wissen viel zu wenig.«

Elsa machte eine Pause und schaute Ed an.

»Das Schlimmste, was uns passieren kann, ist, dass wir blind für die Alternativen werden. Dass wir das große Ganze aus dem Blick verlieren, weil wir uns in Details verbeißen und sie überbewerten. Weil uns die einfachen Lösungen so schön nahezuliegen scheinen. Aber so funktioniert die Welt nicht. Die Welt ist nie einfach, selbst wenn es auf den ersten Blick so scheint. Zumindest nicht auf Dauer. Die Welt ist immer komplex. Und das bereitet mir Sorgen. Immer wieder. Verstehst du?«

Ed erwiderte Elsas Blick. Worauf wollte sie hinaus? Was meinte sie? War da tatsächlich etwas, was er nicht sah? Aber was das sein könnte, blieb ihm unklar. Und in diesem Augenblick erschien es ihm auch nicht wichtig.

20

An Biike fuhren schon lange keine Walfänger mehr aus. Sie konnten gar nicht ausfahren, denn es gab keine Walfängerkapitäne mehr auf Sylt. Und wenn früher Ende Februar noch Eisschollen auf der Elbe trieben oder gar auf dem Meer, dann fuhren sie auch damals schon nicht an Biike aus. Stattdessen versammelten sich die Seeleute Jahr für Jahr um den 21. Februar herum in den alten Keitumer Kapitänshäusern. Bei Grünkohl, der auf den Feldern bei Morsum wuchs, Tee, den sie aus England mitgebracht hatten, und einem kalten Köm, den sie aus ihrem Korn selbst gebrannt hatten und dem sie etwas würzigen Anis beigaben, besprachen sie lautstark, wann es denn in diesem Jahr wohl losgehen solle. Erst würden sie zu den großen Häfen fahren, um von dort nach Norden zu den Walen im Eismeer aufzubrechen. Je länger sie beieinandersaßen, desto lauter redeten sie und desto wilder wurden die Geschichten, die sie über ihre gefährlichen Jagden auf die riesigen Tiere erzählten. Wenn es vom Ausguck aus »Fall överall!« hieß, wurden die Beiboote zu Wasser gelassen, und es ging durch Gischt und Wellen möglichst dicht an die Tiere, um sie mit der Harpune tödlich zu verwunden. War die Jagd geglückt, wurden die Wale anschließend zerlegt und der kostbare Tran aus dem Fett ausgekocht. Das stank bestialisch. Den Walfängern aber und insbesondere den Kapitänen ermöglichte der Verkauf des Trans ein Leben in üppigem Wohlstand.

Fest eingesponnen in die alten Legenden der Insel und die Erzählungen aus seiner Familie, war Biike für Ed längst zu einem besonderen Teil in seiner eigenen Geschichte geworden. Zweimal im Jahr, an Biike und an Ostern, gab es große öffentliche Feuer auf der Insel. An diesen Tagen trafen sich die Familien. Gemeinsam standen dann die Jungen und die Alten an den lodernden Feuern und erfreuten sich an der Wärme und an der Gemeinschaft, während die kleineren Kinder halb gebannt, halb verängstigt in das mächtige Feuer schauten. Weit stärker als beim Osterfeuer empfand Ed bei Biike, dass es ganz zu Sylt gehörte, hier oben im winterdunklen Norden. So beliebt war das Biikebrennen mittlerweile bei Touristen geworden, dass viele extra für ein verlängertes Wochenende anreisten. Biike lockte Besucher in Hotels und Restaurants. Es sorgte für Umsätze und Arbeitsplätze im Gastgewerbe. Zugleich empfand Ed diese Entwicklung als zwiespältig. Das Fest entfernte sich immer weiter von seinen Ursprüngen, verlor zunehmend seinen familiären Charakter, wurde zu einem Event, einer von vielen Veranstaltungen im Jahresablauf.

Was wäre die Alternative gewesen, fragte sich Ed, denn er wusste allein aus seinem Bekanntenkreis, dass viel zu viele Sylter blendend am Ausverkauf ihrer Insel verdienten. Abends und hinter vorgehaltener Hand fluchten sie über »die Touris«. Irgendwann, da waren sich alle sicher, würde sich der Run auf die Insel totlaufen. Aber das hatte auch schon die Generation ihrer Eltern vor einem halben Jahrhundert gedacht – und kräftig immer neue Apartmenthäuser gebaut.

Sofern es nicht zu arg stürmte oder regnete, trafen sich Ed und Rob am späten Nachmittag jedes 21. Februar. Gemeinsam fuhren sie runter nach Hörnum und wanderten dort eine Runde um die Jahr für Jahr schrumpfende Südspitze der Insel. Anschließend standen sie dann beim Hörnumer

Biikefeuer. Es war ein Ritual mit wechselnden Besetzungen. Früher hatten Mara und Nathalie die Freunde auf ihrer Runde begleitet. Sie hatten gelacht und geredet, waren über den Strand gerannt und hatten sich mit dem scharfen Aquavit aus Robs Flachmann aufgewärmt, wenn Wind und Winter zu kräftig an ihnen zerrten. Später waren natürlich auch die Kinder dabei. Sie freuten sich schon lange vorher auf das große Feuer. Daher ließen sie sich auch leicht zu dem Spaziergang zuvor überreden. Dieses Jahr gab es wieder einmal eine Biikepremiere. Elsa begleitete das erste Mal Ed, Lotte hatte ihre Schulfreundin Senna dabei, mit der sie in einem fort tuschelte und gickerte, während Lasse und Clara mit einigem Abstand Händchen haltend hinter der Gruppe hinterherzuckelten.

Biike fiel in diesem Jahr auf einen Tag, der wie gemalt dafür schien. Kühl zwar, aber mit einem grandiosen Licht, klar und winterscharf. Die unterschiedlichen Schattierungen der Farben brillierten gegen die langen dunklen Schatten und verliehen den Dingen so zusätzliche Tiefe. Während die Sonne langsam sank, mischte sie in ihr glühendes Rotorange das lichte Blau des Horizontes.

Sie begannen ihre Runde wie immer am Hafen in Hörnum, wo die Ausflugsschiffe fest vertäut am Kai lagen. Vor allem im Sommer waren die Plätze auf den Schiffen begehrt, wenn sie für Butterfahrten oder Tagestouren nach Amrum, Föhr und sogar bis Helgoland aufbrachen. Der Spaziergang der kleinen Gruppe führte entlang der Promenade und dem Deich, weiter durch den tiefen Sand hinab zum Meeressaum, wo heute nur ein paar träge Wellen leise plätscherten. Von Amrum blinkte der Leuchtturm über das Wattenmeer herüber zu seinem Hörnumer Kollegen. Licht und Luft und Farben fügten sich zu einem Nachmittag von stiller Perfektion. Ganz so, als wollte die Insel Ed und seine Freunde umschmeicheln und ihnen beweisen, dass sie wirklich dieser Sehnsuchtsort war, den viele Reisende in ihr sehen.

Elsa, Ed und Rob schlenderten gemütlich nebeneinanderher, immer bereit, ein Schneckenhaus oder eine besonders schöne Auster am Strand zu bewundern, einen außergewöhnlichen Ausblick zu loben, die Schwanzflosse eines kecken Schweinswals oder den Kopf eines Seehundes, der für einen Moment aus dem Wasser auftauchte. Gab es jene bösen Geister wirklich, die angeblich an Biike mit loderndem Feuer vertrieben werden mussten?

Hier und jetzt haben sie keinen Platz, dachte Ed und lächelte vor sich hin, während er glücklich Elsas kühle Hand in der seinen hielt. Doch trotz der harmonischen Stimmung wollten Ed Elsas Gedanken über die Brandstiftungen einfach nicht aus dem Kopf gehen. Sie spülten ungeordnet umher, ploppten immer wieder auf und lenkten ihn auch zu den anderen Erinnerungen an den gemeinsamen Abend zurück. Zu dem Duft des Currys, dem Geschmack ihrer Lippen. Der Abend besaß schon jetzt einen besonderen Platz in seinen Erinnerungen. Jenen Momenten, von denen man sofort wusste, dass sie im Lauf der Jahre nichts von ihrem Glanz einbüßen würden, sondern im Gegenteil stetig kostbarer wurden. Doch zwischen all dem Glück pochte Elsas Mahnung in ihm: »Das Schlimmste, was uns passieren kann, wäre, dass wir blind für die Alternativen werden.«

Die Recherchen der Wirtschaftsabteilung, die Nesser in Kiel veranlasst hatte, waren angesichts der dringlichen ministeriellen Rückfrage nach Motivation und Zielsetzung erwartungsgemäß wenig ergiebig ausgefallen.

Auch ein Gespräch, das Ed mit Hinnerk im Wellhørn geführte hatte, brachte ihn nicht weiter. Die Brandstiftungen boten dem Journalisten noch immer Stoff für spekulative Texte. Aber zugleich nutzte er sie zunehmend für Hintergrundgeschichten über die wirklich relevanten Themen auf der Insel wie Wohnungsnot und Immobilienspekulation. Darüber hinaus hatte Hinnerk ein Interview mit dem Vorsitzenden des Verbandes der Unternehmer veröffentlicht, hatte in einem Artikel die Position der Bürgermeisterin zur Wohnraumentwicklung kritisch hinterfragt und selbst der Ministerin ein paar Sätze zu den Entwicklungsperspektiven für die Insel entlockt. In den Leserbriefen und Online-Kommentaren kochten davon unbeeindruckt die Spekulationen über die Hintermänner der Brandstiftungen hoch. Der Kreis der Beschuldigten reichte von Terroristen bis hin zu spinnerten Aussteigern. Ein verbales Meer des Meckerns, Nörgelns und Ankreidens, in dem sich eine allgemeine Unzufriedenheit äußerte, die Ed als sehr deutsch und sehr undankbar empfand.

»Für unsere Leser scheint es eine ausgemachte Sache zu sein, dass kein Einheimischer für die Brandanschläge verantwortlich sein kann«, erklärte Hinnerk.

»Wieso eigentlich?«, fragte Ed nach. Eine derartige Festlegung erschien ihm angesichts dessen, was sie wussten, nicht nachvollziehbar. Wichtig war für die Polizei die Frage nach der Herkunft des Täters ohnehin nur mit Blick darauf, wo es die Ermittlungen zu verstärken galt – auf der Insel oder auf dem Festland.

»Meinst du denn, dass es jemand von hier war?«, beantwortete Hinnerk die Frage mit einer Gegenfrage und schob sich einen der letzten von Weihnachten übrig gebliebenen Zimtsterne in den Mund. Dass der Keks mittlerweile steinhart war, schien ihn nicht weiter zu stören.

»Ich meine, dass ich nichts ausschließen kann, solange ich keine Spur habe oder sicher weiß, wer der oder die Täter waren. Das nennt man eine in alle Richtungen ergebnisoffene Ermittlung.«

»Klingt hilflos«, wandte Hinnerk schmatzend ein.

»Das klingt wie eine gute Strategie, um sich nicht durch kurzsichtige Vorfestlegungen auf den Holzweg zu begeben«, belehrte ihn Ed.

Hinnerk hielt seinen Kopf schräg, während er seinen Stift durch die Finger balancierte.

»Wie auch immer. Wenn es jemand von der Insel wäre, ist es schwer vorstellbar, dass es gar keine Spur gibt. Irgendjemand müsste doch etwas aufgeschnappt haben. Einen verdächtigen Kommentar, ein Gerücht, eine Parole. Irgendetwas. Aber egal, mit wem ich spreche – niemand weiß nichts.«

»Tja, da geht es euch Medien nicht besser als uns«, grinste Ed. »Dabei stellt ihr euch doch immer als investigative Superhirne dar, als vierte Gewalt.«

»Wir sprechen vom Inselboten, nicht vom Recherchenetzwerk Deutschland.«

»Und was sagt dir dein Bauchgefühl?«

»Seit wann interessiert dich das denn?«

»Zurzeit interessiert mich alles, was uns bei den Ermittlungen irgendwie weiterhelfen könnte. Also?«

Hinnerk starrte eine Weile in seine Rhabarberschorle, während Ed sein Gegenüber ebenfalls schweigend musterte.

»Das Seltsame ist, dass ich gar kein Bauchgefühl habe. Natürlich haben die meisten Leute Angst, dass es sie auch treffen könnte, wenn hier wieder einmal ein Feuerteufel auf der Insel umgeht wie vor ein paar Jahren. Aber dem steht ja die Art und Weise der Brandstiftungen entgegen. Sie wirken irgendwie – wie soll ich sagen – völlig keimfrei, wenn du verstehst, was ich meine.«

Ed verstand, was Hinnerk meinte. Es ging ihm ja ganz genauso. Doch er wollte es damit noch nicht auf sich beruhen lassen.

»Und was heißt das bitte konkret?«

Wieder starrte der Journalist intensiv in sein Getränk, als könnte von dort unvermittelt eine Antwort aufsteigen, während Ed sein Schweigen pflegte.

»Ich meine, du fragst dich doch: Wem nutzen diese Brandanschläge? Was sollen sie bezwecken? Und warum trifft es ausgerechnet Coutino und Stein?«

»Zufall?«

»Möglich.«

»Aber augenscheinlich möchten die Täter mit den Anschlägen auf einen Missstand hinweisen. Das legt zumindest der Bekennerbrief nahe.«

»Ja, das klappt ja auch. Deutschlandweit vielleicht sogar noch besser als auf der Insel selbst. Aber es hat doch auch etwas rührend Hilfloses, diese Baustellen abzufackeln. Wie eine schaumgebremste Revolution im Vergleich zu 1968. Nur dass es dann keine Revolution mehr wäre, wenn sie sich selber bremst.«

»Also sind die Brandstiftungen nur ein symbolischer Akt?«

»Sie erscheinen von einer geradezu pathetischen Symbolik. Das hat etwas von schmerzfreien Nadelstichen.«

»Na ja, für Coutino und Stein hatten diese Nadelstiche durchaus Wirkung und kosten eine Menge Geld.«

»Das zahlt doch die Versicherung.«

»Trotzdem steht Stein jeden zweiten Morgen auf dem Revier und fragt nach dem Stand der Ermittlungen. Er hat sogar bereits angedroht, einen privaten Ermittler einzusetzen, wenn wir nicht endlich die Täter fänden. Dazu hat er sich aber offenbar noch nicht wirklich durchgerungen.«

»Ja, ja, das ist ja alles richtig«, stimmte ihm Hinnerk zu und zögerte einen Augenblick, ehe er weitersprach. »Ich habe den Eindruck, dass es hier nicht darum geht, einer einzelnen Person zu schaden. Vielmehr erweckt es für mich den Eindruck, dass die Brandstiftungen Demonstrationen sind. Ein Signal: Seht her, hier gibt es zu viele Ferienhäuser. Aber die Motive herauszufinden und den Täter dingfest zu machen ist zum Glück nicht meine Aufgabe. Ich muss nur meine Geschichten dazu schreiben. Und das reicht mir völlig. Fertig. Aus.«

Und damit trank er seine Schorle aus und ließ das Glas auf den Tisch knallen, sodass sich Lisa vom Tresen verwundert zu ihnen umdrehte.

Ed ließ es dabei bewenden. Insgeheim aber fand er, dass Hinnerks Haltung bezeichnend für die Arbeit mancher Medienvertreter war, die zwar mit Leidenschaft an den Verschorfungen der Gesellschaft herumpolgten. Aber Desinfektionsmittel und Verband hielten sie nicht bereit, wenn die Wunde wieder zu bluten begann. Das höchste der Gefühle, was dann von ihnen kam, waren gute Ratschläge, wie man alles besser machen könnte, oder aber eine scharfe Kritik an Arzt, Krankenpfleger und Patient. Auf Dauer schien Ed diese mediale Besserwisserei eine wenig befriedigende Position zu bieten.

21

Die Kreuzsee an der Südspitze der Insel, wo sich die Strömungen von Watt- und Meerseite der Insel überlagerten, zeigte an diesem Abend nichts von ihrer Gefährlichkeit. Dabei konnten hier selbst gute Schwimmer schnell in eine lebensbedrohliche Lage geraten. Ohnehin konnte man sich die wilden Winterstürme, die Stück für Stück den Strand der Südspitze fraßen, heute kaum vorstellen. Die Ebbe fiel sogar so niedrig aus, dass die kleine Gruppe, ohne durchs Wasser zu müssen, vor den mächtigen Betonvierfüßlern des Tetrapodenwerks entlanglaufen konnte, mit dem die gefährdeten Häuser der nach ihrem Bauherrn aus den 1950er Jahren benannten Kersig-Siedlung in Hörnum geschützt werden sollten. Auf einmal waren Lasse, Clara, Lotte und Senna gar keine jungen Erwachsenen mehr. Als wären sie plötzlich wieder zehn Jahre alt, kletterten sie auf allen vieren auf dem Betongewirr empor, krochen durch die engen Zwischenräume und sprangen hinab. Sie versteckten sich hinter den Tetrapoden, um plötzlich mit lautem »Buh« hervorzuspringen und die anderen lachend zu erschrecken. Arm in Arm standen Elsa und Ed dabei und grinsten, während Rob nicht aus seiner Haut konnte und im Dämmerschein Fotos schoss. Vorbei an den Bunkerresten, die von der ehemaligen Festung Sylt aus den Zeiten des Nationalsozialismus in den Hörnumer Dünen übrig geblieben waren, liefen sie anschließend ausgelassen schwatzend über den Sandweg in Richtung Dorfmitte zurück. Langsam verschwanden die letzten Konturen der Umgebung, sodass die handbemalten Holzschilder kaum noch zu entziffern waren, die die Spaziergänger mit dem Slogan *Dünenschutz ist Küstenschutz* dazu aufforderten, sich nicht auf Trampelfaden einen Weg durch Strandhafer und Heide zu suchen.

An der Hörnumer Tourismusverwaltung, die vor ein paar Jahren neu gebaut worden war, kaufte Elsa für jeden eine Fackel. Doch sie mussten noch eine ganz Weile warten, ehe sich der Zug der fast hundert Biikebegeisterten auf ein unausgesprochenes Kommando hin in Richtung Campingplatz in Bewegung setzte. Jetzt sperrte man die Straße nach Rantum kurz für den Autoverkehr, und die Fackeln wurden angezündet. Es war eine leuchtende Prozession, die sich schnell auseinanderzog. Während die Letzten erst losgingen, waren die Ersten bereits hundert Meter vorangelaufen.

Ed und die anderen hatten es nicht eilig, beim Campingplatz anzukommen, und schlenderten am Ende des Zuges. Trotz der inzwischen ziemlich kühlen Luft waren sie immer noch bester Stimmung. Plötzlich regte sich ein paar Meter vor ihnen ein kleiner Tumult. Es wurde »Feuer!« gerufen, und hektische Betriebsamkeit erfasste die Menge. In schnellem Tempo breitete sich am Rand der Straße ein Feuer aus, das sich durch den strohtrockenen Strandhafer fraß. Erschrocken versuchten einige Teilnehmer ihre Fackeln auszudrücken, was ihnen nur schlecht gelang. Ein paar Kinder ließen ihre Fackeln, die ihnen auf einmal unheimlich geworden waren, ängstlich fallen. So fand das Feuer schnell weiter Nahrung. Nur ein paar Minuten später heulte die Sirene der Hörnumer Feuerwehr, die gleich um die Ecke stationiert war. Fackelschein und Blaulicht mischten sich zu einer eindrucksvollen Kulisse. Ed schien es, als würde eine kleine Schockwelle durch die Teilnehmer des Umzugs gehen. Zu präsent waren allen die Brandstiftungen der letzten Wochen.

Zu groß die Angst, dass sich so etwas, in welcher Form auch immer, hier wiederholen würde. Einige Schaulustige blieben stehen und schossen mit ihren Handys Fotos, sodass die Hörnumer Feuerwehr zunächst kaum zur Brandstelle vordringen konnte. Doch mit energischer Lautsprecherdurchsage und mehrfachem Aufheulen des Martinshornes gelang es ihr schließlich, und kurz darauf waren die Flammen gelöscht. Der vordere Teil des Zuges schien von alledem kaum etwas mitbekommen zu haben. Dort stand man erwartungsfroh bei einem Glas Glühwein vor dem riesigen Holzhaufen, der auf dem Campingplatz aus ehemaligen Weihnachtsbäumen aufgeschichtet worden war.

Dann ging es auch dort endlich los:

Mit dem Ruf »Maaki di biiki ön« entfachte der Hörnumer Bürgermeister das Feuer. Die Zuschauer klatschten und jubelten. Schnell wurde es hell und heiß um die Biike, und wer zu dicht an der Feuerstelle gestanden hatte, wich nun ein paar Meter zurück. Der kleine Vorfall von vorhin am Dünensaum schien bereits wieder vergessen. Die Stimmung wurde immer ausgelassener. Funken stoben in den Sylter Nachthimmel, und das Feuer knackte und prustete, als wäre es lebendig. Da brauchte es keine germanischen Götter oder sonstige Dämonen mehr, die vertrieben werden sollten. Das Feuer war den Zuschauern und sich selbst genug. Mit Biike war klar, dass der Frühling endlich kommen würde, so wie jedes Jahr. Die dunkelste Zeit des Jahres war geschafft. Ob es schon ab März, im April oder gar erst im Mai wärmer werden würde, wusste niemand. Aber die nächste Wintersonnenwende war weit, und die Tage würden nun immer heller werden. Das Licht, das kommen würde, gab ein gutes Gefühl.

Zum Glück geht's dem Sommer entgegen, dachte Ed und drückte Elsa noch ein wenig fester an sich, die daraufhin ihren Kopf hob und ihn fragend anschaute. Ed nutzte das, um ihr lächelnd einen Kuss zu geben, den Elsa erwiderte.

Sie blieben noch eine Weile vor dem Feuer stehen und schauten den Flammen zu, die Baum um Baum verschlangen, dann wurde es ihnen wie jedes Jahr zu stickig und heiß. Alles stank nach Qualm. Ein bisschen müde machten sie sich auf den Rückweg. Es war eine schweigsame Rückfahrt Richtung Westerland. Ed und Rob fuhren zu Robs Haus und nahmen Claras Freundin Senna mit, während Elsa die anderen Kinder bei Mara vorbeibrachte. Als Lasse, Clara und Lisa ausstiegen, bemerkte Elsa, dass im Erdgeschoss Licht brannte. Schatten huschten am Fenster vorbei. Mara und Fiete waren in diesem Jahr offenbar nicht zu einem der Biikefeuer gegangen.

»Danke fürs Mitnehmen«, verabschiedete sich Lasse bei Elsa.

Die Mädchen winkten ihr zu. Fünf Minuten später war auch Elsa in Robs Haus. Der fein gehackte frische Grünkohl köchelte auf kleiner Flamme zusammen mit der Pinkel. Zusätzlich hatte Rob im Römertopf einen Kasslerbraten zubereitet, dessen Duft ebenfalls durchs Haus zog. Der Tisch war gedeckt.

»In fünf Minuten können wir essen. Jemand ein Bier?«, fragte Rob und holte, ohne eine Antwort abzuwarten, drei Flensburger aus dem Kühlschrank.

Dem dreifachen Plopp folgte ein kräftiges Klirren, als die drei Flaschen aneinandergeschlagen wurden, und ein zufriedenes »Ahhh« nach dem ersten kräftigen Schluck.

Ed fand, dass der Nachmittag etwas Befreiendes gehabt hatte nach den ungewöhnlich intensiven letzten Wochen. Noch wohnte er unter einem Dach mit Fiete und Mara, Lasse war im Abistress, und die Brandstiftungen waren weit davon entfernt, aufgeklärt zu sein. Und doch fühlte es sich für ihn nach langer Zeit endlich so an, als ob die Dinge eine neue Ordnung annehmen könnten. Das lag vor allem an Elsa, deren freundliche Klugheit ihn ebenso bezauberte wie ihre Leidenschaft.

»Prost!«, rief er übermütig, und die anderen nickten ihm zu.

Rob holte den Braten aus dem Ofen und schnitt ihn auf, während Elsa Grünkohl und Pinkel in eine große Schüssel umfüllte und Ed den Bratenfond aus dem Römertopf in eine Sauciere goss, nicht ohne dabei kräftig zu plempern.

Das Gespräch während des Essens plätscherte in Erinnerung an den gemeinsamen Nachmittag und die kurz aufwallende Aufregung über den schnell gelöschten Brand dahin.

»Hat sich die Ausstellung eigentlich für dich gelohnt?«, wechselte Elsa das Thema, während Rob ihr eine weitere Portion Grünkohl auftat.

»Absolut. Ehrlich gestanden sogar noch mehr als erwartet. Dieser Kollege von Stein, dem eins der abgefackelten Häuser gehörte, hat meine gesamte Sylter Rückseitenserie gekauft. Im Lauf der nächsten Woche wollen wir uns in seinem Büro in Hamburg treffen, wo er mich einem Kollegen aus München vorstellen möchte, dem er von den Bildern erzählt hat und der angeblich ganz begeistert ist. Also: Schaut gut aus.«

»Glückwunsch!«, gratulierte Ed seinem Freund, über dessen Erfolg er sich ernsthaft freute.

»Vielen Dank. Mal schauen, was sich letztlich daraus ergibt. Selbst wenn ich jetzt nicht gleich weitere Bilder verkaufe, kann der Kontakt nach Süddeutschland hilfreich sein. Noch wichtiger ist mir aber, dass ich mit der Idee der Rückseiten nicht falschliege.«

»Was du aber schon vorher gewusst hast«, warf Elsa ein.

»Na ja, gewusst habe ich es nicht. Ich wusste nur, dass mir das Thema selbst wichtig war. Aber am Ende kannst du dir ja nie sicher sein, wie das Publikum auf deine Arbeiten reagiert. Es sind schließlich komplett andere Fotografien als die, die ich sonst mache. Die Brandruine von Stein übrigens hat sich inzwischen auch international prima verkauft. Wenn Stein das wüsste, würde er vermutlich Provision für das Motiv verlangen. Ist schließlich sein Haus.«

»Wir werden schweigen«, gelobte Ed.

»Und zu guter Letzt gibt es für meine Sylter-Rückseiten-Serie eine Anfrage für ein Buch. Vermutlich hat der Sylter Feuerteufel da unbeabsichtigt für besondere Aufmerksamkeit gesorgt.«

»Zu irgendetwas muss dieser ganze Kladderadatsch ja gut sein.«

Elsa schaute Ed mit verwundertem Blick an.

»Was du manchmal für Wörter benutzt. Kladderadatsch. Sagenhaft, was die deutsche Sprache so alles hergibt. Klad-de-ra-datsch«, ließ sich Elsa das ungewohnte Wort auf der Zunge zergehen.

»Doll, oder?«, grinste Ed. »Manchmal staune ich selbst über mich.«

»Immer schön am Boden bleiben, mein Lieber«, lachte Rob. »Jemand noch Nachtisch?«

Alle waren satt, und doch konnten sie dem Angebot einer selbst gemachten Cassata nicht widerstehen, für die Rob schon zwei Tage zuvor klein geschnittene Stückchen von Orangen- und Zitronenschalen mit Mandeln und frisch entsteinten Kirschen in Rosenwasser eingelegt hatte. Mit den Eisschalen in den Händen kletterten sie die Stiege zu Robs Ausguck empor. Leise mit den Löffeln klappernd und schwer fasziniert vom Ausblick versanken sie für eine ganze Weile in Schweigen. Cassata auf der Zunge, den weiten, klaren Sylter Sternenhimmel über sich. Als sich Elsa und Ed kurz vor zwölf verabschiedeten, waren sich alle drei einig, dass es das beste Biike seit Langem gewesen war. Vielleicht sogar das beste Biikebrennen überhaupt.

Es dauerte nicht einmal fünf Minuten, bis die Euphorie verpuffte. Elsa und Ed blieb gerade genügend Zeit für einen langen, leidenschaftlichen Kuss auf dem Gehweg, bevor sie aus dem siebten Himmel zurück auf die Insel geholt wurden. Ihre Handys klingelten beide im selben Moment. Dass das nichts Gutes bedeuten würde, war ihnen sofort klar. Sie schauten sich resigniert an und lösten sich voneinander.

Es brannte. Zum dritten Mal. Wieder in Kampen. Wieder ein Friesenhaus.

»Wir sind auf dem Weg«, antwortet Ed der Leitstelle.

»Ihr müsst nicht beide kommen«, erwiderte Muri.

»Uns gibt's heute Abend nur im Doppelpack«, antwortete Ed mit einem letzten Rest Heiterkeit, der bereits zu versiegen begann.

22

Wie zwei Wochen zuvor schüttelte es Ed kräftig durch, als sie mit Karacho den Kreisverkehr an dem Feinkost-Supermarkt bei dem alten Haus Wittdün nahmen. Doch heute saß nicht Muri neben ihm am Steuer, sondern Elsa. Unvermittelt wurde ihm bewusst, was in diesen beiden Wochen seit der letzten Brandstiftung alles passiert war.

»Was ist?«, fragte Elsa. Er hatte offenbar den Kopf geschüttelt, ohne es selbst zu merken.

»Es ist so wie vor zwei Wochen bei unserem Einsatz. Nur dass ich heute nicht neben Muri im Auto sitze, sondern neben der schönsten Frau der Welt.«

Elsa lächelte.

»Du Quatschkopp.«

Wieder waren da die Blaulichter, wieder kamen die Krankenwagen und die Wehren von der ganzen Insel, als sie nur wenige Momente später die Kampener Wattseite erreichten. Wieder koordinierte Bendix mit Schweißperlen auf der Stirn und roten Wangen gewohnt souverän die Arbeit seiner Kollegen.

Und doch war heute alles anders. Kein Déjà-vu. Denn dieses Mal brannte es nicht auf einer Baustelle. Diesmal hatte er ein bewohntes Haus angezündet. Eines, das Ed nur zu gut kannte, in dem er erst vor ein paar Tagen umhergestromert war. Lichterloh schlugen ihnen die Flammen aus dem Haus der Coutinos entgegen.

»Wir müssen rein, solange es noch geht«, verkündete Bendix und instruierte einen Trupp Männer, die um ihn herum versammelt standen. Ausgerüstet mit feuerfester Kleidung, Atemmasken und Sauerstoffgeräten, machten sie sich für ihren Einsatz bereit. Trotz der orangefarbenen Funken, die durch die Kampener Nacht flogen, und der irrsinnigen Hitze wagten sich zwei Männer ins Haus, mitten ins Feuer, während beißender Qualm das Dach umhüllte und die Sterne am Nachthimmel verdunkelte.

»Schnell, wir haben praktisch keine Zeit mehr«, fauchte Bendix über Funk.

Es war eine Abwägung zwischen der Gefährdung seiner Männer und der möglichen Rettung von Leben in letzter Minute. Aus allen Schläuchen schoss jetzt das Wasser auf das Haus, es zischte und lärmte. Von einem Leiterwagen aus versuchten zwei Feuerwehrleute, das Reet auf dem Dach abzudecken, um die weitere Ausbreitung des Feuers möglichst zu unterbinden. Es war eine Sisyphusarbeit. Trupps mit Kettensägen machten sich über Heckenrosen und Bäume am Rand des Grundstücks her, um ein freies Feld um das Haus zu schaffen und ein Übergreifen der Flammen zu verhindern. Alles ging rasend schnell vor sich, und doch wirkte es auf Ed ruhig und überlegt. Jeder Feuerwehrmann bewegte sich kontrolliert voran, jeder wusste, was er zu tun hatte, wusste, dass er sich auf seinen Nebenmann verlassen konnte und musste. Alle schienen genau zu spüren, dass das eine ganz andere Geschichte war als die beiden Brände vor ein paar Wochen. Hier ging es ans Eingemachte. Zusammen mit Kollegen der Polizei und den Feuerwehrmännern von der Jugendfeuerwehr wehrte Muri die Neugierigen ab, die aus ihren Häusern gekommen waren. Jetzt, zu Biike, waren es mehr als noch vor Wochen. Die Blicke der Gaffer waren ängstlich, verstört, entsetzt. Elsa und Ed lauschten bei Bendix am Einsatzwagen dem Funkverkehr. Sie selbst konnten im Moment nichts unternehmen, standen lediglich bereit für alle Fälle. Dieses Warten gefiel Ed überhaupt nicht. Er musste an die Bibliothek der Coutinos denken und an die Bilder, die er bewundert hatte, den Wrage und den Sprotte, die beide gerade verbrannten.

Im Rasseln und Rauschen aus dem Funkgerät waren dumpfe Stimmen zu hören. Die Bodycams übertrugen verzerrte Bilder auf einen Bildschirm.

»Sind im Eingangsbereich, nach oben ins Haus kommen wir aber nicht mehr. Da ist alles dicht.«

Pause. Rauschen.

»Hier ist nichts.«

Pause, Rauschen, ein Rasseln.

»Jungs, ihr müsst jetzt wieder rauskommen, es wird zu gefährlich«, rief Bendix.

»Gleich, Moment, hier ist irgendwas. Frieder, komm hier rüber.«

»Sind im Wohnzimmer. Auf dem Boden liegt etwas.«

Pause. Rauschen, heftiges Atmen.

»Achtung, leblose Person.«

»Wir versuchen, sie zu bergen.«

»Die Zeit rennt, beeilt euch!«, drängte Bendix seine Leute erneut.

Pause, Rauschen, dann war ein Ächzen und Knarzen zu hören.

»Heb mal mit an.«

»O. k., und jetzt langsam. Hast du ihn?«

Rauschen, Schweigen.

»O. k., wir haben ihn und kommen jetzt raus. Ist der Hubschrauber da?«

»Ist geordert«, antwortete Bendix. »Fünf Minuten.«

Dann kamen die beiden Männer durch die Tür und ließen die lodernden Flammen hinter sich. Sie trugen die leblose Person aus dem Haus. Elsa schlug die Hand vor den Mund, als die Männer an ihnen vorbei zum Krankenwagen stürmten. Ed spürte, wie sich ihm das Abendessen im Magen umdrehte. Mühsam kämpfte er gegen den Brechreiz an.

Der Mann war durch die Verbrennungen entstellt. Über seinen Augen hatte er keine Brauen mehr, überall trat offenes Fleisch hervor, und er hatte fürchterliche Blasen und Brandwunden. Doch trotz der Verletzungen erkannten Elsa und Ed sofort, um wen es sich handelte.

»Tom. Das ist Tom Coutino«, schrie Ed.

»Ist seine Freundin noch im Haus? Oder der Vater?«

»Wir haben niemanden gefunden«, antworte Frieder, den Schutzhelm unter dem Arm, schweißgebadet, schwer atmend.

»Aber das heißt nicht, dass sie nicht noch im Haus sind. Nach oben zu kommen war nicht mehr möglich. Kann sein, dass da noch jemand ist, der im Schlaf vom Feuer überrascht wurde.«

Elsa war während seines Berichts etwas zur Seite getreten und hielt ihr Telefon in der Hand.

Sie nickte.

Eds Telefon klingelte. Das Polizeirevier in Westerland.

»Eduard, wir haben hier einen schweren Verkehrsunfall mit Fahrerflucht in Wenningstedt-Braderup. Kannst entweder du oder Elsa bitte sofort an die Kurve hinter Braderup in Fahrtrichtung Keitum kommen? Die Unfallstelle liegt auf Höhe der ehemaligen Kiesgrube.«

»Personenschaden?«

»Eine Schwerverletzte, wohl eine junge Frau. Die Passanten, die den Unfall gemeldet haben, kümmern sich um sie. Der Notarzt ist verständigt.«

»Waren die, die den Unfall gemeldet haben, vielleicht auch diejenigen, die ihn verursacht haben?«

»Klang jedenfalls nicht so.«

»Gut, einer von uns beiden kommt sofort nach Braderup. Ist die Unfallstelle bereits gesichert?«

»Sind dabei.«

Ed wandte sich wieder den anderen zu, denen Elsa gerade erklärte, dass Toms Freundin nicht im Haus war, während sie aufgeregt mit dem Telefon in der linken Hand auf und ab gestikulierte.

»Toms Freundin lebt. Sie ist in Hamburg. Coutino senior kann ich derzeit nicht erreichen, ich bleibe dran.«

Sie schaute auf die Uhr.

»Vielleicht schläft er aber auch. Das wäre um die Uhrzeit gut möglich, und dann hört er das Telefon einfach nicht.«

»Außer den Brand zu löschen, können wir hier derzeit nichts tun«, erklärte Bendix. »Erneut ins Haus zu gehen wäre unverantwortlich.«

Die Notärztin Inken Bolders kam zu ihnen rüber und bestätigte, was sie bereits befürchtet hatten. Für Tom Coutino kam jede Hilfe zu spät.

»Den Heli brauchen wir hier nicht mehr. Der Mann ist tot. Er hat schwerste Verbrennungen erlitten. Aber das ist nicht alles. Er hat offenbar einen Schlag auf den Kopf bekommen. Oder er ist sehr unglücklich gestürzt. Wie auch immer. Was ursächlich für seinen Tod war, muss die Pathologie klären.«

»Ich fürchte, den Heli brauchen wir trotzdem«, mischte sich Ed jetzt ein. »In Wenningstedt hat es einen Verkehrsunfall mit Fahrerflucht gegeben, eine Schwerverletzte. Ich schlage vor, Inken und ich fahren jetzt schleunigst dorthin und der Rettungshubschrauber wird umgeleitet. Bendix, kannst du dich bitte darum kümmern? In Ordnung, Elsa?«

»Macht das. Haltet mich aber auf dem Laufenden.«

Ed atmete tief ein und aus. Er spürte die aufsteigende Hektik, versuchte sie zu unterdrücken und seine Ruhe zurückzugewinnen.

Tom Coutino lag auf einer Bahre am Straßenrand. An den Seiten war er von glitzernder Schutzfolie umrahmt, als wäre sein lebloser Körper ein kostbares Geschenk, das gerade ausgepackt worden war. Irgendetwas war hier schiefgelaufen. Ganz furchtbar schief. Aber was genau? Und warum? Von den fröhlichen blonden Haaren, die das Gesicht des jungen Mannes umspielt hatten, als er ihm am Abend der ersten Brandstiftung zum ersten Mal begegnet war, war nichts mehr zu sehen. Die Augen waren versengt, auf dem Schädel klaffte eine Wunde, verbranntes Fleisch. Ein Arm war grotesk verdreht und wohl gebrochen. Aber das konnte Tom Coutino jetzt auch egal sein. Kein schöner Tod in diesem Land, waberte es durch Eds Kopf.

Idiot, rief er sich selbst zur Ordnung.

Dann zog ihn Inken in ihren alten G-Klasse-Geländewagen mit dem orange-weißen Streifenmuster und dem Schriftzug *Notarzt*. Die Sirene heulte auf, das Blaulicht flackerte mit dem Feuer des immer noch lodernden Hauses um die Wette. Diese Biikenacht war noch lange nicht vorbei.

Von der Kampener Hauptstraße aus jagten sie den Braderuper Weg entlang. Vorbei an einer Gruppe von Menschen, die gerade erst torkelnd vom Biikebrennen kam. Dann wurde es dunkel und die Straße leer. Vor der Kreuzung Terpwai, die nach Wenningstedt führte, bremste Inken kurz ab. Aber um diese Uhrzeit wollte niemand hier einbiegen. Vorbei an einem von Eds Lieblingsspazierwegen, der entlang der Straße Up de Hiir mit ihren schönen alten Friesenhäusern hinunter zu Dünen, Heide und Watt führte, waren sie nur eine Minute später an der Unfallstelle. In einem weiten Schwung führte die Straße dort um die ehemalige Kiesgrube, knickte dann erneut scharf ab und verlief weiter nach Munkmarsch und Keitum. Die Ecke war schon tagsüber nicht gut einzusehen. Immerhin standen auf der Straße Warnkreuze, zwei Autos hatten ihre Warnblinkanlagen angestellt. Eine Frau kauerte bei der Verletzten und hielt ihre Hand. Reglos lag sie am Straßenrand auf der Seite, bekleidet mit Jeans und Winterjacke. Inken sprang aus dem Wagen, griff ihre Tasche vom Rücksitz und hockte sich neben die Verletzte. Währenddessen blickte sich Ed um und versuchte, sich einen Eindruck vom Geschehen zu verschaffen. Das Fahrrad, mit dem die junge Frau offenbar gefahren war, lag ein paar Meter weiter. Es musste beim Aufprall durch die Luft geflogen sein. Vorderlampe und Rücklicht sendeten noch immer kurze Lichtblitze in die Nacht. Immerhin, die Radfahrerin war in der Dunkelheit nicht ohne Licht unterwegs gewesen. Geholfen hatte ihr das aber nichts. Ed kniete neben dem Rad nieder, ohne es zu berühren. Es war vom Zusammenstoß und dem folgenden Aufprall verbogen, an manchen Stellen war die Farbe abgesplittert. Dann schaute er zurück zur verletzten Person. Inken kniete noch immer vor ihr und versuchte, sie anzusprechen. Ohne auf eine Antwort zu warten, legte sie ihr einen Zugang in der linken Hand. Auf der Straße entdeckte Ed den dunklen Reifenabrieb von Bremsspuren. Es schien, als hätte der Fahrer noch versucht gegenzulenken. Aber umsonst. Vermutlich hatte er die gefährliche Kurve mit überhöhter Geschwindigkeit genommen. Sie würden die Abstände messen und so schnell klären, welche Geschwindigkeit das Auto hatte, wo genau der Aufprall passiert war. Die Spuren am Rad würde die Spurensicherung ebenfalls untersuchen. Das Rad. Es kam Ed irgendwie bekannt vor. Aber wessen war es? Er drängte die Zuschauer von der Unfallstelle weg, dankte ihnen für ihre Hilfe und wollte gerade damit beginnen, die Personalien aufzunehmen, als ihn Inken rief.

»Eduard, du solltest bitte mal herkommen.«

Inken war aufgestanden und trat einen Schritt auf ihn zu, nahm ihn rechts und links an seinen Armen.

»Pst«, machte sie. »Atmen. Tief atmen.«

»Wer?«, stammelte Ed.

Lass es bitte nicht Lotte sein. Das ist nicht Lottes Rad. Bitte …

Und dann sah er das Gesicht. Die blonden Haare, die Sommersprossen. Er heulte auf. Vor ihm auf dem Boden lag Clara. Den Kopf in einer Lache voll Blut. Ganz still, ganz unbeweglich lag sie da, als würde sie nur schlafen. War sie tot?

»Pst. Komm, reiß dich zusammen«, flüsterte er sich stimmlos zu. »Professionell reagieren. Ruhig bleiben.«

Doch Eds Gedanken rasten. Wieso Clara? Was machte sie hier? Wo war Lasse? Was genau war geschehen?

Unwillkürlich griff er in seine Jacke und wählte Lasses Nummer.

Es klingelte, einmal, zweimal, dreimal.

Er hatte keine Ahnung, was er seinem Sohn sagen sollte, wenn der an das Telefon gehen würde. Aber er hatte auch keine Ahnung, was er machen sollte, wenn sich Lasse nicht melden würde. Doch nachdem es scheinbar endlos lange geklingelt hatte, antwortete Lasse. Seine Stimme erschien Ed seltsam atemlos. Vermutlich hatte er schon geschlafen. Aber es war eindeutig Lasses Stimme.

Ed hätte heulen können und fühlte sich zugleich unendlich erleichtert. Er schluckte, holte Luft, zwang sich zur Ruhe.

»Lasse?«

»Was gibt's denn, Dad? Es ist mitten in der Nacht. Was ist passiert?«

»Ich …«

Die Tränen brachen aus ihm hervor, sosehr er sich darum

bemühte, die Fassung zu behalten, versagte ihm seine Stimme. Inken nahm ihm das Telefon aus der Hand.

»Lasse?«

»Ja, aber wer sind Sie, was ist denn los?«

»Ich bin Inken Bolders. Die Notärztin. Wir kennen uns. Lasse, dein Vater hat gerade etwas die Fassung verloren, aber es geht ihm gut. Ihm ist nichts passiert. Er wollte nur sicher sein, dass du zu Hause bist. Er meldet sich nachher noch mal bei dir.«

»Aber was ist …«

»Nachher«, sagte Inken bestimmt. »Das erklärt er dir nachher. Jetzt ist er im Einsatz und kann nicht sprechen.«

Dann legte sie auf und reichte Ed sein Telefon zurück.

»Geht's wieder?«

Ed nickte, auch wenn er sich da eigentlich nicht so sicher war. Er fühlte sich überfordert und spürte, wie unendlich müde er war. Mit dem Handrücken wischte er sich notdürftig Rotz und Tränen aus dem Gesicht und atmete tief durch.

»Entschuldige bitte.«

»Kein Problem«, beruhigte ihn die Notärztin.

Ed lauschte angestrengt in die kalte Winternacht, schaute auf das Szenario um sie herum. Die frierenden Zeugen standen neben ihrem Auto und wurden vom Blicklicht des Krankenwagens umspült. Inkens besorgtes Gesicht und auf dem Boden der leblose Körper von Clara. Die Szenerie wirkte unwirklich.

Ed drückte die Taste mit Bendix' Telefonnummer.

»Wann kommt der Heli?«

»Muss jeden Moment da sein.«

»Er weiß, dass er nicht zu euch, sondern hierher muss? … Warte.«

Ed lauschte in die Nacht. Aus der Dunkelheit wuchs ein Licht hervor, das schnell näher kam.

»Muri soll bitte möglichst schnell herkommen, um den Unfall aufzunehmen und die Zeugen zu befragen. Und wir brauchen die Spurensicherung, um das Fahrrad der Verunfallten zu untersuchen.«

Die letzten Worte hatte er bereits brüllen müssen, weil der Rettungshubschrauber schon über ihnen kreiste, um mit seinem Suchscheinwerfer einen Landeplatz auszumachen.

»Warte, ich reiche dich an Elsa weiter.«

»Elsa? Muri möchte bitte möglichst schnell herkommen, um die Personalien der Zeugen aufzunehmen.«

»O. k.«

»Noch etwas, Elsa.«

Er stockte.

»Das Unfallopfer in Braderup, es ist Clara.«

Einen kurzen Moment herrschte Schweigen am anderen Ende der Leitung.

Die Rotoren brüllten in die Nacht.

»Was? Oh mein Gott, das darf nicht sein. Wie geht es ihr?«

»Sie ist nicht bei Bewusstsein, und wenn ich Inkens Blick richtig interpretiere, steht es auch nicht gut um sie.«

Elsa schwieg.

»Elsa?«

»Bist du ganz sicher, dass es Clara ist? Sie war doch vorhin noch mit uns zusammen unterwegs. Was macht sie denn dort?«

»Ja, es ist Clara, kein Zweifel, und ich habe keine Ahnung. Es ist …«

Ed schluckte, musste wieder mit aller Macht seine Tränen zurückhalten.

»Ich weiß es nicht.«

»Muri kommt umgehend. Nimm seinen Wagen und fahr dann nach Hause. Ich bleibe hier bei Bendix.«

»Ich fahr zu Claras Eltern. Ich will nicht, dass sie am Telefon erfahren, was passiert ist, oder von irgendjemand sonst. Wie können wir sie am schnellsten nach Kiel bringen?«

»Ich habe keine Ahnung. Der letzte Autozug ist gerade durch, der nächste fährt erst morgen früh.«

Hinter Ed waren die Notärzte aus dem Heli gesprungen, tauschten sich mit Inken aus und kümmerten sich dann um Clara. Sie hoben sie auf die Trage aus dem Heli, schlossen sie an eine Infusion an, stabilisierten ihren Nacken.

»Kiel?«, rief Ed ihnen zu.

Der Rettungsarzt nickte.

Dann schoben sie das Mädchen zum Heli.

»Was kann ich den Eltern sagen?«

Der Notarzt zuckte mit den Schultern.

»Sie sollen kommen, schnell. Wir tun, was wir können, um ihr zu helfen. Mehr kann ich im Augenblick leider noch nicht sagen.«

Ed fühlte einen Druck in der Magengrube und rang erneut nach Luft. Hilflos blickte er auf die schmale, zarte Clara, die auf der Trage lag. Ganz still, ganz klein sah sie auf einmal aus, wie sie da in dem Rettungshubschrauber verschwand. So jung, so zerbrechlich, ein Kind noch. Mein Gott, das war gar nicht wirklich die Clara, mit der sie heute Abend in Hörnum unterwegs gewesen waren, dachte Ed. Dieser ganze entsetzliche Abend, der so wunderbar begonnen hatte. Am liebsten hätte er vor Wut und Verzweiflung laut geschrien. Die Tür schloss sich, und Sekunden später hob der Flieger ab, wirbelte Sand und Blätter in der Luft umher, drehte über der Unfallstelle, wurde dann schnell kleiner und verschwand in Richtung Watt und weiter zum Festland. Zurück blieb eine bleierne Lähmung an der Unfallstelle.

Niemand schien zu wissen, was jetzt zu tun war. In dem Moment kam Muri mit Blaulicht aus Richtung Braderup und brachte wieder Bewegung in die kleine Menschengruppe zurück.

Ed nahm das Telefon erneut ans Ohr. Elsa war noch immer am anderen Ende der Leitung.

»Clara ist auf dem Weg nach Kiel ins Universitätskrankenhaus.«

»Das wird«, beruhigte ihn Elsa. Aber Ed hörte an ihrer Stimme, wie hilflos auch sie war und wie wenig sie ihren eigenen Worten traute.

»Was ist mit Lasse?«

»Lasse ist zu Hause«, beruhigte Ed sie.

»Weiß er Bescheid?«

»Ich spreche mit ihm, nachher.«

Elsa schwieg erneut.

»Hey, das wird«, wiederholte sie dann.

23

Fast eine Viertelstunde standen Inken und Ed vor der Wohnung von Claras Eltern im Tinnumer Peter-Andresen-Wai. Während sie immer wieder klingelten, traten sie in der Kälte von einem Bein auf das andere.

»Ich komm mal lieber mit«, hatte Inken erklärt, als Ed sich zu Claras Eltern aufmachen wollte. Kurz hatte Ed versucht, ihre Begleitung abzuwehren. Aber Inken hatte sich in ihrer energischen Art durchgesetzt.

Ed wollte schon fast aufgeben, als im Flur doch noch ein Licht anging und sich die Haustür kurz danach öffnete. Claras Mutter stand im T-Shirt und mit nackten Beinen fröstelnd vor ihnen und sah sie verständnislos an. Ed hatte Regine bei früheren Elternabenden kenngelernt. Als Lasse noch jünger war, hatte er ihn gelegentlich bei Claras Eltern abgeholt. Regine und ihr Bernd waren ihm sympathisch, doch die flüchtige Bekanntschaft hatte sich nie zu einer wirklichen Freundschaft weiterentwickelt.

»Dürfen wir reinkommen?«

»Ja, aber …«

Regine trat einen Schritt zurück, um Ed und die Notärztin ins Haus zu lassen. Es bedurfte dieses einen kurzen Momentes, in dem Regine klar wurde, dass etwas geschehen sein musste. Etwas Furchtbares. Sonst stände Ed nicht um ein Uhr morgens vor ihrer Haustüre und würde Sturm klingeln.

Über die roten Terrakottafliesen aus den 1970er Jahren führte Regine sie in die Küche, in der Ed bei einem früheren kurzen Besuch lachend bei Bier und freundlichen Worten gesessen hatte.

»Was ist los?«

Am ganzen Körper zitternd schaute ihn Regine an, die Arme verkrampft vor der Brust gekreuzt. Ohne weiter nachzudenken, nahm Ed sie in den Arm und drückte sie sanft an sich. Von der Treppe waren Schritte zu hören.

»Was …«, stammelte sie in seinen Hals, der feucht wurde von ihren Tränen.

Nichts, hätte Ed am liebsten gesagt. Alles ist gut. Ich wollte dich nur sehen, am Tag nach Biike.

»Clara«, druckste er und musste sich räuspern.

»Clara hatte einen Verkehrsunfall. Sie ist mit dem Rettungshubschrauber auf dem Weg nach Kiel.«

»Clara?«

Regine schrie den Namen ihrer Tochter.

»Aber das kann nicht sein. Sie schläft doch. Sie ist oben in ihrem Zimmer, ganz bestimmt. Oder sie ist bei Lasse. Sie ist doch ganz oft bei euch.«

Claras Vater Bernd, der schon halb in die Küche gekommen war, drehte sich wieder um. Er rannte die Treppe hinauf, um im Zimmer seiner Tochter nachzusehen. Doch das Bett war leer. Da war keine Clara. Nirgends.

»Pssst.«

Mit sanftem Druck hielt Ed die verzweifelte Frau weiter fest.

»Was ist denn passiert?«, fragte Bernd, während er die Treppe wieder zu ihnen hinunterkam. Seine Stimme klang fremd. Er rang um Haltung.

»Wir wissen es noch nicht genau. Clara ist vermutlich auf dem Fahrrad von einem Autofahrer angefahren worden, der anschließend Fahrerflucht begangen hat. Andere Autofahrer haben sie gefunden und daraufhin die Polizei benachrichtigt. Wie lange sie dort gelegen hat, ist unklar. Inken hat sie notärztlich versorgt, und sie ist jetzt mit dem Rettungshubschrauber auf dem Weg ins Universitätsklinikum Kiel.«

»Aber was hat sie denn, was ist mit ihr?«

»Clara hat ein schweres Schädel-Hirn-Trauma, ihre rechte Schulter ist gebrochen, möglicherweise auch das rechte Bein«, schaltete sich Inken ein.

Ihrer Erfahrung nach war es gegenüber Angehörigen am besten, die Fakten zu benennen, soweit sie bekannt und im Moment verträglich waren, anstatt mit vagen Andeutungen herumzudrucksen.

»Bei der Notfalleinheit erfährt sie dort die bestmögliche medizinische Versorgung.«

Nach Inkens klarer Auskunft beruhigte sich die Situation für einen Moment. Dann löste sich Regine aus Eds Arm, sank auf einen der dunkelbraunen Küchenstühle und legte den Kopf in ihren Armen auf den Tisch. Ihr Körper bebte von dem Weinkrampf, der nun über sie kam.

Inken warf Ed einen vieldeutigen Blick zu, der besagte: Gut, dass ich dabei bin.

»Ich würde Ihnen jetzt gerne ein Beruhigungsmittel geben, Frau Mölders«, erklärte Inken. Ohne auf die Antwort zu warten, entnahm sie ihrer Arzttasche eine Spritze und bereitete sie für die Injektion vor.

Regine schaute sie ausdruckslos an.

»Regine?«, mischte sich jetzt Bernd ein. »Ich denke, das ist eine gute Idee.«

Eine Viertelstunde später verließen Ed und Inken die Mölders. Claras Mutter schlief. Es blieb den beiden ohnehin nichts anderes übrig, als bis zum Morgen zu warten. Erst dann würden sie einen der ersten Autozüge nehmen können, um nach Kiel zu ihrer Tochter zu kommen. Vorher würden sie mit den Ärzten dort telefonieren, um zu erfahren, wie es Clara ging. Sie würden sich Sorgen machen und sich fragen, wieso Clara verunfallt war. Sie würden sich fragen, warum um Himmels willen das Mädchen mitten in der Nacht auf der Straße von Braderup nach Keitum unterwegs gewesen war.

Dasselbe fragte sich Ed.

Im Dämmer des Mondes schaute er zur Silhouette der Tinnumburg hinüber, einem alten, vorzeitlichen Ringwall, an dem sie sich als Kinder gelegentlich zum Spielen getroffen hatten. Der Geruch nach Rauch lag in der Luft. Ed schüttelte sich schaudernd. Es war eisig kalt geworden. Ed spürte, wie müde er war. Aber diese atemlose Nacht war für ihn noch immer nicht vorbei. Zu Hause wartete Lasse.

24

Der Junge saß am Küchentisch. Vor ihm lag sein Handy, daneben stand eine halb leere Flasche Rosé.

»Was ist los?«, fuhr er Ed herausfordernd an und sprang auf. Die Stuhlbeine knarzten über den Boden. Egal.

»Ich habe seit einer Ewigkeit versucht, bei dir anzurufen, Dad. Du gehst einfach nicht ran. Clara geht auch nicht ans Telefon. Und Elsa kann ich auch nicht erreichen. Wieso hast du mich angerufen? Warum war da diese Notärztin am Telefon? Was ist los?«

Unsicherheit, Ratlosigkeit und Zorn standen Lasse ins Gesicht geschrieben. Er schien das Drama im Inneren bereits zu spüren, das sich mit Clara abspielte.

»Psst. Wir müssen nicht das ganz Haus aufwecken.«

»Das ist mir so was von scheißegal.«

»Mir aber nicht.«

Ed nahm ein Glas aus dem Küchenschrank, setzte sich Lasse gegenüber, schenkte sich von dem Rosé ein und nahm einen kräftigen Schluck.

»Ich weiß nicht, wie ich es dir behutsam sagen soll …«

Ed stockte.

Niemand hatte ihn auf eine solche Situation vorbereitet. Aber wie hätte eine solche Vorbereitung auch aussehen sollen? Wir malen uns die Zukunft immer in den rosigsten Bildern aus. Sie ist schön für uns und glücklich.

Erneut trank Ed einen Schluck Wein.

Vater zu sein bedeutete für ihn, stets darauf zu vertrauen, dass denjenigen schon nichts Schlimmes geschehen werde, deren Zukunft ihm wichtiger war als seine eigene. Tief in seinem Inneren wusste er, dass die Zukunft nie so eintreten würde, wie er sie sich in seinen Träumen ausmalte. Doch was gerade geschehen war, machte ihn hilflos. Die Gegenwart war mit Vollgas gegen die Zukunft gekracht. Dafür gab es keine Vorbereitung. Nur Schmerz.

»Clara.«

»Was ist mit Clara?«

Die Farbe wich aus Lasses Gesicht, kaum hatte Ed ihren Namen genannt.

»Clara hatte einen schweren Unfall. Sie ist jetzt in Kiel im Krankenhaus.«

»Scheiße, Scheiße, Scheiße!«, brüllte Lasse.

Er vergrub sein Gesicht in der Ellenbeuge.

»Warum hast du mir das nicht gleich gesagt«, flüsterte er.

»Weil du im Moment nichts machen kannst und ich dir nicht am Telefon sagen wollte, was passiert ist. Ich wollte bei dir sein.«

»Sie ist meine Freundin.«

»Ich weiß.«

Ed stand auf und ging um den Tisch. Er legte die Hand auf Lasses Schulter. Er wollte ihn in den Arm nehmen. Aber Lasse blieb in sich zusammengesunken sitzen.

»Was ist mit Clara?«

Lotte stand in ihrem grün-blau karierten Pyjama barfuß im Rahmen der Küchentüre.

»Clara hatte einen Verkehrsunfall heute Nacht.«

»Oh nein …«

Lotte flog um den Tisch und umklammerte ihren Bruder. Heulend hingen die beiden Geschwister eine Weile übereinander, ehe Lotte ihren Vater und Lasse ungeduldig mit Fragen bestürmte, auf die die beiden keine Antworten wussten. Wäre der Grund nicht so furchtbar und der Abend nicht so erschöpfend gewesen, hätte Ed vermutlich vor Rührung darüber gelächelt, wie sich die beiden gegenseitig versuchten zu stützen. Doch auch jetzt blieb ihm keine Zeit, zur Ruhe zu kommen. Mara war zusammen mit Fiete die Treppe hinaufgekommen und fuhr ihn lautstark an, was ihm einfalle, mitten in der Nacht einen derartigen Radau zu veranstalten.

Sprachlos schaute Ed sie an.

»Halt einfach die Klappe«, sagte er ruhig.

Und das tat sie. So erstaunt war sie über seine Antwort, seine offensichtliche Weigerung, sich zu erklären.

»Clara hatte einen schweren Verkehrsunfall. Ich geh jetzt duschen, und wenn ich wiederkomme, seid ihr beiden hier verschwunden. Ist das klar?«

Nein, jetzt war keine Zeit für Freundlichkeit und für Verständnis. Das Maß war voll. Er war müde, unendlich müde. Er wollte nur schlafen. Aber bevor er sich endlich, endlich hinlegen konnte, musste er noch einmal mit Lasse reden.

Als er eine Viertelstunde später barfuß und mit feuchten Haaren wieder in die Küche kam, schenkte er sich ein zweites Glas Wein ein. Mara und Fiete hatten sich tatsächlich zurückgezogen. Lotte und Lasse hatten ihnen das wenige berichtet, was sie von Ed erfahren hatten. Jetzt saßen die Geschwister immer noch am Tisch, hielten sich stumm an den Händen und schwiegen.

»Was hat Clara da draußen gemacht, Lasse? Warum war sie in Braderup, mitten in der Nacht?«, fragte Ed.

Und warum warst du nicht bei ihr?, dachte er bei sich.

Lasse schaute ihn ausdruckslos aus seinen rot verheulten Augen an.

»Keine Ahnung«, druckste er leise hervor.

»Wirklich nicht?«

Lasse vergrub das Gesicht wieder in den Händen, während Lisa ihm behutsam über den Rücken strich.

»Ich weiß nicht, weiß nicht, wirklich nicht. Lass mich.«

»Versuch dich ein bisschen auszuruhen, ja? Wir sprechen morgen weiter.«

»Ich geh morgen nicht zur Schule. Ich fahr nach Kiel zu Clara.«

Ed nickte.

Es gab Dinge, die mussten sein.

»Klar. Kommt, legt euch jetzt beide hin. Ihr könnt nichts machen im Moment. Gar nichts.«

25

Der Himmel war strahlend blau am nächsten Morgen, ein Wintertag wie aus dem Bilderbuch, auch wenn der eisige Ostwind Ed Tränen in die Augen trieb, während er auf seinem Rad zum Revier nach Westerland fuhr. Lasse hatte ihm auf einem Zettel in der Küche mitgeteilt, dass er bereits in der Regionalbahn nach Kiel saß und nicht wisse, wann er wiederkomme. Zur Not würde er bei einem Freund in Kiel übernachten. Zum Glück stieß Ed nicht auf Mara und Fiete, als er die Treppe hinunterkam. Sie waren bestimmt längst in der Schule. Lehrerleben, dachte Ed.

Im Revier war die Soko »Feuerteufel« wieder eingesetzt und zusätzlich verstärkt worden. Nesser begrüßte ihn mit Handschlag. Fünf Minuten nach Ed betrat auch Elsa den Besprechungsraum. Anstelle der dezenten Kleidung, die sie sonst kennzeichnete, trug sie zu Bluejeans und orangefarbenem Pullover heute früh Ringe unter den Augen. Sie sah unausgeschlafen aus, ihre Haare waren verwuschelt. Die stickige Heizungsluft im Raum roch nach abgestandenem Filterkaffee. An der weißen Rückwand des Raumes, an der sie stets die Informationen über die aktuellen Fälle ordneten, hatten die Kollegen erste Fotos von Coutinos abgebranntem Haus in Kampen angepinnt. Daneben stand der Name von Tom Coutino. Doch heute gab es so viele Informationen, dass die Rückwand nicht ausreichte. Deshalb hingen an dem schmalen Wandstreifen neben der Tür die Fotos von der Unfallstelle in Braderup: das Fahrrad, die dunkle, verlassene Straße.

»Wir haben zwei Fälle, die zu bearbeiten sind«, begann Nesser. »Die Brandstiftung in Kampen und den Verkehrsunfall.«

Ed saß mit Elsa und Muri, zwei weiteren Beamten aus Kiel und Nesser um den Tisch.

»Wie ist der Zustand von Clara?«, fragte Elsa.

»Mein letzter Stand ist, dass sie noch heute Nacht operiert worden ist und jetzt im künstlichen Koma auf der Intensivstation liegt. Sie hat mehrere Knochenbrüche und ein Schädel-Hirn-Trauma. Durch den Aufprall ist wohl das Gehirn geschwollen und drückt auf den Schädel. Ihr Zustand ist kritisch. Mehr können die Ärzte derzeit nicht sagen.«

Nesser machte eine Pause.

»Wir müssen abwarten.«

»Wird sie durchkommen?«

Nesser schaute Ed lange in die Augen, ehe er antwortete.

»Es tut mir leid, aber die Ärzte wissen es nicht. Die nächsten achtundvierzig Stunden sind entscheidend, sagen sie.«

»Und was gibt es bei Coutino Neues?«

Nesser räusperte sich.

»Tom Coutino ist tot, wie ihr wisst. Die genaue Todesursache erfahren wir im Lauf des Vormittags. Ob er an einer Rauchvergiftung gestorben ist oder etwas anderes seinen Tod verursacht hat, muss die Gerichtsmedizin klären. In jedem Fall hat er schwere Verletzungen am Kopf. Möglicherweise von einem Sturz.«

»Möglicherweise? Du hast da deine Zweifel?«

»Ich will nicht spekulieren, aber das sieht mir nicht nach einem Sturz aus.«

Nesser öffnete am Computer eine Datei mit einer Nahaufnahme von Toms Kopf und zeichnete mit einem Stift auf dem Bildschirm die Verletzung nach.

»Das sieht mir eher nach einem Schlag aus als nach einem

zufälligen Aufprall an einer Tischkante oder etwas Ähnlichem.«

»Also Mord? Und womit wurde er geschlagen?«

»Vielleicht auch nur Totschlag. Lass uns abwarten, heute Nachmittag wissen wir es hoffentlich genauer.«

»Hoffentlich.«

Elsa hasste es, auf die Ergebnisse der Gerichtsmedizin oder der Spurensicherung zu warten. Bis dahin waren die Ermittlungen meistens so ziellos wie Wassertreten, während wertvolle Zeit verstrich.

»Ganz bestimmt«, beruhigte sie Nesser. »Was Claras Unfall betrifft, habe ich die Videoaufnahmen der Bahn von der Verladestation in Westerland und Niebüll angefordert. Möglich, dass der Fahrer versucht hat, die Insel sofort zu verlassen. Muri sollte an der Autoverladung nachfragen, ob dort jemandem ein beschädigtes Auto aufgefallen ist. Unabhängig davon werden wir auch die Insel nach einem beschädigten Pkw absuchen. Claras Fahrrad ist bei der KTU. Vielleicht können die Kollegen dort anhand der Spuren ermitteln, welche Farbe der Wagen hatte, an welcher Stelle er beschädigt wurde und um was für einen Typ es sich handelt, mit dem es zu dem Unfall gekommen ist. Mal schauen, was sie herausfinden. Vielleicht haben wir Glück.«

»Warum dauert das immer alles so lange …«, warf Elsa ein.

»Hilft nichts, beruhigt euch. Ungeduld führt nur zu Fehlern und falschen Verdächtigungen. Ed, ich möchte, dass du noch einmal nach Hamburg fährst und dich mit Coutino senior unterhältst, während Elsa und ich uns um die Fahrerflucht kümmern …«

»… und versuchen, Zeugen für den Brand gestern Abend zu finden«, fiel ihm Elsa ins Wort.

Nesser lächelte.

»Genau.«

»Und, Ed, vielleicht kannst du heute versuchen, nicht an der Rader Hochbrücke geblitzt zu werden. Ist immer ein bisschen nervig, den ganzen Papierkram zu erledigen …«

»Danke, Franz.«

»Und vielleicht sollten wir jetzt hier mal etwas frische Luft in die Bude reinlassen. Was meint ihr? Fenster auf!«

Elsa passte ihn auf dem Parkplatz des Reviers ab, ehe er in den dunkelblauen Zivil-Mondeo einsteigen konnte, um sich auf den Weg nach Hamburg zu machen.

Als sie ihm sanft durchs Haar strich, spürte Ed, wie ihm die Tränen in die Augen stiegen.

»Geht's?«

»Es ist alles so ein Mist.«

Für einen Moment hielten sie einander fest in den Armen.

»Es tut mir so leid. Für Clara und Lasse und für dich und Lotte.«

Es hatte etwas Tröstliches, die eigene Hilflosigkeit wenigstens nicht allein durchleben zu müssen.

»Clara schafft das bestimmt, sie schafft das.«

»Bestimmt.« Ed nickte.

Doch zugleich hatte er dieses seltsame Gefühl im Magen. Seine Erfahrung mit derartigen Unfällen sagte ihm das Gegenteil von dem, was Elsa und er hofften. Das eigentliche Wunder war, dass Clara den Unfall überhaupt überlebt hatte. Meterweit musste sie durch die Luft geflogen sein, um dann hart auf dem Asphalt aufzuschlagen. Selbst wenn sie die nächsten Stunden überstehen würde, war noch völlig unklar, ob der Aufprall nicht langfristige Schäden bei ihr verursacht hatte. Ed schob den Gedanken beiseite.

»Und wir kriegen denjenigen, der ihr das angetan hat.«

Wie gut es tat, dass Elsa ihn im Arm hielt. Sanft küsste

er sie auf die Stirn, spürte, wie ihre Haare ihn an der Nase kitzelten.

»Genau, wir kriegen ihn.«

26

Immer wieder musste Ed auf der Autobahn gegenlenken, um nicht vom böigen Ostwind aus der Spur geweht zu werden. Diesmal wurde er nicht geblitzt, als er den Nord-Ostsee-Kanal überquerte. Vorschriftsmäßig drosselte er seine Geschwindigkeit. Kurz hinter Rendsburg klingelte das Telefon, und Lasse meldete sich. Gleich am Morgen hatte er sich mit der Bahn aufgemacht und war vor Claras Eltern im Krankenhaus eingetroffen. Claras Zustand war ernst, aber stabil. Die Ärzte gaben noch keine Entwarnung. Lasse wollte deshalb mit Claras Eltern im Krankenhaus warten.

»Bitte gib mir regelmäßig Bescheid, wie es ihr geht. Auch wenn sich nichts tut, ja?«

Lasse versprach es. Bei Neumünster zeigten sich erste Wolken, und hinter Bad Bramstedt wurde der Himmel immer milchiger. Als Ed in Bahrenfeld die A7 verließ und in das Hamburger Stadtgebiet vordrang, war das Blau vom Morgen verschwunden. Irgendwie erschienen ihm die Wolken seiner Stimmung angemessener als der blaue Himmel. Quer durch Ottensen, Altona und St. Pauli fuhr Ed in Richtung Innenstadt. Nach mehreren Runden fand er an der Spiegelinsel am Dovenfleet einen Parkplatz. Die Flut hatte das Wasser in der Elbe hochgetrieben. Wo bei Ebbe schlickige Sandbänke vor den Kaimauern zu sehen waren, spülte jetzt graues Wasser gegen die Steine.

Er klingelte bei Coutino im Hopfensack. Als die Tür aufsprang, entschied er sich kurz entschlossen gegen den Fahrstuhl. Zwei Stufen auf einmal nehmend lief er die vier

Treppen zum Büro hoch. Obwohl die Tür offen stand, hielt er kurz inne, um sich zu sammeln. Er wartete, bis sich sein Atem wieder beruhigt hatte, und trat dann ein. Hinter dem Tresen saß heute eine Sekretärin mit kurzen blonden Haaren, die sie in einem Seitenscheitel frisiert hatte. Ihre lächelnden Augen und die roten Wangen besaßen eine überraschende Fröhlichkeit, die einen Gegensatz zu ihrer übrigen Wirkung bildeten. Als Ed das Büro betrat, stand sie auf. Dabei strich sie sich behutsam das schwarze Kleid an ihren Beinen glatt, das sie offenbar angesichts des Todes des Juniorchefs gewählt hatte.

»Herr Coutino erwartet Sie schon«, sagte sie und wies auf die Treppe, die ins Dachgeschoss führte.

»Darf ich Ihnen einen Kaffee bringen?«

»Sehr gern.«

Der Unterschied zu seinem ersten Besuch im Hopfensack hätte nicht dramatischer ausfallen können. Blass, mit geröteten Augen und Bartstoppeln im Gesicht saß Coutino hinter seinem Schreibtisch. Er wirkte, als könnte ihm nichts gleichgültiger sein als der Ausblick auf sein Hamburg, dessen Silhouette im aufziehenden Nebel verschwamm.

»Mein Beileid, Herr Coutino«, begann Ed das Gespräch, während aus dem Stockwerk unter ihnen das Brummen der Espressomaschine heraufdrang.

Anstatt zu antworten, senkte der alte Mann den Kopf. Angestrengt schaute er dabei auf seine gefalteten Hände, die auf der mit grünem Linoleum bezogenen Schreibtischplatte lagen. Dann hob Coutino langsam den Kopf. Auf einmal saß Ed ein Greis gegenüber, der mit leiser Stimme zu sprechen begann.

»Sehen Sie, der Feuerteufel hat nicht nur meinen Sohn auf dem Gewissen. Mein einziges Kind. Er hat auch mich umgebracht.«

Ed verstand nur zu gut, was Coutino meinte. Ein ähnlicher Gedanke hatte sich in der vergangenen Nacht in ihm festgefressen. Was wäre gewesen, wenn nicht Clara, sondern Lasse einen Unfall gehabt hätte? Es schüttelte ihn.

»Herr Coutino, wir werden alles unternehmen, um den Tod Ihres Sohnes aufzuklären.«

Ausdruckslos sah ihn Coutino an.

Nichts würde seinen Verlust je lindern.

»Wir müssen versuchen, den Abend zu rekonstruieren.«

»Jetzt?«

»Wenn es Ihnen möglich ist. Je mehr wir wissen und je früher wir es wissen, umso wichtiger ist es für die Ermittlungen.«

Coutinos Sekretärin kam mit klackenden Schritten die Treppe hoch. In der einen Hand hielt sie ein silbernes Tablett mit einer Kaffeetasse und einem Glas Wasser, in der anderen ein Glas Sekt.

Coutino sah sie befremdet an.

»Was soll ich feiern?«, fragte Coutino empört.

Ihre roten Wagen wurden noch dunkler. Dennoch stellt sie das Glas entschlossen vor ihren Chef.

»Gar nichts, Herr Coutino. Sie sollen gar nichts feiern. Aber Ihren Kreislauf müssen Sie beleben.«

Coutino atmete schwer. Dann presste er ein »Danke« hervor und nahm einen Schluck aus dem Glas, das von der Kälte des Sekts beschlagen war.

»Also gut. Was wollen Sie wissen?«

Er blickte Ed direkt in die Augen, als hätte er urplötzlich von irgendwoher neue Kraft gesammelt.

»Was machte Tom auf der Insel?«

»Ich bin nicht sein Kindermädchen«, brummte Coutino. »Es gibt genug dort zu tun. Vielleicht wollte er auch einfach zu Biike mal für ein paar Stunden seine Ruhe haben. Nächste Woche stehen Verhandlungen wegen einiger Investments an.«

»Ihre Firma ist in unruhigem Fahrwasser, heißt es.«

»Wer behauptet das?«, fauchte Coutino ihn verärgert an.

Ed beantwortete Coutinos Frage nicht, sondern wartete ruhig ab.

»Das ist Verleumdung. Geschäftsschädigung. Passen Sie auf, welche Behauptungen Sie in die Welt setzen. Ich werde Sie sonst verklagen.«

Aus Coutinos Blick war schlagartig jede Trauer gewichen. Stattdessen zeigte sich ein angriffslustiges Funkeln. Doch es erlosch schnell wieder.

Seltsam, dachte Ed, wie schnell seine Stimmungen schwanken können.

»Darf ich fragen, um was für Verhandlungen es sich handelt?«

»Ist das von Belang?«

Ed zuckte mit den Schultern.

»Ganz ehrlich, Herr Coutino, ich habe keine Ahnung, ob das letztlich von Belang sein wird. Aber solange wir nicht wissen, wer Ihr Haus angezündet hat, in dem Ihr Sohn umgekommen ist, und warum man es angezündet hat, müssen wir jeder möglichen Spur folgen, die uns zum Täter führt. Und dazu können auch Geschäftspartner gehören, die Ihnen schaden wollen. Also, um welche Termine ging es?«

»Tom wollte nächste Woche nach Burkina Faso fliegen. Seine Idee war es, erste Kontakte zum afrikanischen Markt zu knüpfen.«

»Burkina Faso. Warum Afrika?«

»Er wollte nach Ouagadougou. Dort soll in den kommenden Jahren ein neues Parlamentsgebäude entstehen. Ein sehr ambitionierter architektonischer Entwurf. Er wollte sehen …«

Coutino brach ab. Die Kräfte verließen ihn wieder. Müde stützte er seinen Kopf in die Hände.

»Aber daraus wird nun nichts mehr werden.«

»Nein, wohl nicht. Herr Coutino, wir haben gestern Abend vergeblich versucht, Sie telefonisch zu erreichen, weil wir sichergehen wollten, dass Sie nicht in Gefahr sind. Aber wir haben Sie nicht erreicht.«

»Ich habe heute Morgen die unbekannte Nummer zurückgerufen, und Ihr Chef – er ist doch Ihr Chef? – hat mir erzählt, was passiert ist.«

»Kommissar Nesser.«

»Genau der.«

»Was aber noch nicht klärt, wo Sie heute Nacht waren.«

Der Blick, mit dem Coutino Ed anschaute, wandelte sich in Sekundenschnelle von Entsetzen zu Wut.

»In meinem Bett war ich!«, brüllte Coutino ihn an. »Ich habe geschlafen, während mein Sohn verbrannt ist. Weil Sie diese verdammten Brandstifter noch nicht dingfest gemacht haben. Und Sie Versager wagen es, mich zu fragen, wo ich meine Nacht zugebracht habe?«

Ed hielt dem Ausbruch seines Gegenübers stand und schaute ihn schweigend an. Auf der Treppe waren wieder die Schritte der Sekretärin zu hören.

»Kann ich noch etwas für Sie tun, Herr Coutino?«

Der Lärm hatte sie offenbar aufgescheucht.

»Vielen Dank, Kristina.«

Coutino lächelte sie an. Es fehlte nicht viel, und er würde ihr väterlich die Hand tätscheln.

Lief da etwas zwischen den beiden?, fragte sich Ed.

Irgendetwas sagte ihm, dass Kristina wohl keinen Moment zögern würde zu bestätigen, dass Herr Coutino zu Hause gewesen war, wenn er sie fragen würde, weil sie neben ihm im Bett gelegen hatte. Aber für diese Fragen würde später noch Zeit sein, wenn es notwendig werden sollte. Jetzt galt es, sich auf Coutino selbst zu konzentrieren.

»Natürlich waren Sie in Hamburg in Ihrem Bett. Sie waren ja nicht auf Sylt?«

»Nein, leider nicht. Oder zum Glück. Herrgottszeiten, was soll die ganze Fragerei?«

»Wie gesagt, wir wollen nur aufklären, wie es zum Tod Ihres Sohnes kommen konnte.«

»Da werden Sie bei mir bestimmt keine Antworten finden, die Ihnen weiterhelfen.«

Coutino trank sein Glas aus. Der Sekt hatte ihm tatsächlich wieder Leben eingehaucht. Kristina kannte ihren Chef offenbar nur zu gut.

Ed schüttelte Coutino zum Abschied die Hand und drückte ihm noch einmal sein Beileid aus. So hurtig Ed die Treppenstufen ins Büro hinaufgelaufen war, so nachdenklich ging er sie nun langsam wieder hinab. Das Gespräch mit seinen abrupten Stimmungswechseln bei Coutino hallte in ihm nach. Er hatte das Gefühl, den Hamburger Kaufmann nicht richtig greifen zu können. Er spürte eine Irritation, eine Unstimmigkeit, ohne dass er sie genauer benennen konnte.

Unschlüssig blieb er auf der Straße stehen. Die kalte Hamburger Seeluft umwehte ihn.

Und nun?, fragte er sich. Etwas essen musste er ohnehin und schlug den Weg in Richtung Rathaus ein.

27

Ed schlenderte vom Hopfensack hoch in Richtung Domplatz. Fünf Minuten später erreichte er das Café Paris in der Rathausstraße. Der Geräuschpegel dort war enorm, aber das Essen meist ausgezeichnet und die Atmosphäre anregend. Sämtliche Plätze auf der langen Sitzbank an der Wand waren belegt. Ed ließ sich an einem der Bistrotische in der Reihe davor nieder. Kurz darauf standen ein stilles Wasser und Brot vor ihm, und er bestellte das Tagesgericht bei einem Ober, dessen Gesicht ihm von seinem letzten Besuch noch vage bekannt vorkam. Rindsboulette, Wirsinggemüse mit Schmand und Ofenkartoffeln. Kurz erwog er, ein Glas Wein zu trinken. Doch er verwarf die Idee gleich wieder. Der Tag war noch lang, wenn er über Kiel zurückfahren wollte.

Was war es, was ihn an Coutino so irritiert hatte?

Vielleicht half es ja weiter, sich mit Elsa über seine Eindrücke auszutauschen.

Am Nebentisch saß eine Frau. Trotz des Lärms im Restaurant las sie vertieft in ihrem Buch. Wieso, dachte er bei sich, sucht sie sich ausgerechnet einen solch trubeligen Ort zum Lesen aus? Es gab doch etliche Cafés in der Umgebung, in denen es viel stiller war, in denen man weniger abgelenkt wurde. Ed drehte seinen Kopf zur Seite, um den Titel des Buches zu erkennen, doch vergeblich. In diesem Moment schaute sie von ihrer Lektüre auf und lächelte ihm zu. Dann drehte sie ihm wortlos das Buch entgegen, sodass er den Titel lesen konnte. Es war eine Erzählung von William Boyd in deutscher Übersetzung. Er kannte das Buch nicht, obwohl er den Autor sehr schätzte.

»Ist es gut?«, fragte er, dankbar für jede Ablenkung.

»Ich bin mir noch nicht sicher«, antwortete sie, während sie das Buch zuklappte. Den rechten Zeigefinger ließ sie als Lesezeichen zwischen den Seiten stecken.

»Vielleicht nicht sein bestes Buch. Mögen Sie Boyd?«

»Unbedingt, ich mag vor allem jene Geschichten, in denen sich Fiktion und Wirklichkeit überlagern.«

»Ja, er ist ein begnadeter Erzähler. Aber bei diesem Buch hier bin ich mir noch nicht sicher, ob ich es wirklich mag. Obwohl …«

Sie wiegte den Kopf hin und her und verzog den Mund dabei.

»Es ist die Geschichte eines jungen Mädchens, das sich mit Anfang zwanzig so ziel- wie ahnungslos durchs Leben schlängelt und auf seltsame Weise auf die unterschiedlichsten Menschen trifft.«

»Klingt ein bisschen wie im richtigen Leben.«

Seine Nachbarin lachte und fuhr fort:

»Manchen Geschichten, die ich gelesen habe, traue ich erst gar nicht zu, dass sie mich irgendwie berühren. Ich bin dann immer ganz erstaunt, wenn sie mir auch ein paar Jahre später nicht aus dem Kopf gehen, während ich den Inhalt von manchen Büchern, die mir beim Lesen besonders gut gefallen haben, schon längst wieder vergessen habe.«

Ed lächelte. Das passierte ihm auch immer wieder beim Lesen.

Es tat gut, dass Clara und Coutino für einen Moment in den Hintergrund traten.

Der Kellner servierte ihm die Boulette. Langsam leerte sich das Restaurant. Die Zeit der Mittagspause war fast vorbei, und die Geräuschkulisse schwoll ab.

»Guten Appetit«, wünschte sie ihm und öffnete ihr Buch wieder.

Nach dem Essen, das wie immer köstlich war, begann die Müdigkeit in Ed emporzusteigen. Er lehnte sich zurück, ließ den Blick über die farbigen Deckengemälde der ehemaligen Fleischerei gleiten, schaute zu den aufgeregt redenden Gruppen auf der langen Bank hinter ihm und zu seiner Nachbarin, die wieder ganz in ihr Buch vertieft war. Während er auf einen doppelten Espresso wartete, beschloss er, nicht noch bis Sylt zurückzufahren. Er würde in Kiel übernachten. Er wollte Clara sehen, und vor allem wollte er bei Lasse sein. Elsa und Nesser würden das hoffentlich verstehen.

»Müde?«

Seine Nachbarin hatte das Buch erneut sinken lassen.

»Sieht man das?«

»Ehrlich gestanden, ja.«

»Vielleicht hilft ja der Espresso.«

»Schlafen wäre auch eine Möglichkeit.«

Ed musste lachen.

»Daran hat es die letzten Tage ein bisschen gemangelt. Und gleich muss ich auch wieder ins Auto und durch halb Schleswig-Holstein fahren.«

»Oh, dann passen Sie mal gut auf sich auf, damit nichts passiert. Für den Abend ist Schnee angesagt. Ich muss los. Man sieht sich.«

»Das würde mich freuen.«

Sie drückte dem Kellner zwanzig Euro in die Hand und stand auf. Den Mantel über dem Arm, blieb sie noch einmal kurz an seinem Tisch stehen, legte die Stirn in Falten. Kurze dunkelblonde Haare, cremefarbener Pulli, Jeans, rote Sneaker, am rechten Handgelenk eine Rolex mit Stahlarmband. Es war diese typische Mischung aus lässigem Understatement und edlem Aufgebrezeltsein, die Hamburg vom Rest Deutschlands abhob, schoss es Ed durch den Kopf.

»Sie sind kein Hamburger, oder?«

»Nein, hört man das auch? Müde und kein Hamburger. Höchststrafe.«

»Aber nein.«

»Ich lebe auf Sylt«, erklärte Ed eilig, um seine flapsige Bemerkung auszubügeln.

»Wie nett, bisschen einsam um die Jahreszeit dort oben in der Dunkelheit.«

»Das schon, aber gerade die Ruhe des Winters kann sehr reizvoll sein.«

Aus einem Impuls heraus reichte er ihr seine Karte, auf der das Landeswappen prangte und sein Name und Dienstgrad verzeichnet waren.

Sie nahm sie mit beiden Händen in Empfang.

Sehr asiatisch geschult, schoss es Ed durch den Kopf.

»Kommissar Eduard Koch«, las sie lächelnd vor.

»Falls es Sie nicht erschreckt, dass ich Polizist bin, und falls Sie gelegentlich auf Sylt sind, können Sie mir gerne mal erzählen, ob der Boyd Sie letztlich noch überzeugt hat.«

Sie warf sich ihren Mantel über die Schulter und ließ seine Karte in die Tasche gleiten.

Ob sie sie dort wohl noch einmal wiederfand?

»Wenn ich das nächste Mal auf Sylt bin, berichte ich Ihnen das ganz bestimmt, Herr Kommissar Koch.«

Sie reichte ihm förmlich ihre schlanke Hand mit den hellblau lackierten Fingernägeln.

»Alexandra Wittlich. Hat mich sehr gefreut. Ein belesener Polizist. Was es alles gibt auf der Welt«, sagte sie mit leichtem Spott in der Stimme. »Fahren Sie vorsichtig, Herr Kommissar.«

Ed stand auf und drückte vorsichtig ihre Hand, die kühl

war und bei der er jeden Knochen zu spüren meinte. Dann war sie schon aus der Tür und verschwand auf dem nebeligen Rathausmarkt.

Ed blickt ihr nach und spürte, wie unerwartet gut es getan hatte, nach dem Besuch bei Coutino mit der Unbekannten zu reden. Für einen Moment war er aus der Enge seiner eigenen Welt und der Ermittlungen getreten. Doch nun kehrte Ed in Gedanken zu Coutino zurück. Er versuchte zu fassen, was ihn so an seinem Besuch bei ihm irritiert hatte.

Hatte Coutino ihm die Wahrheit erzählt?

Oder hatten sich Dichtung und Wahrheit in seinen Ausführungen elegant überlagert, wie in einer gelungenen Erzählung von Boyd?

Ed bezahlte und machte sich auf den Weg zu seinem Auto.

Möwen wirbelten schreiend durch die Luft, als wollten sie mit ihren Flügelschlägen den grauen Himmel aus der Stadt vertreiben. Er spürte die Kühle und die salzig feuchte Hamburger Luft. Erfrischt setzte er sich in den Wagen und studierte die Nachrichten auf seinem Handy, die in der Zwischenzeit aufgelaufen waren. Die Kollegen in Westerland rotierten bereits den ganzen Tag. Nicht umsonst galten die ersten achtundvierzig Stunden nach einem Verbrechen als besonders wichtig. Dann waren die Verbindungen zwischen den neuen Erkenntnissen und den Tätern am heißesten, die Wege am kürzesten, die Hoffnungen am größten.

Während Ed auf der rechten Spur der A 7 in die frühe Dämmerung in Richtung Norden fuhr, schwebten tatsächlich erste Schneeflocken durch die Luft. Das Autothermometer zeigte zwei Grad minus an. Eine Warnleuchte, die auf die erhöhte Rutschgefahr hinwies, leuchtete orange. Die weißen Flocken im Scheinwerferlicht stoben vor seinen Augen umher, als handelte es sich um die einzelnen Puzzleteile des Falles. Alle für sich, alle ähnlich, doch nichts fügte sich zueinander. Sie bildeten kein zusammenhängendes Muster. Stattdessen herrschten die Unterschiede vor. Die ersten beiden Brandstiftungen erschienen geradezu minutiös geplant gewesen zu sein. Es gab keinerlei verwertbare Spuren, nichts, absolut sauber. Das war erstaunlich. Zwar lag allen Tätern daran, bei ihren Verbrechen keine Spuren zu hinterlassen, doch nur wenigen gelang das wirklich. Dass es ihm bei den ersten beiden Brandstiftungen gelungen war, sprach dafür, dass sie es mit einem klugen Kopf zu tun hatten, der nicht nur strategisch planen konnte, sondern auch in der Lage war, seine strategisch geplanten Taten ebenso strategisch umzusetzen. Seht her, was ich kann, ich bin ein Phantom. Und dann, quasi über Nacht, war bei der dritten Brandstiftung alles anders. War der Täter zuvor mit äußerster Vorsicht vorgegangen, um niemanden zu verletzen, gab es nun eine Leiche. Und dann die Sache mit Clara. Warum war sie ausgerechnet in dem Moment unterwegs gewesen, als das Haus in Kampen abbrannte? Gab es irgendeinen Zusammenhang?

Der Schnee stob weiter vor Eds Windschutzscheibe umher. Hartnäckig leuchtete das orangefarbene Warnlicht, als wollte es ihn nicht nur auf die Glätte aufmerksam machen.

Also noch einmal, sagte sich Ed.

Er teilte die Geschehnisse in drei Teile auf: die Brandstiftungen ohne Opfer, die Brandstiftung mit Todesopfer und den Unfall.

Die Frage, die sie seiner Meinung nach vordringlich zu klären hatten, war, ob es zwischen den drei Ereignissen Zusammenhänge gab.

Über die Freisprechanlage rief er Elsa an.

Es klingelte, zwei, drei, vier Mal.

Er wollte gerade auflegen, als sie sich doch noch meldete.

»Ed! Wie war es bei Coutino?«

»Er war wie ausgetauscht. Ein völlig anderer Mann.«

»Was erwartest du? Er hat gerade seinen Sohn verloren.«

»Ja, natürlich. Trotzdem hat es mich erschüttert, wie man innerhalb von Tagen so um Jahre altern kann.«

Einen Moment lang schwiegen beide und hingen ihren Erinnerungen an Vater und Sohn Coutino nach.

»Habt ihr mit Stein gesprochen?«, fragte Ed dann.

Nicht dass er wirklich glaubte, Stein habe Coutinos Haus angezündet. Aber es musste geklärt werden, wo er zur Tatzeit war.

»Kurz«, bestätigte Elsa. »Nesser hat das gemacht. Er meinte, Stein sei ebenfalls ehrlich erschüttert gewesen. Für den Abend hat er ein Alibi. Er hat bis in den Morgen mit guten Kunden Biike gefeiert. Falls du ihn auf der Agenda der Verdächtigen gehabt hast, kannst du ihn definitiv streichen.«

»Hm.«

Stein war Ed bei ihrer ersten Begegnung nicht sonderlich sympathisch gewesen, aber einen Mord traute er dem Immobilienmakler nicht zu.

»Und die Medien?«

»Hinnerk kriegt offenbar Zunder aus Flensburg«, erklärte Elsa, ohne ihren sprachlichen Lapsus zu bemerken. »Jedenfalls sind wir schwer unter Beschuss, weil wir bisher keine Ergebnisse vorweisen können. Was brennt als Nächstes, mörderische Untätigkeit und so weiter und so fort, du kennst das.«

Am liebsten würde er Hinnerk den Kopf waschen für diese Berichterstattung, die mehr mit Panikmache als mit Information zu tun hatte. Die Rolle der Medien ärgerte ihn zunehmend. Meinungsstark, aber ahnungslos. Mehr Fiktion als Fakten und Vereinfachungen bis zum Gehtnichtmehr. Egal. So war es eben. Sie mussten ihre Arbeit trotzdem erledigen, auch wenn sie dadurch nicht eben einfacher wurde.

»Coutino hat erwähnt, dass Tom geschäftlich nach Ouagadougou reisen wollte.«

»Was wollte er denn da?«

»Bauen. Versuch doch bitte mal, ob Muri da nicht Näheres herausbekommen kann.«

Das Schneetreiben wurde dichter. Quietschend rieben die Gummis der Scheibenwischer über die Frontscheibe und hinterließen weiße Schlieren. Ed betätigte die Scheibenwischanlage. Für einen Moment fuhr er blind in die Dunkelheit, ehe das Schaum-Wasser-Gemisch wieder verschwand.

In knappen Worten berichtete Ed über seine zwiespältigen Gefühle, die das Gespräch mit Coutino in ihm ausgelöst hatte. Schweigend hörte Elsa zu.

»Gehören die Brandstiftungen alle zusammen?«, fragte er nachdenklich.

Ohne sie zu sehen, spürte Ed förmlich, wie Elsa die Stirn in Falten legte.

»Das habe ich mich auch schon gefragt. Es scheint jedenfalls immer der gleiche Brandbeschleuniger benutzt worden zu sein, meint Bendix. Aber das war kein Täterwissen, und Spiritus ist nicht gerade selten. Leere Kanister haben wir diesmal allerdings keine am Tatort oder in dessen Nähe gefunden – das wäre eindeutiges Täterwissen gewesen …«

»Auch sonst könnten die Brandstiftungen doch nicht unterschiedlicher sein …«

»Lass uns abwarten, was die Untersuchungen der KTU ergeben.«

»Und? Wisst ihr schon etwas über Claras Fahrrad?«

»Morgen, auch das erst morgen.«

Wieder verging ein Moment, in dem sie gemeinsam schwiegen.

»Schneit es bei euch auch schon heftig?«

Ed stellte sich vor, wie Elsa zum Fenster ging und die Vorhänge zur Seite schob, um in den Himmel schauen zu können.

»Nein, keine einzige Schneeflocke. Bei dir ist alles weiß?«

Der Schnee trieb unvermindert auf die Frontscheibe. Ed hatte die Geschwindigkeit weiter gedrosselt. Die Tachonadel pendelte nun bei knapp achtzig Stundenkilometern. Räum- und Streufahrzeuge mit orangefarbenen Blinklichtern schoben sich über die volle Autobahn.

»Ja, richtig kräftig sogar. Sieht eigentlich ganz schön aus, wenn es nicht noch so weit zu fahren wäre.«

»Sei vorsichtig.«

Ed lachte. Das hatte seine Tischnachbarin im Café Paris auch gesagt.

Sein Handy piepte, doch er schaute nicht gleich auf die neue Nachricht, die bei ihm eingegangen war.

»Ich fahre nach Kiel und schaue, wie es Clara und Lasse geht. Bei dem Wetter komme ich dann sicher erst morgen früh wieder rüber. Geht das in Ordnung für dich und Nesser?«

»Dachte ich mir schon, dass du über Nacht bleiben würdest. Drück Lasse von mir, ja? Er braucht dich.«

»Du fehlst mir.«

»Du mir auch. Bis morgen.«

Auf einmal war die Leitung tot. Ihr letzter Satz hatte seltsam geklungen. Ed schien es, als hätte ein Kloß im Hals ihr die Stimme abgeschnürt.

Fünf Minuten später fuhr er rechts auf einen Parkplatz und überprüfte seine Nachrichten. Lasse hatte sich gemeldet. Es gebe nichts Neues von Clara.

Während die Schneeflocken auf der noch warmen Windschutzscheibe schmolzen, schrieb er Lasse, dass er am Abend im Krankenhaus vorbeikomme, und reservierte sich im Kieler Kaufmann ein Zimmer.

Bei dem Wetter und dem dichten Verkehr würde er noch eine gute Stunde brauchen, ehe er in Kiel ankam. Kaum fielen in Deutschland ein paar Regentropfen oder Schneeflocken, krochen die meisten Autofahrer langsam wie Fahrschüler über die Straßen. Da half nichts als Geduld.

28

Vor dem Haupteingang der Universitätsklinik blieb Ed kurz stehen. Er mochte keine Krankenhäuser. Ed fürchtete sich davor, Clara in ihrem hilflosen Zustand zu sehen, denn er wusste aus Erfahrung nur zu gut, was ihn erwartete. Er wusste, wie sie auf der Intensivstation aussehen würde. Ganz klein, hilflos, zwischen all den Instrumenten und den zu technischen Bäumen aufgestapelten Computern und Messgeräten, die dazu beitragen sollten, ihr Leben zu retten. Von der Autobahn aus kommend war er in Kiel an der winterstillen Förde entlanggefahren, um diesen Moment der Wahrheit ein wenig vor sich herzuschieben. An den Kais, die sich zwischen das Wasser und die Stadt schoben, lagen zwei der gewaltigen Fähren, die täglich nach Göteborg oder Oslo fuhren. Schwimmende Hochhäuser, die in die Nacht leuchteten und seltsam friedlich auf ihn wirkten. Auf Höhe des Landtages bog Ed in den Kieler Villenvorort Düsternbrook ab und parkte fünf Minuten später vor dem roten Backsteinhaus des Hotels. Er checkte ein und lief von dort die Viertelstunde zum Krankenhaus hinüber, um den Kopf freizubekommen. Der Schnee hatte sich mittlerweile in Matsch verwandelt, die Temperatur war gegen Abend wieder leicht gestiegen.

Ed klingelte am Zugang zur Intensivstation, zeigte der Schwester im blauen Kittel seinen Polizeiausweis und bat darum, den behandelnden Arzt zu sprechen. Dann ließ er sich zu Clara führen. Zusammen mit Claras Eltern Bernd und Regine saß Lasse an Claras Bett und hielt ihre Hand.

An den Geräten, die sich hinter ihr auftürmten, blinkten rote und blaue Lichter, wurden Kurven aufgezeichnet und Zahlen. Ansonsten herrschte eine seltsame Stille in dem kleinen Raum. Die Alltagswelt, aus der er kam, schien hier mit einem Mal weit weg zu sein. Schweigend umarmte er Regine und Lasse, legte Bernd die Hand auf die Schulter. Die Schwester brachte einen weiteren Stuhl. Ed bedankte sich nur mit einem Lächeln, weil er die Stille nicht durchbrechen wollte.

Claras Körper hob und senkte sich im gleichmäßigen Rhythmus ihres Atems. Rund um ihre geschlossen Augen hatten sich Blutergüsse gebildet. Das Gesicht war stark angeschwollen und glänzte. Auf einer Seite war ihr Schädel kahl geschoren und von einem Verband verdeckt. Daneben waren Schnittwunden mit Pflasterstrips verklebt. Es war herzzerreißend, aber Ed versuchte, sich seine Erschütterung nicht anmerken zu lassen. Gelegentlich piepte eins der umherstehenden Geräte. Eine Schwester betrat mit quietschenden Schritten den Raum, schaute auf das Gerät, drehte an einem Schalter, lächelte den besorgten Angehörigen kurz zu und entfernte sich wieder quietschend. Dann herrschte erneut Stille. Dunkelheit legte sich um sie. In dem Schweigen war die Angst um Clara greifbar.

Regine weinte stumm vor sich hin.

Ed hatte das Gefühl dafür verloren, wie viel Zeit vergangen sein mochte, seit er das Krankenzimmer auf der Intensivstation betreten hatte, als sich wieder Schritte näherten. Doch diesmal war es keine der Schwestern, sondern die behandelnde Ärztin. Es kam ihm fast vor, als würde sie schreien, als sie ihn mit normal lauter Stimme ansprach.

»Kommissar Koch? Mein Name ist Amber Ziaar. Ich bin die zuständige Ärztin.«

Ed reichte ihr die Hand, und sie gingen zusammen auf

den Flur, um die anderen nicht zu stören. Die Ärztin erschien ihm bemerkenswert jung, höchstens dreißig.

»Wie kann ich Ihnen helfen?«

Ed schilderte ihr, wer er war und dass er für die Ermittlungen Näheres über Claras Zustand erfahren wolle.

»Schweres Schädel-Hirn-Trauma, Fraktur des rechten Beines, des Schlüsselbeines und des Beckens. Wir haben die Patientin gestern Abend zunächst stabilisiert und anschließend notoperieren müssen. Sie hat wirklich sehr viel Blut verloren.«

Ed schaute die Ärztin erwartungsvoll an, was sie als Nächstes sagen würde.

Doch sie schwieg.

»Und?«, fragte er schließlich ungeduldig nach.

»Sie möchten wissen, welche Genesungschancen sie hat?«

»Ja, bitte«, antwortete Ed, der begann, an der psychologischen Qualifikation der Medizinerin zu zweifeln.

»Ich weiß es nicht. Sie hatte einen schweren Unfall. Es grenzt an ein Wunder, dass sie das Krankenhaus überhaupt lebend erreicht hat.«

Der Satz traf Ed wie ein Haken in die Leber. Er schluckte.

»Sie wird es schaffen, oder?«

»Tut mir sehr leid, ich weiß es nicht. Wir tun, was wir können«, antwortete die Ärztin.

Ed atmete schwer.

»Erschwert wird die Behandlung durch die Schwangerschaft der Patientin.«

»Clara ist schwanger?«

Lasse hatte kein Wort gesagt. Wusste er überhaupt davon?

»Natürlich versuchen wir, Mutter und Kind zu retten, aber für das Kind sehe ich leider wenig Chancen.«

»Wissen …«

Ed brach ab. In seinen Ohren rauschte und klingelte es. Er

konnte seine Gedanken nicht ordnen. Clara war schwanger. Lasse war doch viel zu jung, um Vater zu werden. Mein Gott, das war sein Enkelkind.

»Geht es Ihnen gut, Herr Kommissar?«

Doktor Ziaar blickte ihn besorgt an und hielt Ed sacht am Arm.

Einen Moment lang nahm er nichts mehr wahr. War er getaumelt? Ed wusste es nicht. In seinen Ohren rauschte es weiter wie bei einem Wasserrohrbruch. Reiß dich zusammen, wies er sich selbst an. Clara, Lasse, das Baby …

»Alles in Ordnung, vielen Dank. Ich bin nur etwas müde.«

»Setzen Sie sich«, forderte ihn die Ärztin auf.

Sie schob Ed auf einen Stuhl am Gang und brachte ihm ein Glas Wasser.

»Danke.«

In Eds Kopf rotierten die Gedanken und Bilder. Es war alles ein bisschen viel gewesen in den letzten Stunden. Waren sie wirklich gerade erst zusammen in Hörnum gewesen? Ed wünschte sich Elsa sehnsüchtig herbei. Dann würde er seinen Kopf für einen Moment auf ihrer Schulter ablegen können.

»Paps?«

»Was gibt's?«

»Du hast es gehört?«

Lasse weinte.

»Habe ich.«

Er schloss seinen Sohn in die Arme.

»Es tut mir so unendlich leid. Du kannst es dir nicht vorstellen, wie leid mir das tut.«

»Hey, das ist meine Freundin, nicht deine«, versuchte Lasse zu scherzen.

Lasse wollte die Nacht bei einem Freund verbringen, der von Sylt weggezogen war. Regine und Bernd hatten das

Angebot bekommen, im Krankenhaus bei ihrer Tochter zu übernachten.

»Hast du was gegessen?«

»Nur ein Brötchen in der Cafeteria«, gab Lasse zu.

»Dann lass uns zusammen etwas essen gehen.«

Wenn man genau hinsah, konnte man durch die Äste der kahlen Bäume im Garten des Hotels gelegentlich die Lichter eines der Schiffe sehen, die elegant auf der Förde entlangglitten. Auf dem kurzen Spaziergang vom Krankenhaus zum Hotel hatten Vater und Sohn schweigend ihren Gedanken nachgehangen. Eds Angebot, Lasse könne mit ihm im Hotel übernachten, hatte Lasse abgelehnt. Ein Burger, ein Bier, dann wollte er zu Nies fahren, der nach dem Umzug seiner Familie von Sylt nach Kiel dort Abi gemacht hatte und gerade anfing, Zahnmedizin zu studieren. Wieder eine der Sylter Familien, die es fortgetrieben hatte.

Schweigend saßen sich Ed und Lasse auch noch im Hotelrestaurant gegenüber. Nach dem zweiten großen Schluck Bier kam langsam ein Gespräch in Gang, gelang es ihnen mühsam, ihre Gefühle in Worte zu fassen.

»Warum um Himmels willen war Clara mitten in der Nacht in Braderup?«, fragte Ed seinen Sohn.

»Wer will das wissen? Der Bulle oder der Vater?«

»Ich möchte das wissen. Weil ich verstehen will, was passiert ist. Und warum.«

»Sorry, aber, ich meine, ich habe keine Ahnung.«

Lasses starrer Blick auf das halb leere Glas Bier sprach seiner Antwort Hohn.

Ed wusste das.

Und Lasse wusste das auch.

Zwischen Vater und Sohn wuchs erneut eine Mauer des Schweigens.

»Ich bin dein Vater. Sprich mit mir.«

Lasse schluckte trocken, schüttelte den Kopf, nippte wieder an seinem Bier.

»Ich weiß es doch nicht, glaub mir bitte, ich habe keine Ahnung.«

Ed kam nicht weiter. Er könnte seine Frage so oft wiederholen, wie er wollte. Eine befriedigende Antwort würde er nicht erhalten. Heute Abend zumindest nicht.

»Und Claras Eltern?«

»Was soll sein? Sie sind am Boden zerstört.«

Das klang so seltsam lapidar, dass sich Ed zur Ruhe zwingen musste.

»Und …«

»Dad, nein, ich hatte keine Ahnung. Ich weiß nicht einmal, ob Clara wusste, dass sie schwanger ist. Es ist alles Mist. Ein riesengroßer Mist …«

Lasses Ausbruch sicherte ihnen für die nächsten Minuten die Aufmerksamkeit des gesamten Restaurants. Verstohlene Blicke wanderten zu ihrem Tisch. Dann kamen endlich ihre Burger. Lasse stocherte zunächst in seinem herum und schien erst nach und nach zu bemerken, wie hungrig er war.

Im Hintergrund sang Norah Jones, während Ed seinem Sohn zusah, wie er seinen Burger verschlang und ein zweites Bier trank. Wann, fragte er sich, tritt dieser Moment ein, in dem unsere Kinder aufhören, ein unmittelbarer Teil unseres eigenen Universums zu sein? Wann fangen sie an, ihr eigenes Universum zu bilden, das sich mal dichter, mal weiter entfernt von uns bewegt? Wann passiert das, dass sie uns staunend zurücklassen und ratlos?

Eds Handy surrte.

Es war Elsa.

»Moment, ich geh kurz raus«, entschuldigte er sich.

Noch mehr Aufmerksamkeit im Restaurant brauchte er jetzt nicht.

Er ging ein paar Schritte an der Rezeption vorbei in den Gang, der zu den Hotelzimmern führte, und ließ sich auf einem Hocker nieder.

»Und? Wie geht es Clara?«

Ed schaute sich um, als müsste er einen Verfolger abschütteln, ehe er antwortete.

»Nicht gut. Wenn ich die Botschaft der Ärztin richtig entziffert habe, ist sie nicht sonderlich zuversichtlich.«

Tiefes Atmen, Schweigen.

»Oh … Mist.«

»Es gibt zusätzliche Komplikationen. Clara … Clara ist schwanger.«

»Nein. Oh mein Gott.«

»Lasse sitzt gerade mit mir im Restaurant und isst etwas, er will heute bei einem Freund schlafen und morgen wieder zu Clara.«

»Das fühlt sich alles völlig unwirklich an. Ed, es tut mir so leid für Lasse und Clara.«

»Seid ihr weitergekommen?«

»Allerdings.«

Elsa schaffte es wieder einmal, von einem Moment auf den anderen umzuschalten, und klang auf einmal geschäftsmäßig.

»Hier geht es gerade völlig ab. Die Bahn hat tolle Arbeit geleistet und uns, sofort nachdem sie die richterliche Anweisung hatte, die Aufnahmen von der Autoverladung in Westerland und Niebüll rübergespielt. Noch wichtiger: Die Spurensicherung hat braune Lackspuren an Claras Rad festgestellt.«

»Braun?«

Ed horchte auf.

»Braun. Sie hängen zweifelsfrei mit dem Unfall zusammen. Es handelt sich nach deren Auskunft um ein Braun, das nicht von aktuellen Pkws stammt, sondern laut Datenbankabgleich zu Beginn der siebziger Jahre bei Opel verwendet wurde.«

»Das kann nicht wahr sein«, stieß Ed hervor.

»Doch, und zwar wurde die Farbe auch für den Opel Manta verwendet.«

»Du machst Witze.«

»Es geht noch weiter: Muri und zwei Kollegen aus Kiel haben beim Auswerten der Verladevideos in Westerland den Manta von Coutino erkannt, das Hamburger Nummernschild ist eindeutig zu erkennen. Allerdings ist der Fahrer auf den Aufnahmen nicht zu identifizieren. Dasselbe gilt für die Videos aus Niebüll.«

»Schade. Trotzdem, sehr gute Arbeit.«

»Vielen Dank. Auch wenn es natürlich sehr schön gewesen wäre, wenn wir den Fahrer hätten erkennen können.«

Ed dachte kurz nach.

»Habt ihre eine Funkzellenabfrage gemacht? Vielleicht können wir Coutinos Handydaten erfassen?«

»Schon eingeleitet. Morgen wissen wir mehr.«

»Dann hätte ich heute ja gleich in Hamburg bleiben können. Wir müssen wohl möglichst bald noch einmal mit Coutino sprechen.«

»Genau. Morgen kommt Nesser mit dem Zug nach Hamburg. Treffpunkt elf Uhr. Früher schafft er es nicht.«

»Gut. War es das?«

»Reicht dir das nicht aus?«

»Doch, es klang nur so, als hättest du noch etwas in petto.«

Elsa lachte.

»Du kennst mich offenbar schon ziemlich gut, mein Schatz.«

»Schatz?«

»Anyway. Pass auf: Heute Morgen hat Coutino seinen Manta als gestohlen gemeldet.«

»Was für ein Zufall.«

»Nicht wahr?«

»Warum hat er mir das nur nicht erzählt?«

»Warum wohl?«

Elsas Stimme war voller Ironie.

Es schien, als hätte Ed mit seinen zwiespältigen Gefühlen gegenüber Coutino richtiggelegen. Da war tatsächlich etwas gewesen, was er Ed verschwiegen hatte. Und wer wusste schon, ob da nicht noch viel mehr war, was der saubere Herr Coutino lieber für sich behielt?

Plötzlich tauchte Lasse vor Ed auf.

»Isst du noch auf?«

»Moment noch. Bin gleich wieder bei dir.«

»Also, Elsa, morgen um elf in Hamburg.«

»Und kein Wort zu Lasse. Hörst du? Auch wenn es dich reizt, ich kenn dich auch schon ganz gut. Sei still!«, beschwor sie ihn.

Er würde Lasse kein Wort davon sagen. Auch wenn es schwerfiel. Er würde schweigen, bis er morgen vor Coutino stand.

»Du fehlst mir.«

»Du mir auch – und halt die Klappe.«

Der Burger war zwar inzwischen kalt, aber das war Ed egal. Er schlang ihn zusammen mit den Süßkartoffelpommes hinunter und trank ein weiteres Bier. Es ging auf elf Uhr zu.

»Soll ich dich noch zu Nies fahren?«

»Lass mal, ich laufe, ist nicht weit.«

Letztlich bezahlte Ed seinem Sohn ein Taxi, stellte den Wecker auf sechs Uhr und ließ sich ins Bett fallen. In seinem Kopf rotierten die Bilder. Er sehnte sich nach Ruhe. Nach einem ausgedehnten Spaziergang mit Rob in den Dünen, nach einem langweiligen normalen Tag. Das Brausen in seinen Ohren hatte sich verstärkt. Also zwang er sich noch einmal kurz hoch und löste sich zwei Aspirin in einem Glas Wasser auf. Die halfen ihm meistens gegen das Rauschen. Dann zog er die Bettdecke über den Kopf.

29

Im ganzen Hotel duftete es nach frisch aufgebrühtem Kaffee, als Ed mit Schlappen und Bademantel bekleidet zum Schwimmbad schlurfte. Eine Badehose hatte er sich an der Rezeption geliehen, ebenso wie Rasierzeug und Zahnbürste. Die meisten Gäste schliefen um diese Uhrzeit noch. Umso besser, dann hatte er den kleinen Pool für sich allein. Mit einem Kopfsprung tauchte er in das Wasser ein. Jetzt war er wach. Nach zwei Bahnen mit kräftigen Schwimmzügen war auch die erste Kühle verflogen. Er spürte seine Muskeln, Zug um Zug, das tat gut. Das Rauschen in den Ohren vom Abend hatten die Aspirin weggeputzt. Zehn Minuten intensive Bewegung im Wasser, dann unter die heiße Dusche und anschließend eiskalt abbrausen.

»Na warte, Coutino, ich komme.«

Als Ed um sieben Uhr den Frühstücksraum betrat, saßen einige schlaff wirkende Geschäftsleute an den Tischen, zwei Damen in dunkelblauen Kostümen, die Herren in grauen Anzügen, aber ohne Krawatte. Nach dem Hut, der früher als unverzichtbares Männer-Accessoire gegolten hatte, würde bald auch die Krawatte das Zeitliche segnen, war Ed sich sicher. Kein Verlust, fand er. Im Hintergrund plätscherte die Morgenwelle des NDR, während sich draußen langsam ein fahles Morgenlicht über die Förde legte. Ed überprüfte die Nachrichten auf seinem Handy. Ein Gutenachtgruß von Lasse, Nesser bestätigte den Termin um elf bei Coutino, ein Herz-Kuss-Emoji von Elsa von heute Morgen, den Ed umgehend erwiderte.

Dann nahm er sich die FAZ vor. Den Sylter Feuerteufel fand er unter *Vermischtes*. In der *Welt* stand er immerhin auf Seite drei.

Bei den Reichen brennt die Biike
Sylter Feuerteufel hat wieder zugeschlagen,
diesmal mit Todesfolgen

Trotz der reißerischen Überschrift bemühte sich die Autorin um eine kontextuelle Sicht – die Brandstiftungen nicht als Tat eines blinden Wüterichs abzutun, sondern als Symptome einer gesellschaftlichen Fehlentwicklung. In Hamburg, München Frankfurt sei innerstädtisches Wohnen unerschwinglich geworden. Die Verdrängung der alteingesessenen Bevölkerung gehöre dort seit Jahren zum Alltag. Der Weg aus der Finanzkrise 2008 wäre durch niedrige Zinsen gelungen und hätte im großen Stil Investitionen in Immobilien nach sich gezogen. Diese galten als vermeintlich krisensichere Häfen für Anleger. Und doch: So sicher waren sie auch wieder nicht. Wer nicht in absoluten Toplagen investiert habe, müsse in ein paar Jahren mit Wertminderungen rechnen. Als Beispiel nannte sie Boomtowns wie London und Seattle, die den Preispeak bereits überschritten hätten.

Das machte Tom Coutino allerdings auch nicht wieder lebendig.

Für das Wochenende waren Großdemonstrationen gegen steigende Grundstücks- und Mietpreise angekündigt. Die Atmosphäre war landesweit angespannt.

Ed ließ sich zwei frische Spiegeleier mit knusprigem Speck bringen. Dazu frisch gepressten Orangensaft, Toast mit hausgemachter Marmelade und zwei kleine Kännchen Darjeeling.

Um kurz nach acht machte er sich auf den Weg nach Hamburg. Der Himmel war grau, die Förde lag diesig vor ihm. Sobald er Kiel hinter sich gelassen hatte, rollte der Verkehr flüssiger. Er telefonierte mit Elsa und Lasse. Clara ging es unverändert schlecht. Die Ärzte befürchteten, sie wegen der Schwellung des Gehirns erneut operieren zu müssen. Eds Gespräch mit Mara verlief ruhig und ohne dass sie sich gegenseitig angifteten.

Während die kalte graue Landschaft an ihm vorbeiflog, hatte er eigentlich Zeit, um über die Brandstiftungen nachzudenken. Doch er konnte keinen Gedanken länger verfolgen. Immer wieder kehrte er zu Clara und zu Lasse zurück, der ihm erklärte, dass er nicht wisse, was Clara in Braderup gewollt hatte. War sie bei einer Freundin gewesen? Unwahrscheinlich um diese Uhrzeit. Außerdem hätten sie sonst bestimmt schon erfahren, bei wem Clara gewesen war. Oder hatte sie von dem Feuer in Kampen gehört und wollte es sich selbst anschauen? Das war natürlich möglich. Aber es passte nicht zu dem Bild, das sich Ed von Clara machte. Eine einsame Fahrt durch die Nacht? Den Kopf klar bekommen, weil sie nicht wusste, wie sie damit umgehen sollte, dass sie ein Kind bekommen würde? Sollte sie es behalten, sollte sie es abtreiben? Das war eine schwere und einsame Entscheidung. Sie entschied über Claras Zukunft, und natürlich auch über die von Lasse. Ed stellte sich das Mädchen vor, das verzweifelt um Klarheit rang, die es in dieser Situation kaum geben konnte. Claras in sich versunkene Stille beim Biikebrennen erschien ihm auf einmal in einem ganz anderen Licht. Warum hatte sie nicht mit ihnen geredet? Aber wie sollte das gehen? Zu wem hatte sie genügend Zutrauen, diesen Schritt zu gehen? Vielleicht war sie doch bei einer Freundin in Kampen gewesen? Das würde er versuchen zu klären. Wenn nicht für die Ermittlungen, dann doch für sich. Oder hatte Clara ihre Sorgen, ihre Unsicherheit, ihre Fragen einfach in sich vergraben? Oh, Clara, ich hoffe, du weißt, wie unendlich gerne wir dir helfen würden. Warum nur hast du nichts gesagt? Vorausgesetzt, du wusstest überhaupt, dass du schwanger warst. Ed malte sich Szenario um Szenario aus. Jedes sah ein wenig anders aus, nur die Hauptdarstellerin blieb stets dieselbe: Clara.

Clara, die in der Apotheke einen Schwangerschaftstest kauft.

Clara, die sich verzweifelt fragt, was sie nun machen soll.

Clara, die Lasse erklärt, zu jung für ein Kind zu sein.

Clara, die Lasse erklärt, dass sie ihr Kind um jeden Preis behalten will, um es mit ihm großzuziehen.

Ed gestand sich ein, dass er keine Ahnung hatte, welches dieser Szenarien das wahrscheinlichste war. Und Lasse? Was wusste er? Wusste er überhaupt etwas?

Und er selbst?

Er war in den vergangenen Wochen vor allem mit sich beschäftigt gewesen und mit Elsa. Ansonsten hatte er sich nur zu gern Tag für Tag in die Arbeit versenkt, um nicht Mara und Fiete zu begegnen, um seinem eigenen Unglück aus dem Weg zu gehen.

30

Ed erreichte den Hopfensack eine gute halbe Stunde zu früh. In einem kleinen Café im Chilehaus bestellte er sich einen doppelten Espresso Macchiato. Er setzte sich mit der Tasse an einen der bunt zusammengewürfelten Tische mit unterschiedlichen Farben und aus unterschiedlichen Materialien. Während er gedankenverloren in seinem Kaffee rührte, schaute er auf die blau-roten Ziegel des Hamburger Wahrzeichens und musterte seine Tischnachbarn. Erstaunlich, wie viele Leute die Zeit fanden, an einem Vormittag mitten in der Woche einfach so im Café herumzusitzen, Zeitung zu lesen, mit Freunden zu tratschen oder einfach nur Kaffee zu trinken.

Kurz darauf betrat Nesser das Café. Ed hatte ihm in einer Nachricht mitgeteilt, wo er auf ihn wartete. Nesser bestellte sich einen Cappuccino und erzählte Ed, welche Entwicklungen die Ermittlungen in beiden Fällen genommen hatten. Das betraf vor allem Claras Unfall: Die dunkelbraunen Lackspuren an ihrem Fahrrad stammten definitiv von einer Farbe, die in den siebziger Jahren von Opel für den Manta verwendet worden war. Sie mussten also unbedingt den Wagen finden und untersuchen. Zudem war Coutinos Manta zweifelsfrei auf den Kameras der Verladestationen in Westerland zu sehen gewesen. Leider war der Fahrer auf den Bildern nicht zu erkennen. Möglicherweise saßen sogar zwei Personen im Auto. Darauf deuteten Lichtreflexe hin, aber die konnten auch andere Ursachen haben. Die Techniker waren sich nicht sicher. Die Sichtung der Aufnahmen der Bahn hatte zudem ergeben, dass der Manta am Vormittag desselben Tages mit dem Autozug nach Sylt übergesetzt worden war.

Wer hatte den Wagen nach Sylt gebracht?

War Tom Coutino der Fahrer? Oder seine Freundin? Oder Coutino senior?

Wer hatte den Wagen von der Insel gebracht? Und vor allem, warum?

War Coutino junior in seinem Haus überfallen worden?

»Was heißt das für Coutino senior?«, fragte Ed seinen Vorgesetzten.

»Zurzeit ist Coutino für uns lediglich ein Zeuge. Er ist kein Verdächtiger. Daran musst du bei der Befragung bitte denken.«

»Aber das ist doch Quatsch. Coutino steckt knietief im Dreck.«

»Das wissen wir nicht. Wir wissen weder definitiv, ob er überhaupt auf der Insel war, noch, ob er am Steuer des Wagens saß, der Clara angefahren hat.«

Nesser schaute Ed ernst an.

»Die Überprüfung der Funkzellen spricht jedenfalls für Coutino. Seine Handydaten konnten nicht geortet werden. Entweder hatte er es ausgeschaltet oder gar nicht dabei. Oder er benutzt noch weitere Mobilfunkgeräte, von denen wir bisher nichts wissen.«

Nesser machte eine Pause.

»Soll ich dich von dem Fall abziehen? Du kennst das Unfallopfer, du stehst quasi in einer familiären Beziehung zu ihm. Also …«

»Ich kenne Clara, ja, aber das ist auch alles«, antwortete Ed mit fester Stimme. »Ich habe die notwendige Distanz, keine Sorge. Trotzdem bleibe ich dabei, dass es zum Himmel stinkt. Coutinos Manta fährt Clara über den Haufen, nachdem das Haus der Coutinos brennt, in dem der tote

Tom Coutino liegt, und am nächsten Morgen meldet Coutino seinen Wagen als gestohlen?«

»Bleib bei den Fakten!«

»Ich bitte dich, das *sind* die Fakten.«

»Und die besagen weder, dass Coutino auf Sylt war, noch, dass er sein eigenes Haus selbst angezündet oder gar Schuld am Tod seines Sohnes und dem Unfall von Clara hat. Genauso gut kann Tom Coutino Streit mit irgendjemand bekommen haben, der ihn im Haus aufgesucht hat. Es kommt zu einem Handgemenge, in dessen Folge Tom tödlich verletzt wird. Der Täter zündet das Haus an, weil er vom Feuerteufel weiß und eine Chance sieht, seine Spuren zu verwischen, was ihm auch ziemlich gut gelungen ist. Dann klaut er Coutinos Auto …«

»… wie unauffällig …«

»… lass mich ausreden.«

Nessers Blick wurde wieder streng.

»Er klaut Coutinos Auto und baut dann den Unfall mit Clara. Daraufhin verlässt er die Insel und stellt das Auto irgendwo ab. Eine Großfahndung nach dem Wagen läuft bereits.«

»Und warum meldet Coutino den Wagen am nächsten Morgen als gestohlen?«

»Weil er von uns weiß, dass er nicht auf Sylt steht, wo er sein müsste.«

»Dumm gelaufen. Und dünn. Extrem dünn, und das weißt du. Dann sollten wir auch nicht ausschließen, dass irgendjemand zufällig vor dem brennenden Haus den Manta geklaut hat.«

Nesser schaute ihn schweigend an.

Es war immer das Gleiche. Bei jedem Fall. Sie mussten versuchen, all die Puzzleteile zusammenzufügen, die sie gefunden hatten. Das Ergebnis war meist ein Bild mit etlichen

Fehlstellen, die sie dann nach und nach aufzufüllen hatten. Das Gefährliche war, wenn sich scheinbar passende Puzzlestücke ineinander verhakten, die aber tatsächlich gar nicht zusammengehörten. Oft dauerte es lange, ehe sie diese Fehler aufdeckten. Deshalb waren solche Gespräche so wichtig, in denen sie anhand unterschiedlicher Meinungen ihre Analysen entwickelten.

»Und deine Version?«

»Die kennst du.«

»Erzähl sie mir noch mal.«

Nesser nippte an seinem Cappuccino und tupfte sich mit einer Serviette die Schaumreste von der Oberlippe. Dann lehnte er sich entspannt in seinem Stuhl zurück und sah Ed herausfordernd an.

»Die Finanzlage der Coutinos ist offenbar seit mehreren Monaten angespannt. Toms Expansionspläne drohen sie in die Überschuldung zu treiben. Den Weg ins Ausland, den Tom vorhat, hält Coutino senior für falsch, für zu groß, für zu, ich weiß nicht was. Es ist beispielsweise völlig unklar, ob sie das Geschäft in Burkina Faso stemmen können.«

»Einen Moment«, unterbrach ihn Nesser und richtet sich wieder auf. »Das ist ein zentraler Punkt, an dem wir graben müssen. Nicht nur mit Blick auf Coutino senior. Wer waren die neuen Geschäftspartner, welche Verbindungen gab es, welche Verflechtungen? Das erscheint mir wichtig für unser weiteres Vorgehen.«

Ed nickte zustimmend und fuhr dann fort.

»Im Wissen um diese vermutlich verfahrene Lage der Firma fährt Coutino senior Tom nach Sylt hinterher. Er hat alles von langer Hand vorbereitet. Die beiden ersten Brandstiftungen sorgen zwar für Publicity, lenken aber vom eigentlichen Ziel ab, das Coutino verfolgt: Er will seinen Sohn loswerden, um die Firma zu retten. Rausschmeißen kann er ihn nicht mehr. Tom hat die Firma an den Rand des Bankrotts geführt. Jetzt muss der Vater die Notbremse ziehen, um sein Lebenswerk zu bewahren. Und das geht nur, wenn er Tom wieder loswird, der in der Firma inzwischen das Sagen hat und sich dem Einfluss des Vaters entzieht. Es kommt zum Showdown. Coutino senior weiß, dass sein Sohn nicht klein beigeben wird. Dennoch stellt er ihn zur Rede. Dabei kommt es zu einem Handgemenge. Vielleicht hat Coutino auch gleich zugeschlagen, mit einem Holzscheit, einem Briefbeschwerer, einer Kaminstange …«

»Du hast eindeutig zu viele Edgar-Wallace-Filme gesehen, Eduard.«

»Ich würde das eher für eine shakespearesche Konstellation halten.«

Nesser lachte so laut auf, dass sich einige andere Gäste zu ihnen umdrehten.

»Der Rest ist in etwa so passiert, wie du es gesagt hast, nur dass am Steuer nicht irgendein Unbekannter gesessen hat, sondern Coutino senior.«

»Also, was sollen wir deiner Meinung nach machen?«

»Wir müssen die Geschäftsleute auftun, mit denen Tom angeblich verabredet war, und wir müssen das Auto finden.«

Nesser lächelte. Es war kein überhebliches Ich-bin-der-Chef-Lächeln, sondern ein So-und-jetzt-legen-wir-los-Lächeln. Genau das war es, was Ed an Nesser schätzte.

»Vielleicht haben wir ja ein wenig Glück und finden das Auto in den nächsten Stunden. Und Schmidt-Werhahn habe ich erneut aktiviert, die letzten Informationen zu den Coutinos zu durchforsten. Vielleicht finden wir etwas, was uns den Weg zu einer Durchsuchung seiner Geschäftsräume ebnet. Aber im Moment bleibt er ein Zeuge. Er ist kein Verdächtiger, klar? Halt dich dran!«

Coutinos Sekretärin war sichtlich überrascht, dass Ed schon wieder in ihrem Büro auftauchte. Mit verunsicherter Miene führte sie die beiden Polizisten die Treppe hoch.

Coutino, der ihr Kommen gehört haben musste, stand vor dem Fenster. Er erschien Ed weniger zerbrechlich als am Tag zuvor.

»Sie wissen, dass wir uns ganz dicht an der Keimzelle Hamburgs befinden? Dem alten Hafen?«

Er wies mit der Hand quer über die Dächer.

»Davon sieht man heute nichts mehr. Ein Wasserbecken, zu dem ein paar Stufen hinunterführen. Das ist alles. Daneben tosen die Autos vorbei. Das wirklich Wichtige bleibt unsichtbar. Es bleibt immer dort, auch wenn wir es nicht mehr mit bloßem Auge erkennen können. Es ist fest eingeschrieben in die Zeit und in den Ort. Von dort hat es seine Bedeutung und seine Wirkung entfaltet. Das lässt sich nicht mehr zurücknehmen. Verstehen Sie? Auch wenn es heute nicht mehr zu sehen ist, ist es immer noch da und wirkt fort!«

»Herr Coutino«, begann Nesser, ohne auf dessen Ausführungen zum Hamburger Hafen einzugehen.

»Warum haben Sie meinem Kollegen Koch gestern nicht gesagt, dass Ihr Manta gestohlen wurde?«

Coutino fuhr so energisch herum, dass die beiden Polizisten intuitiv einen Schritt zurückwichen. Er musterte sie einen Moment lang intensiv und antwortete dann mit einer sanften Stimme.

»Es geschieht viel zu häufig, dass wir einfach nicht sehen können, was wir nicht mehr wissen. Dann glauben wir, nur weil uns etwas nicht mehr interessiert, sei es auch nicht mehr da. Das ist falsch. Grundfalsch. Das ist wie bei dem kleinen Kind, das sich die Hände vor die Augen hält und meint, dass es auch für andere unsichtbar sei, nur weil es selber nichts sieht.«

Meinte Coutino damit das alte Hafenbecken, oder sprach er von seinem Wagen? Ed war sich nicht sicher. Das ganze Gespräch nahm groteske Züge an. Nesser schwieg ebenfalls. Geduldig schaute er Coutino an. Offenbar interpretierte Coutino dies als eine Einladung zu einem Duell und schwieg nun ebenfalls, während er vor sich hin lächelte. Von draußen war der Verkehr zu hören, eine Schiffssirene, das Tippen von Tastaturen in den Geschäftsräumen unter ihnen, leise Gesprächsfetzen eines Telefonats.

»Was war mit dem Wagen?«, erinnerte Nesser Coutino nach einer Weile an seine Frage.

»Ein Opel Manta. Der Manta hatte ja so einen gewissen Ruf in Deutschland, vielleicht erinnern Sie sich?«

Das Lächeln hielt sich hartnäckig um Coutinos Lippen.

»Keinen besonders guten, wenn ich so sagen darf. Ich habe das nie verstanden. Opel stand für mich immer sinnbildlich für Deutschland. Innovativ und kreativ, aber wirtschaftlich haben sie es nicht alle geschafft. Deshalb brauchten wir Hilfe von den Amerikanern, schon in den zwanziger Jahren. Das war nach 1945 wieder der Fall. Denken Sie an den Marshallplan. Allein hätten wir es nicht geschafft. Wirtschaftlich, meine ich. Wir wollten wie die Amis sein, aber eben nicht genauso wie sie. Unsere Autos sollten etwas kleiner bleiben, etwas weniger laut, weniger auffällig. Gedämpfter. Das war der Manta.«

»Dann hätte auch der GT gut gepasst.«

Jetzt leuchteten Coutinos Augen.

»Genau, ganz genau. Ich sehe, Sie kennen sich aus.«

Dann erstarb das Gespräch wieder.

»Was aber noch nicht die Frage beantwortet, warum Sie meinem Kollegen nicht erzählt haben, dass Sie den Manta als gestohlen gemeldet haben. Und erzählen Sie mir jetzt bitte nicht, er habe ja nicht danach gefragt.«

»Das hat er nicht getan. Hat er tatsächlich nicht. Dann hätte ich mich vielleicht auch wieder daran erinnert. Wissen Sie, es ist so viel gerade, so furchtbar viel.«

Coutino verfiel in Schweigen. Ed fragte sich, ob das alles nicht bloß Show war, ob sie bei Coutino nicht einem ganz gewieften Laiendarsteller aufsaßen. Er wechselte einen Blick mit Nesser, der wohl das Gleiche zu denken schien. Trotzdem blieb Nesser betont ruhig.

»Das verstehen wir natürlich, Herr Coutino. Gestatten Sie trotzdem die Frage, wann Sie den Wagen zum letzten Mal gesehen haben? Und wie ist Ihnen aufgefallen, dass er nicht mehr da stand, wo er eigentlich sein sollte?«

Nessers Stimme war jetzt leise, nahm einen fast devoten Unterton an. Zugleich schwang eine gewisse Drohung darin mit, die auch Coutino wahrzunehmen schien. Seine Antwort jedenfalls kam auf einmal klar und vernehmlich.

»Den Manta habe ich zum letzten Mal vor zwei Tagen im Parkhaus hier in Hamburg gesehen. Wir haben dort Dauerstellplätze gemietet. Er stand neben meinem Jaguar. Gestern haben mir die Polizeibeamten, die mich vom Tod Toms unterrichteten, erklärt, der Manta sei nicht auf Sylt bei Tom. Ob ich wisse, wo er zu finden sei. Ich habe sie dann ins Parkhaus geführt, und als ich den Wagen dort nicht vorfand, habe ich ihn umgehend als gestohlen gemeldet. Die Polizei war ja dabei.«

»Und Tom, hatten Sie mit Ihrem Sohn vorgestern noch Kontakt?«

»Nein, wieso sollte ich? Tom ist erwachsen, wir reden nicht jeden Tag miteinander«, bemerkte er spitz.

Es war deutlich, dass Ed und Nesser hier wohl nichts mehr erfahren würden, was ihnen weiterhalf. Einen Tee oder einen Kaffee hatte es dieses Mal auch nicht gegeben. Es gab also keinen Grund, länger zu bleiben. Coutino hatte sich wieder zum Fenster gedreht. Da stand er mit weißen Haaren und einem korrekt sitzenden graugrünen englischen Tweed-Anzug mit großen Karos.

Welches Hamburg er wohl dort draußen liegen sah?

Zum zweiten Mal in zwei Tagen verließ Ed das Haus am Hopfensack. Nachdenklich lief er neben Nesser zum Wagen, und auch auf den ersten Kilometern ihrer Rückfahrt redeten sie nicht. Diesmal fuhr Ed gleich heim nach Sylt und nicht wieder nach Kiel. Je weiter sie nach Norden kamen, desto größere blaue Lücken taten sich im grauen Himmel auf, zwischen denen die Sonne hindurchspähte. Vom Schneetreiben waren nur hier und da ein paar weiße Tupfen auf den Feldern übrig geblieben. Das liebte Ed am Norden. Selbst im Winter, wenn es furchtbar lange kalt und dunkel war, konnte man sich wenigstens darauf verlassen, dass schlechtes Wetter selten länger anhielt, sondern bald vom Wind weggepustet wurde.

Während der Wagen Kilometer um Kilometer fraß, merkte Ed, wie sehr er sich auf Elsa freute und zugleich um Clara sorgte. In Höhe von Schleswig klingelte Eds Handy. Lasse berichtete ihnen, dass Claras Zustand unverändert sei. Die Ärzte diskutierten immer noch eine weitere Operation. Unklar war, ob der Zustand des Mädchens für den Eingriff stabil genug wäre.

Lasse schluchzte.

Ed suchte nach den richtigen Worten, um ihn zu trösten. Doch wie konnten die lauten? »Alles wird gut«? Wirklich? Würde Clara wieder gesund werden? Würde sie überhaupt überleben?

Schweigend schossen Nesser und Ed mit hundertvierzig Stundenkilometern über die fast leere A7. Als sie mit dem Zug über den Hindenburgdamm fuhren, breitete sich vor ihnen ein rot-orange glühender Streifen Sonnenlicht unter den Wolken aus, gegen den sich die Westerländer Silhouette mit dem neuen Kurzentrum grüßend abhob.

Vielleicht, dachte Ed, würde er später noch Zeit für eine Joggingrunde finden.

Im Westerländer Revier herrschte emsige Betriebsamkeit. Endlich schien Bewegung in den Fall zu kommen. In der Brandruine wurde weiter nach Spuren gesucht, und auch die Suche nach dem Manta lief auf Hochtouren. Zugleich sorgte der ungewisse Zustand von Clara bei allen beteiligten Polizeikräften für Beklommenheit.

Nesser rief sie im Konferenzraum zusammen.

»Niemandem nützen übermüdete Polizisten, weil sie nicht mehr klar denken können. Also: Heute wird pünktlich Feierabend gemacht. Schlaft euch aus. Aber vorher würde ich gern noch einmal zusammenfassen, was wir haben. Elsa, machst du das bitte?«

Elsa stand auf und trat an das Flipchart, um den aktuellen Wissensstand zur Brandstiftung zu skizzieren.

»Mittlerweile können wir mit Sicherheit sagen, dass Tom Coutino nicht durch den Brand gestorben ist, sondern bereits tot war, als das Haus angezündet wurde.«

»Also Unfall, Totschlag oder, am wahrscheinlichsten, Mord«, resümierte Nesser.

»Wir wissen, dass Tom Coutino mittags nach Sylt gekommen ist. Aber wir müssen noch rekonstruieren, was zwischen seiner Ankunft und dem Ausbruch des Brandes passiert ist.«

»Und wir müssen klären, ob wir es bei allen drei Bränden mit demselben Täter zu tun haben, dem die letzte Brandstiftung einfach aus dem Ruder gelaufen ist. Oder handelt es sich um mehrere, voneinander getrennte Fälle?«

Muri meldete sich zu Wort.

»Ein Gespräch mit der Botschaft von Burkina Faso hat ergeben, dass man gerade mit mehreren Konsortien in Verhandlung für den Neubau des Parlaments in Ouagadougou steht. Tatsächlich ist Coutino darin involviert. Aber es handelt sich um Vorgespräche, entschieden sei da noch nichts. Es scheint unwahrscheinlich, dass uns diese Spur weiterbringt.«

»Danke, Muri, gute Arbeit«, lobte ihn Nesser.

»Und so, wie es ausschaut, hängt Claras Unfall indirekt ebenfalls mit dem Brand zusammen, wenn die Lackspuren tatsächlich von Coutinos Manta stammen«, beschloss er die Sitzung.

Gemeinsam mit Elsa verließ Ed zehn Minuten später den Konferenzraum.

»Sehen wir uns heute Abend?«

»Du musst mit Lotte sprechen. Und mit Lasse telefonieren.«

Ed zögerte. Er wurde das Gefühl nicht los, vor einer mächtigen Welle zu stehen, die sich an ihm brechen und ihn tief unter Wasser ziehen würde.

»Ich weiß. Magst du dann zu uns kommen? Ich koche auch.«

Während sie aus dem Revier traten, fuhr gegenüber gerade ein Zug in den Westerländer Bahnhof ein. Bald würden all die Pendler zurück auf das Festland fahren, die den Tag über in den Bäckereien, den Putzfirmen und Handwerksbetrieben gearbeitet hatten. All jene, für die es keinen bezahlbaren Wohnraum auf der Insel gab.

Dabei stehen jetzt vermutlich genügend Wohnungen leer, dachte Ed, um sie alle zu beherbergen, da die meisten Biikegäste wieder abgereist waren. Die Welle überrollte nicht nur ihn. Es lief etwas schief. Gewaltig schief.

»Vielleicht bin ich dazu einfach zu müde«, entschuldigte sich Elsa. »Wollen wir uns lieber für morgen Abend verabreden? Dann hast du heute einen Abend mit deiner Tochter.«

Wenn sich eine gewaltige Welle vor einem auftürmte, gab es nur eine Lösung: Man musste unter ihr hindurchtauchen, um ihrer Wucht zu entgehen, die einen fortreißen würde. Sobald die Welle einen erfasste, war alles zu spät. Dann gab es keinen Halt, keine Bodenhaftung. Nichts blieb, wie es war. Deshalb musste er jetzt in die Welle eintauchen. Sofort.

Ed schluckte seine Enttäuschung über Elsas Absage hinunter, spürte, wie sehr er sich nach ihr sehnte.

Aber sehne ich mich wirklich nach Elsa?, fragte er sich. Oder nur nach der Wärme eines anderen Körpers? Dem beruhigenden Atem eines anderen Menschen neben sich selbst.

»Ich bin wirklich müde«, setzte sie hinzu und musterte ihn dabei aufmerksam.

»Ja, klar.«

Sie gab ihm einen flüchtigen Kuss und drehte sich weg.

Morgen also.

Vielleicht morgen.

Bestimmt morgen, dachte Ed und schaute ihr hinterher, wie sie die Straße an der Ampel überquerte, vorbei an den seltsamen gebeugten grünen Riesen auf dem Bahnhofsvorplatz, bis sie im Dunkel des frühen Abends verschwand.

31

Kaum hatte er sich an den Küchentisch gesetzt, hörte Ed Schritte auf der Treppe.

Das war Lotte, nicht Mara. Ihre Schritte waren leichter als die ihrer Mutter.

Ed seufzte. Wenigstens das blieb ihm jetzt erspart.

Mit rot verweinten Augen warf sich seine Tochter in seine Arme.

»Psst«, flüsterte er ihr leise ins Haar und strich ihr über den Rücken. Lotte war auf einmal wieder das kleine Mädchen. Doch diesmal war es nicht nur eine schlechte Schulnote oder eine zickige Freundin, wegen der er sie trösten musste.

Diesmal war es das Leben selbst, das schmerzte.

Und dieser Schmerz würde Narben zurücklassen in ihrer Seele. Die Zeit würde darüber vergehen, natürlich. Aber etwas würde anders sein, es führte kein Weg mehr zurück.

Erneut spürte Ed die Welle. Spürte ihre verschlingende Gewalt, die drohte, alle durch das Wasser zu schleudern, völlig hilflos, Spielbälle.

Eds Handy auf dem Küchentisch vibrierte.

Sanft schob er Lotte zur Seite und griff nach dem Telefon.

Es war wieder Lasse.

»Paps?«

»Lasse. Wie geht's dir? Was ist mit Clara?«

Ed hörte Lasses Schniefen, hörte seinen schweren Atem.

In diesem Moment brach die Welle endgültig über ihm zusammen und verschlang seine Welt.

Mehr brauchte Lasse nicht zu sagen.

Ed wusste, was geschehen war.

»Lasse«, flüsterte Ed hilflos.

Lotte schaute ihn an.

Ed schüttelte den Kopf.

»Komm nach Hause, Lasse.«

Doch es dauerte drei Stunden und zwei langsame Regionalexpresszüge von Kiel via Husum nach Westerland, bis ein vor Kälte und Trauer schlotternder Lasse die Treppe hochgeschlichen kam.

Rob war mit einem großen Topf Ingwer-Möhren-Eintopf vorbeigekommen und mit einer Flasche Rotwein, als Lotte und Ed eng aneinandergekuschelt auf dem Sofa geweint hatten.

Ed fragte sich, womit er einen Freund wie Rob verdient hatte, der spürte, wie nötig sie ihn und seine Suppe jetzt brauchten. Es hatte fast den Anschein von Gemütlichkeit, wie sie so bei Kerzenschein um den Tisch saßen. Doch es lag kein Lächeln auf ihren Gesichtern. Lasse sah blass und mitgenommen aus, war von den letzten Tagen gezeichnet. Stockend begann er zu erzählen, wie er die Hand seiner Freundin hielt, wie die Maschinen irgendwann aufhörten zu blinken, wie Clara leise aus dem Leben glitt, und mit ihr das neue Leben, das sie in sich trug. Wie ihr Lasse einen letzten Kuss auf die Stirn gab und anschließend aus dem Krankenhaus flüchtete. Fort, nur fort, besinnungslos, die Bahnfahrt flog an ihm vorbei. Ed merkte, dass es Lasse guttat zu sprechen, dass es ihm guttat, die anderen um sich zu haben, die ihm das Erlebte zwar nicht abnehmen konnten, aber die ihm Halt boten, während es in ihm brodelte.

Immerhin hatten ihm die Ärzte schon am Abend zuvor ein paar Tabletten zur Beruhigung in die Hand gedrückt. Irgendwann nach zwölf war die Suppe aufgegessen, der Wein getrunken, und die kleine Tischgemeinschaft löste sich auf.

Jeder für sich würde Schlaf suchen, doch sie ahnten, wie schwer es sein würde, ihn in dieser Nacht zu finden.

Um sechs Uhr dreißig klingelte Eds Wecker. Sobald er das Handy anstellte, sah er die vielen Nachrichten auftauchen, die sich in der Nacht aufgestaut hatten. Nesser informierte ihn offiziell über Claras Tod, und Claras Eltern hatten ihm auch eine Nachricht geschrieben. Erst jetzt sah Ed auch, dass Elsa offenbar am Abend noch versucht hatte, ihn anzurufen, und auch Hinnerk hatte ihm eine Sprachnachricht hinterlassen.

Ed hatte unruhig geschlafen, wirr geträumt und fühlte sich jetzt matt und zerschlagen. Er schob die Tür zu Lasses Zimmer auf und sah, dass er noch schlief. Das Beruhigungsmittel schien zu wirken. Gut so.

Erschüttert stellte Ed eine Stunde später fest, dass im Revier alles ganz genauso aussah wie am Abend zuvor. Lasses Welt war untergegangen, Lottes und seine hatten mächtige Sprünge bekommen, doch hier war alles wie immer. Der gleiche Mief, das gleich Grau, das gleiche Kunstlicht.

Doch was hatte er eigentlich erwartet?

Als Ursache für Claras Tod hatten die Ärzte multiples Organversagen infolge der schweren Verletzungen durch den Unfall bescheinigt.

Mit gedrückter Stimmung schlich Ed aus der morgendlichen Besprechung, zumal Elsa seltsam distanziert wirkte. Immerhin kroch langsam etwas Februarhelligkeit in sein Büro. Unmotiviert schaute Ed auf seinen Computerbildschirm, unfähig, etwas zu tun, als er eine neue Nachricht von Hinnerk erhielt. Zwanzig Minuten später saßen sie sich im Wellhørn gegenüber und warteten auf ihren Cappuccino. An den Tischen nebenan wurde mit gedämpfter Stimme getuschelt. Oder kam Ed das nur so vor?

Warum war Clara nur um diese Zeit auf dieser verfluchten Landstraße unterwegs gewesen?

Darauf hatte niemand eine Antwort geben können. Weder Lasse noch Claras Eltern und auch keiner ihrer Mitschüler und Freudinnen.

Hinnerk spekulierte wild, fand aber auch keine überzeugende Begründung für Claras nächtliche Exkursion. Natürlich hoffte er, Ed eine Information entlocken zu können, die er in seinen morgigen Aufmacher einbauen könnte. *Drama um Westerländer Schülerin. Tot! Unfallopfer verliert ihren schwersten Kampf.* Irgend so ein reißerischer Titel würde als Aufmacher dienen. Immerhin sicherte er Ed zu, dass er Claras Eltern in Ruhe lassen würde, und Lasse auch, zumindest so lange, bis ihm sein Chefredakteur zu sehr zusetzen würde.

Zwei Jungs stellten sich mit gesenktem Blick an ihren Tisch. Es waren Mitschüler von Lasse und Clara. Ed kannte Michel und Marc von klein auf. Lasse hatte sich oft mit ihnen zum Fußball oder zum Surfen getroffen.

»Wie geht es Lasse?«, fragte der blonde rotwangige Michel mit leiser Stimme, die so gar nicht zu dem großen breitschultrigen jungen Mann passen wollte.

»Nicht so gut.«

»Bitte grüßen Sie ihn von uns.«

»Gern.«

Ed zögerte.

»Habt ihr eine Idee, warum Clara mitten in der Nacht dort unterwegs war?«

Die Jungs schauten sich an. Für einen Moment schien es Ed, als würde ihnen ein Gedanke durch den Kopf schießen, den sie aber nicht zu äußern wagten. Nicht hier. Nicht jetzt. Vielleicht auch nie und nirgends.

»Keine Ahnung«, nuschelten sie dann.

»Clara war etwas ganz Besonderes«, schob Marc hinterher. »Engagiert und klug und …«

Er brach ab und drehte sich weg, beschämt, dass ihm die Tränen in die Augen schossen.

»Schon in Ordnung, Marc. Was meinst du, wie wir gestern Abend geheult haben.«

Marc wandte sich ihm wieder zu, um ein Lächeln bemüht, das ihm nicht so recht gelang.

»Es ist so ungerecht, wie alles auf dieser Insel. Bitte, Sie müssen den finden, der das gemacht hat.«

»Ich werde alles daransetzen. Das kannst du mir glauben. Und wenn ihr etwas darüber hört, warum Clara allein unterwegs war, oder auch sonst etwas, was euch seltsam vorkommt, dann meldet euch bitte, ja? Es kann uns vielleicht helfen.«

Den Nachmittag verbrachte Ed grübelnd vor dem Computerbildschirm und wünschte sich eine Signora Elettra herbei, die dank ihrer Kontakte so illegal wie virtuos den Weg in das Netzwerk der Coutino-Firmen finden würde. Irgendwo dort schlummerten jene Informationen, die die Geschehnisse der verhängnisvollen vergangenen Tage aufklären konnten, die zwei Menschen das Leben gekostet hatten. Doch Ed befand sich nicht in einem venezianischen Krimi, sondern in einem deutschen Rechtsstaat, dessen institutionalisierte Behäbigkeit ihn immer öfter nervte. Der Datenschutz war ein hohes Gut. Doch was war er letztlich wert, wenn er die Strategien der organisierten Kriminalität besser schützte als seinen heimischen Computer? Ed grabbelte gedankenverloren in seiner Schreibtischschublade, als sein Diensttelefon klingelte.

»Kobalski«, meldete sich der Anrufer.

Der Name sagte Ed nichts.

»LKA Kiel, Dezernat 23, Wirtschaftskriminalität. Kollege Nesser hat uns gebeten, uns noch einmal mit der Immobilienfirma Coutino zu befassen.«

Ed war überrascht. Es geschahen offenbar doch noch Zeichen und Wunder. Sonst wären seine verzweifelten Gedanken vom Nachmittag kaum so schnell erhört worden.

»Und?«

»Wir sind dran. Sie erhalten in den nächsten Tagen einen ersten Überblick über unsere Ermittlungen. Ich wollte Sie nur schon einmal kurz vorab informieren.«

Und dann tat sich vor Ed ein wundersame Welt auf, in der er sich allzu wenig auskannte. In den letzten zwei Jahren hatten die Coutinos ein myzelartiges Geflecht aus Gesellschaften errichtet. Es beschränkte sich keineswegs auf Hamburg oder Westerland, sondern wucherte weit über die Grenzen Europas hinaus.

»Die einzelnen Fäden der Gesellschaften zu verfolgen, wird uns die nächsten Wochen beschäftigten«, erläuterte Kobalski.

»Und was wird am Ende dabei herauskommen?«

»Wenn ich das jetzt schon wüsste, müsste ich ja nicht mehr suchen. Aber das ganze Konstrukt wurde offenbar in Zusammenarbeit mit einer Düsseldorfer Rechtsanwaltskanzlei entwickelt. Und das hat mich stutzig gemacht. Die Kanzlei ist uns in den vergangenen Jahren immer wieder begegnet, wenn es um den Verdacht auf Steuerhinterziehung oder Steuervermeidung ging. Selbst Geldwäsche konnte nicht ausgeschlossen werden. Dafür bieten sich Immobiliengeschäfte im großen Stil derzeit ganz besonders an. Das marodierende Geld sucht nach der Finanzkrise nach Anlagemöglichkeiten. Die Zinsen sind niedrig, die meisten Steuerparadiese trocknen aus. Da gelten Immobilien als einer der letzten sicheren Häfen.«

»Mafia?«

»Nicht unbedingt, aber auch das ist möglich. Wie gesagt, wir müssen weiterermitteln. Denkbar wäre vieles, doch uns helfen nur gerichtsfeste Beweise. Der Hinweis von Kollege Nesser jedenfalls scheint Hand und Fuß zu haben.«

Ed bedankte sich für die kollegiale Hilfestellung aus Kiel. Blieb zu hoffen, dass nicht wieder irgendwelche Minister bei ihren Ermittlungen dazwischenfunkten.

Ed fuhr den Computer herunter.

Die letzten Tage waren heftig gewesen.

Anstatt seine Zeit grübelnd abzusitzen, beschloss er, heute früher zu gehen. Er schickte Elsa eine Nachricht, ob es bei heute Abend blieb, und rief Rob an, um ihn zu fragen, ob sie eine Runde laufen wollten.

»In fünfzehn Minuten bei dir?«, antwortete Rob.

Da würde Ed sich beeilen müssen. Aber gut. Elsa meldete sich nicht, obwohl zwei Häkchen hinter der Nachricht anzeigten, dass sie sie erhalten hatte.

Mit Stirnlampen, Windjacke und eng anliegenden Sporthosen liefen sie dieselbe Strecke, die Ed erst kürzlich mit Lasse gelaufen war. Das Licht des Kampener Leuchtturms begleitete sie mit seinem immer gleichen Rhythmus.

»Wetten, dass es das war mit den Brandstiftungen auf der Insel?«, verkündete Rob prophetisch.

»Bist du dir sicher?«

»Absolut. Das Feuer hat sich selbst gelöscht«, schob er nach.

Wie war Rob nur zu dieser Einschätzung gelangt? Und überhaupt, was war das für ein Bild?, grübelte Ed, während sie gemächlich weiterliefen. »Das Feuer hat sich selbst gelöscht.« Es war also nichts mehr vorhanden, das hätte weiterbrennen können. War dem so? Schließlich gab es noch mehr als genug Häuser auf der Insel, die hätten abgebrannt werden können. Und doch. Ed spürte, dass Rob richtigliegen konnte. Schon bisher hatte er mit seinen Einschätzungen in diesem Fall richtiggelegen.

»Wie laufen denn eure Ermittlungen?«, fragte er in Eds nachdenkliches Schweigen hinein.

»Wir kommen voran, aber es bleibt mühsam. Wer immer mit dem Manta von Coutinos Kampener Haus weggefahren ist, war der Mörder von Tom Coutino und hat auf seiner Flucht den tödlichen Unfall von Clara verursacht.«

Eine wärmere Weströmung hatte die winterliche Witterung fortgeweht. Mit der Wärme kam der Regen, der in Böen über sie hinwegfegte und ihnen ins Gesicht prasselte. Die frische Luft, der Wind und der Regen taten gut.

Das Licht ihrer Stirnlampen tanzte umher, mischte sich mit dem kurzen Aufblitzen des Leuchtturms.

»Hast du heute noch mal mit Lasse gesprochen?«

»Heute früh hat er noch geschlafen, auf dem Handy hat er sich auch nicht gemeldet. Nein, keine Ahnung. Aber es war wunderbar, dass du gestern bei uns warst. Du hast uns allen damit geholfen.«

Da war irgendetwas, schoss es Ed durch den Kopf.

Aber was?

Gestern Abend?

Er kehrte in Gedanken an den Tisch und zur Suppe zurück, während er im blinkenden Licht seinen Weg suchte in dem immer matschigeren Boden. Lasse, Lotte, Rob?

Irgendetwas war …

Nein, nicht gestern Abend.

Auf der Landstraße, Claras Rad am Boden, das Mädchen auf der Straße, das Blut, das viele Blut, die Unfallzeugen. Muri, der aus Kampen kam. Der Heli, der seinen Landeplatz suchte.

»Alles in Ordnung?«

»Ja, ich …« Ed zögerte. »Da ist irgendetwas, was ich noch nicht beachtet habe. Ich weiß nur nicht, was, und das nervt mich.«

Rob lachte.

»Das Gefühl kenne ich gut. Ab und an stehe ich mit meinem Fotoapparat herum und grüble, welches Motiv ich noch unbedingt fotografieren wollte. Aber ich kann mich beim besten Willen nicht mehr erinnern, was es war. Zum Glück fällt es mir manchmal wieder ein. Aber manchmal ist es auch einfach weg.«

»So in etwa«, bestätigte Ed.

»Heute Nachmittag hat sich übrigens Stein bei mir gemeldet. Offenbar hatte er gehört, dass Clara es nicht geschafft hat. Ihr hattet ja einen eher holprigen Start. Er bat mich, dir und Lasse zu sagen, wie leid ihm der Unfall täte.«

»Oh.«

Erneut schien es Ed, dass er Stein nicht ganz richtig eingeschätzt hatte. Vielleicht war er doch sympathischer, als er zunächst gedacht hatte. Oder war das einfach dessen schlechtes Gewissen? Aber weshalb sollte Stein ein schlechtes Gewissen haben?

Eds Schuhe quietschten bei jedem Schritt, seine Füße waren pitschnass, aber zu laufen fühlte sich herrlich lebendig an. Wie mit Lasse drehte er auch mit Rob in Kampen um, aber sie entschieden sich dafür, denselben Weg zurück- und nicht am Kliff entlangzulaufen. Lustvoll wie ein kleines Kind patschte Ed in jede Pfütze.

»Irgendwie ist Elsa komisch.«

»Warum?«

»Keine Ahnung. Sie wollte mich gestern Abend nicht sehen und behauptete, sie sei zu müde, und heute Nachmittag hat sie auf meine Nachricht nicht geantwortet.«

»Vielleicht war sie wirklich nur müde?«

»Vielleicht.«

Die Lichter der wenigen Autos auf der Straße zwischen Kampen und Wenningstedt blinkten an ihnen vorbei. Dann kam die Friesenkapelle in Sicht, und Rob zog das Tempo an. Ed hatte Mühe zu folgen. Schnell wuchs der Abstand zu Rob. Eds Herz pochte heftig, sein Atem ging schneller, die Lunge brannte. Schließlich brach Ed ab und ließ Rob davonziehen. Stattdessen trabte er gemütlich hinterher. Rob würde er heute nicht mehr einholen. Vor der Haustür dehnte sich Rob bereits, als Ed kurz darauf ebenfalls eintraf.

»Ich war wohl heute zu schnell für dich.«

Rob grinste.

»Stimmt, ich bin wohl ein bisschen müde. Komm gut heim.«

Rob hob den Arm und sprintete los in Richtung Westerland.

Barfuß lief Ed die Treppe hoch, seine nassen Schuhe in der Hand, und warf die Joggingklamotten in die Waschmaschine.

»Lasse?«

»Hallo, Dad, wart ihr joggen?«

Er richtete die Grüße von Rob aus und von Michel und Marc und erwähnte sogar Stein und verschwand dann unter die heiße Dusche.

Als er zwanzig Minuten später aus dem Bad kam, hatte Lasse den Tisch für das Abendbrot gedeckt und Nudeln gekocht.

»Nicht Gourmet, aber Kohlehydrate.«

»Immer wichtig nach dem Joggen«, antwortete Ed und freute sich über Lasses Aktivität.

»Morgen gehe ich wieder in die Schule.«

»Bist du dafür schon bereit?«

»Was soll ich hier rumhocken, davon kommt Clara auch nicht wieder.«

Für einen Moment hing ein Schweigen zwischen Vater und Sohn.

Nein, davon kam Clara nicht wieder.

Doch Ed sorgte sich, dass Lasse den Verlust einfach verdrängen würde. Was Lasse helfen konnte, war die Zeit, waren seine Freunde. Vielleicht war es wirklich keine so schlechte Idee, morgen wieder in die Schule zu gehen.

Er hätte Lasse gern gefragt, wie es ihm ging, was er dachte und fühlte, ob er ihm helfen konnte. Doch dafür schien es ihm nicht der richtige Zeitpunkt zu sein.

Er ärgerte sich über seine Hilflosigkeit.

Nachdem er die Teller abgewaschen hatte, sah er auf sein Handy. Keine Nachricht von Elsa. Sie reagierte nicht auf seinen Anruf.

Was war da los?

Der Regen prasselte gegen die Scheiben und lief in Strömen hinab.

Dann eben nicht.

Ed verkroch sich unter seiner Bettdecke und war schnell eingeschlafen. Ein roter Blitz ließ ihn aufschrecken. Ein Auto war ihm im Schlaf entgegenkommen und hatte plötzlich aufgeblendet, er hatte das Lenkrad abrupt herumgerissen und versucht auszuweichen.

Davon war er aufgewacht.

Es war drei Uhr morgens.

Draußen hatte es aufgehört zu regnen. Außer dem Brummen des Kühlschranks war es völlig still im Haus. Mit dem Aufblenden des entgegenkommenden Fahrzeugs in seinem Traum war ihm klar geworden, was das Aufblitzen des Leuchtturms in ihm wachgerufen hatte. Die Blitzer auf der Rader Hochbrücke. Ed nahm sich seinen Laptop und loggte sich im polizeiinternen System ein, klickte sich zur Verkehrsüberwachung durch und stellte eine dringliche Anfrage, wie viele Autos in der Nacht des Biikebrennens auf der Brücke mit Fahrtrichtung Süden geblitzt worden waren.

Es war nur eine kleine Chance, aber immerhin, es war eine.

Dann ging er rüber in seine Küche und setzte sich Wasser für einen Tee auf. Bis die Antwort eintrudelte, würde er ohnehin nicht wieder einschlafen können.

Leise summte Cannonball Adderleys »Somethin' Else« aus dem Bluetooth-Lautsprecher in die Nacht. Wenn jetzt Sommer wäre, würde es draußen langsam hell werden. Aber weil Winter war, merkte Ed, wie sehr er den Sommer vermisste, wie sehr er sich nach dem Licht sehnte, nach der Sonne, nach den endlosen Tagen.

Er spendierte sich einen Schuss Honig für den malzigen Tee, rührte leise klimpernd um und lauschte mit Cannonballs Saxophon in die Nacht.

Elsa hatte sich immer noch nicht gemeldet.

Was hatte er nur falsch gemacht?

Er hatte das Gefühl, als würde sein Leben seit der Trennung von Mara immer schneller an Halt und Kontur verlieren und er stände als hilfloser Betrachter nur an der Seite. Er hatte gehofft, eine Beziehung mit Elsa würde ihn wieder zurück auf die Bahn bringen. Doch da hatte er sich offenbar getäuscht.

Sein Handy machte pling.

Eine neue Nachricht mit der Antwort der Verkehrsüberwachung. Er öffnete das Mailprogramm.

In der Nacht vom 21. auf den 22. Februar waren insgesamt fünfundvierzig Pkws geblitzt worden. Den Anfang hatte um 18:37 Uhr ein VW Passat mit einer etwa dreißigjährigen Fahrerin gemacht, dann ging es im Viertelstundenrhythmus weiter. Die meisten Wagen kamen nicht aus der näheren Umgebung, darunter befanden sich auch etliche Dänen. Überall waren die gleichen leicht überblendeten Gesichter zu sehen mit weit geöffneten Augen. Um 22:02 Uhr waren zwei Wagen kurz hintereinander erfasst worden. Das Gesicht der Fahrerin des zweiten Wagens war wutverzerrt, als würde sie sich noch vor dem Geblitztwerden über sich selber ärgern. Um 0:10 Uhr war dann ein Opel Manta mit Hamburger Kennzeichen geblitzt worden. Der Fahrer war eindeutig zu erkennen: Coutino senior.

Ed schrieb eine kurze Dankesmail für die unkomplizierte und schnelle Hilfe in seinem Fall. Dann toastete er zwei Brotscheiben, kochte sich Kaffee und stand kurze Zeit später mit seinem Wagen als Erster in der Wartespur der Westerländer Autoverladung. Er spürte nichts als Leere in sich. Nicht einmal Wut. Sobald er vom Autozug runtergefahren war, setzte er das Blaulicht auf das Dach des Zivilfahrzeugs und raste die Bundesstraße 199 entlang. Vor der Rader Hochbrücke bremste er dennoch ab und passierte den Blitzer mit den vorgeschriebenen achtzig Stundenkilometern. Eine Geste, die er den Kollegen von der Verkehrsüberwachung schuldig war, fand er. Kurz vor Hamburg rief er Nesser an und sprach ihm auf Band. Keine fünf Minuten später rief Nesser zurück.

»Gute Arbeit, Eduard. Aber du drehst jetzt sofort um und kommst nach Sylt zurück. Die Fahndung nach Coutino ist raus. Er wird uns eine Menge erklären müssen. Dafür sind die Kollegen in Hamburg zuständig!«

»Das können die Kollegen in Hamburg sehr gern machen. Deshalb habe ich dir ja auch Bescheid gesagt. Aber ich will dabei sein. Ich will ihn sehen, wenn er verhaftet wird.«

»Mannomann, Eduard.«

Eine Viertelstunde später meldete sich Nesser erneut.

»Coutino ist nicht zu Hause. Die Kollegen haben sich

Zugang zu seinem Haus an der Elbchaussee verschafft, ihn aber dort nicht angetroffen. Die Flughäfen in Hamburg und Hannover sind unterrichtet. Es wird europaweit nach ihm gefahndet. Es hat also keinen Sinn, dass du nach Hamburg weiterfährst. Komm zurück, wir müssen abwarten.«

»Haben sie auch in seinem Büro nachgesehen?«

»Bisher wohl nicht, wir warten auf den Durchsuchungsbeschluss.«

Ed kam trotz des Blaulichts nur mühsam durch den morgendlichen Hamburger Berufsverkehr voran. Vor dem Hopfensack parkte er den Wagen in zweiter Reihe. Nur Minuten später trafen auch die Hamburger Kollegen mit zwei Wagen ein. Der zuständige Kommissar Garbe hatte mit Nesser gesprochen und ihm die Zuständigkeiten unmissverständlich klargemacht. Das wiederholte er jetzt bei Ed, über dessen Anwesenheit er nicht begeistert war. Dennoch ließ er ihn widerstrebend mit ins Haus kommen.

»Ganz oben unter dem Dach ist das Büro. Vielleicht finden wir ihn dort.«

Innerhalb weniger Tage war es Eds dritter Besuch in dem Haus an dem Fleet, den es nicht mehr gab. Es würde wohl sein letzter sein. Egal ob sie Coutino heute vorfanden oder nicht. Jedes Mal hatte das Gebäude anders auf ihn gewirkt. Heute war es einfach nur ein Haus. Der Ort, an dem er das Schwein Coutino zur Strecke bringen wollte. Den Lügner. Den Mörder.

Die Schreibtische in den schmalen Büroetagen standen verwaist in der dämmerigen Notbeleuchtung. Keine Sekretärin war zu sehen. Kein Tee wurde ihm angeboten. Selbst der Ausblick auf Hamburg versank im nebligen Morgengrau. Ed nahm jeweils zwei Stufen auf einmal und stürmte voraus in Coutinos Büro. Dort erstarrte er. Im Halbdunkel erkannte er die Umrisse eines Körpers. Dann ging das

Oberlicht an. Ed blinzelte in die plötzliche Helligkeit, musste seine Augen zusammenkneistern. Die Bücherregale, die Armsessel, in denen er bei seinem ersten Besuch Platz genommen hatte, der Schreibtisch. Alles war unverändert. Nur dass Coutino auf seinem Bürostuhl saß. Der Oberkörper war nach vorn gefallen, den Kopf auf der grünen Linoleumarbeitsfläche seines Schreibtischs. Sein linker Arm hing schlaff am Körper herab, der rechte lag auf dem Tisch, eine Waffe in der Hand.

Ed fragte sich, ob es Coutino geschmerzt hatte, als sein Kopf ungebremst auf dem Schreibtisch aufgeschlagen war. Aber wahrscheinlich war er da bereits tot gewesen. Tote fühlen keinen Schmerz. Der Schmerz bleibt uns vorbehalten, den Überlebenden, dachte er und ärgerte sich über diese Ungerechtigkeit.

Um den Kopf hatte sich eine dunkelrote Blutlache ausgebreitet, die an den Rändern angetrocknet war. Daneben lag ein Blatt Papier auf dem Tisch, mit sauberer Handschrift sehr gleichmäßig beschrieben. Vermutlich Coutinos Abschiedsbrief, dachte Ed. Wie seltsam ordentlich der Füller danebenlag. So akribisch.

Einer der Hamburger Kollegen schob sich an dem erstarrten Ed vorbei und forderte über Funk den Notarzt an. Dann ging er um den Schreibtisch herum und hielt Zeige- und Mittelfinger an Coutinos Hals. Doch da war kein Pulsschlag mehr zu spüren. Er schüttelte den Kopf. Sie waren zu spät gekommen.

32

Vor der Autoverladung in Westerland bildeten sich besonders an den Wochenenden wieder lange Schlangen. In den Ferienwohnungen zwischen Hörnum und List stand samstags der Wechsel der Sommergäste an. An diesem Wochenende ging es besonders arg zu. In Nordrhein-Westfalen endeten die Schulferien bereits, während sie in Bayern gerade erst begannen. Das bedeutete Großkampftage auf den Autobahnen in alle Himmelsrichtungen. Kilometerlange Staus, Auffahrunfälle mit Blechschäden und Schlimmeres. Gestresste Eltern und Kinder, stundenlange Wartezeiten vor dem Sylt Shuttle. Kleinkinder nölten schwitzend auf den Rücksitzen, während aus den Autoradios die Musik des Sommers in Endlosschleifen vor sich hin plätscherte.

Seit Wochen hatte ein stabiles Hoch aus Skandinavien das Wetter in Mitteleuropa im Griff. Flirrende Hitze lag auch über der Insel und sorgte dafür, dass die Strände voll und die Hotels ausgebucht waren. Die langen Sommerabende waren warm und fühlten sich mediterran an. Abend für Abend strömten die Touristen zum Strand hinab. Sie schauten der Sonne zu, wie sie langsam im Meer versank. Die nackten Füße in dem noch immer warmen, weichen Sand, eine kühle Flasche Pinot Grigio dabei. Summertime. Kinder tollten umher, schlugen Rad am Strand oder spielten Ball und Wikingerschach, sprangen ein letztes Mal für diesen Tag ins Meer. Einige Schweinswale zogen unweit des Ufers ihre Bahnen und sorgten für Begeisterung bei den Zuschauern, sobald sich ihre Rückenflossen kurz aus dem

Wasser hoben und wieder absenkten. Das glutrote Leuchten der Sonne wurde am Himmel von einem Konzert aus zarten Rosatönen begleitet, einem strahlenden Orange und violetten Varianten, die sich nach und nach immer mehr ins Blau abfärbten. Erst hell, dann immer dunkler. Selbst um Mitternacht hatte die Dunkelheit noch nicht ganz obsiegt. Ein letzter Rest Tageslicht schien mit den Sternen in einem freundschaftlichen Wettstreit zu liegen, wer länger leuchtet und heller.

Ed mischte sich nur selten unter die Sommergäste am Strand. Er hatte seit einiger Zeit seinen eigenen Platz für den Himmelsblick gefunden und saß in dem gläsernen Ausguck in Robs Haus. Allein. Seine Welt hatte sich im letzten halben Jahr endgültig umgestülpt, aber auch neu geordnet. Sie war einsamer geworden, aber klarer. Dazu gehörte die neue Wohnung. Sie war zwar nur ein Provisorium, aber eines, das ihn von heute auf morgen aus der Enge mit Mara und Fiete und der gemeinsamen Vergangenheit befreite. Das Einzige, was er bedauerte, war, dass er nicht mehr unter einem Dach mit Lotte lebte. Doch die kam ihn häufig in seinem neuen Domizil besuchen. Kurz nach den Ereignissen Ende Februar hatte Rob seinen Freund zu sich gebeten. Ausführlich berichtete er ihm von seinem Plan, sich in Kanada auf die Suche nach Nathalie zu machen. Eine Reise auf den Spuren seiner verlorenen Liebe. Für diese Zeit könne Ed doch sein Haus nutzen, schlug er vor. Ein paar Monate möglicherweise, vielleicht sogar länger. Wer weiß? In Kanada würde er fotografieren und suchen.

»Eine Art Sabbatical«, lachte Rob.

Für diese Zeit wäre Ed aus der ungeliebten Wohngemeinschaft mit Mara und Fiete befreit, könnte sich eine neue Wohnung suchen, und Robs Haus stünde nicht ungenutzt leer.

Ed umarmte den Freund. Der Geschmack von Neuanfang lag auf seiner Zunge, salzig und süß zugleich. Eine Woche später machte sich Rob auf den Weg, und Ed zog bei ihm ein. Zwei Taschen und drei kleine Kisten. Mehr nahm er nicht mit aus seinem alten Leben. Sein neuer Alltag begann, vielleicht für Monate, bestimmt für mehrere Wochen. Wer wusste das schon?

Mara schaute ihm hinterher, ohne ein Lächeln. Lotte half beim Tragen und zog anschließend mit ihren Sachen in Eds alte Räume unter das Dach. Zwei Jahre noch. Höchstens. Dann würde auch sie aufbrechen, dachte Ed. Und dann habt ihr euer Leben und das Haus für euch. Macht damit, was ihr wollt.

Im Polizeirevier war schnell wieder der Alltag eingekehrt. Handtaschen wurden geraubt, Portemonnaies gingen verloren, abendliche Schlägereien auf der Kurpromenade mussten geschlichtet werden, und jede Menge Führerscheine von betrunkenen Sommergästen, die in überteuerten Automobilen Schlangenlinien fuhren, wurden wie jeden Sommer bei den Mausefallen eingesammelt.

Der Sylter Feuerteufel aber war endgültig verstummt, so wie Rob es vorhergesagt hatte. Der Brand in Coutinos Haus war der letzte auf der Insel gewesen.

Immer wieder, wenn er an den vergangenen Winter zurückdachte, musste Ed sich eingestehen, wie tief ihn die Folgen der Ereignisse getroffen hatten. Das wirkte fort, trotz Sommerhoch und warmem Sand. Etwas war damals zerbrochen, war unwiederbringlich verloren gegangen. Nicht nur bei Claras Eltern, die um ihre tote Tochter trauerten. Nicht nur bei Lasse, der sich kaum Zeit zum Trauern um seine Freundin nahm. Er warf sich in die Vorbereitungen für das Abitur, das er im Sommer bestand. Auch bei

Ed wirkten die Ereignisse nach, obwohl er nur am Rand der Geschehnisse gestanden hatte. Die Welle hatte sie alle mitgerissen. Der Fall hatte für Ed ganz persönliche Konsequenzen nach sich gezogen, von denen er noch nichts ahnte, als Coutinos Leichnam an ihm vorbei in einem Sarg aus dem Büro im Hopfensack getragen wurde.

In seinem Abschiedsbrief hatte Coutino den Mord an seinem Sohn und die Brandstiftungen auf der Insel gestanden. Er hatte für die Ermittler eine Spur zu seinen Konten in Deutschland und Übersee gelegt, aus denen sich ergab, dass er jahrelang systematisch Steuern hinterzogen hatte und dass es bis zur Insolvenz, dem völligen Zusammenbruch seiner Firma, nur noch Tage dauern konnte. Auf der Rückseite des Abschiedsbriefes hatte er zwei Adressen notiert. Die eine führte die Ermittler zu einem Schließfach. Dort fanden sich Dokumente mit dezidierten Anweisungen, was mit jenen Teilen seines Vermögens geschehen sollte, die nicht von der Firmeninsolvenz betroffen waren oder zur Begleichung der Steuerschuld dienten. Dabei handelte es sich nach vorsichtiger Schätzung noch immer um mehrere Millionen Euro, wie Nesser vermutete. Auf zwei von Coutinos Grundstücken in Kampen sollten ein gemeinnütziges Jugenderholungsheim sowie Wohnungen entstehen, die ausschließlich Sylter Familien vorbehalten waren. Als Verwalter seines letzten Willens hatte Coutino Stein bestimmt. Ob es jedoch tatsächlich zu diesen Neubauten kommen würde, war immer noch offen. Die Steuerbehörden waren noch damit befasst, die Firmenkonstruktionen und die damit einhergehenden wirtschaftlichen und steuerlichen Verpflichtungen der Coutinos zu entflechten. All dies würde wohl Jahre in Anspruch nehmen.

Die zweite Adresse führte zu einem Schrottplatz südlich von Hamburg. Dort hatte Coutino am Morgen nach seiner Fahrt aus Sylt den Manta in die Schrottpresse geschickt. Spuren waren an dem zerquetschten Youngtimer nicht mehr zu finden. Aber sie hatten ja sein Geständnis. Die automatisch eingeleitete Untersuchung des Todesfalls ergab, dass er seinen Abschiedsbrief tatsächlich selbst geschrieben hatte und ein Fremdeinwirken bei seinem Tod auszuschließen war.

Zweieinhalb Wochen nach ihrem Unfall hinter Braderup wurde Clara auf dem Keitumer Friedhof beigesetzt. Da war Elsa bereits seit einer Woche nicht mehr bei der Sylter Polizei. Die Trauerfeier war eine bunte und traurige Veranstaltung zugleich. Fast alle Schüler hatten sich an dem grauen Märztag versammelt. Claras Freundinnen sprachen über ihre gemeinsamen Erlebnisse mit Clara. Das Lachen und das Weinen lagen dicht beieinander. Lasse stand starr an der Seite. Unfähig zu sprechen, unfähig, zu lachen oder zu weinen. Fiete und Mara rahmten ihn zusammen mit Lotte ein, und es schien Ed, als würden sie versuchen, ihn abzuschirmen. Lotte war die Einzige, der sich Lasse in den nächsten Wochen ein wenig öffnete, mit der er abends sprach, wenn es dunkel wurde und wieder eng in seinem Herzen. Ansonsten warf sich Lasse von einem Moment auf den anderen mit Elan in die Vorbereitungen für die Abiturprüfungen. Sobald er sein Abschlusszeugnis in der Tasche hatte, packte Lasse seinen Rucksack und fuhr noch am selben Nachmittag mit dem Zug nach Hamburg. Von dort brach er nach Thailand auf. Ein halbes Jahr oder länger wollte er dort herumreisen, solange das Geld reichte, zwischen Kambodscha, Laos und Vietnam. Nur weg wollte er, weit weg. An den Posts auf Instagram verfolgte Ed die Tour seines Sohnes, wo immer sie ihn am Ende hinführen würde. Gelegentlich rief Lasse Ed mitten in der Nacht an und erzählte ihm, wo er gerade war und wen er kennengelernt hatte. Im nächsten

Frühjahr wollte Lasse in Hamburg anfangen zu studieren. Welches Fach, wusste er noch nicht. Sylt aber, da war sich Lasse sicher, war für ihn ein abgeschlossenes Kapitel. Ob und wann er je wieder auf der Insel leben würde – es würde sich weisen. Ed hoffte, dass sie irgendwann ausführlich über die Ereignisse des letzten Winters sprechen würden. Doch er wusste auch, dass es bis dahin lange dauern konnte.

33

Anstatt nach seiner Rückkehr aus Hamburg noch einmal in das Westerländer Revier zu gehen, hatte sich Ed an dem feuchten Februarabend telefonisch bei Nesser abgemeldet und war gleich nach Hause gefahren. Der Fall war gelöst. Der Mörder gefunden, der Brandstifter unerwartet überführt, das verschwundene Auto aufgetan. Zeit also, sich nach diesen kurzen Nächten und den anstrengenden Tagen endlich Ruhe zu gönnen und neue Kraft zu sammeln.

Er kaufte bei Rose geräucherten Lachs und Krabben, schlug sich zwei Eier in die Pfanne und schnitt zwei Scheiben Brot ab. Dazu Butter, Tomaten und Gurke, Salz, einen Krug Leitungswasser. Mehr brauchte es nicht.

Stumm schlichen Lasse und Lotte in die Küche und setzten sich zu ihm, schmierten sich ebenfalls ein Brot, an dem sie lustlos knabberten. Das schweigsame Miteinander war besser als die Einsamkeit, die im Kopf lärmend widerhallt mit der vergeblichen Frage nach dem Warum.

Als es an der Haustür klingelte, stürmte Lotte die Treppe hinab, doch Mara hatte schon geöffnet. Elsa stand vor der Tür. Die beide Frauen betrachteten sich leidenschaftslos, murmelten einen kurzen Gruß. Elsa wollte nicht zu ihnen in die Küche hochkommen, fragte stattdessen Lotte, ob Ed kurz Zeit habe, draußen mit ihr zu sprechen.

Ed ließ das angebissene Brot auf dem Teller liegen, griff nach seiner Jacke, entschuldigte sich bei den Kindern und ging die Treppe hinab.

Ein mulmiges Gefühl hatte ihn beschlichen. Es war eine Vorahnung, ein diffuses Unbehagen. Schon Elsas Begrüßung fiel seltsam kühl aus. Keine liebevolle Umarmung, nach der Ed sich sehnte, nur ein flüchtiger Kuss auf die Wange.

»Wir müssen reden«, sagte Elsa.

Sie liefen langsam in Richtung Strand und bogen dann links auf den Heckenrosenweg ab, der sie nach Westerland führte. Der Weg war nachts nur funzelig beleuchtet, aber für ihr Gespräch brauchten sie auch kein Licht.

»Was ist eigentlich los?«, fragte Ed, dem die Stille zu bunt wurde. »Du meldest dich nicht, reagierst nicht auf meine Anrufe und Nachrichten.«

»Es ist viel passiert«, murmelte Elsa.

»Allerdings«, stimmte Ed zu und war sich ziemlich sicher, dass sie nicht dasselbe meinten.

Je weiter sie gingen, desto ruhiger wurde Ed innerlich. Er spürte die feuchte salzige Luft auf den Wangen und atmete diesen ganz besonderen Duft ein, den die Dünen hier verströmten, auf denen Heide wuchs und Heckenrosen und Strandhafer. Von den Dünen gedämpft war das gleichmäßige Grollen der Brandung hier nur als fernes Dröhnen zu vernehmen.

Erst auf Höhe der Syltklinik überwand sich Elsa und durchbrach ihr Schweigen.

»Ed, ich werde Sylt verlassen und nach Kroatien gehen. Man hat mir dort die Stelle der stellvertretenden Polizeipräsidentin in Pula, der Stadt meiner Großmutter, angeboten.«

Elsas Offenbarung traf Ed wie ein Schlag.

»Warum? Warum jetzt? Warum, ohne es mit mir vorher zu besprechen?«

»Was gäbe es da zu besprechen?«

»Ich dachte, wir würden eine gemeinsame Zukunft planen. Hier auf der Insel. Oder meinetwegen auch in Pula.«

»In Pula? Wo du kein Wort Kroatisch sprechen kannst? Was willst du dort machen?«

»Es finden sich Wege ...«

»Ich habe es nicht darauf angelegt, nach Pula zurückzukehren, aber ich kann das Angebot nicht ausschlagen. Und ich will es auch nicht ausschlagen.«

»Aber du hättest schon mit mir sprechen können ...«

»Du hattest doch in den letzten Tagen keinen Kopf dafür. Und das verstehe ich. Die Dinge mussten schnell entschieden werden.«

Sprachlos lief Ed neben der Frau her, nach der er sich verzehrt hatte und die ihn nun mit kalter Schulter abservierte.

Je tiefer es sackte, desto zorniger wurde er.

»Eduard, du bist in den letzten Wochen so blind durch die Welt gerannt. Du hast nicht nach rechts und nicht nach links gesehen. Entweder weil du nicht sehen konntest oder weil du nicht sehen wolltest. Der Tod von Clara und Coutino hat alldem nur die Krone aufgesetzt.«

In Eds Kopf ratterten die Gedanken. Wovon sprach sie? Was meinte Elsa? Wofür war er blind gewesen?

»Was willst du damit sagen? Ich verstehe dich nicht. Habe ich mir das eingebildet, dass du mich magst?«

»Nein, das hast du nicht.«

Sie griff nach seiner Hand.

»Ich mag dich. Sehr. Und deshalb muss ich hier weg. Du bist gefangen auf deiner Insel und in deiner Familie. Der Platz, den es daneben noch gibt, ist mir zu klein.«

»In meiner Familie? Mit Mara kann ich kaum einen vernünftigen Satz wechseln, Lasse wird im Sommer weiß Gott wohin gehen, und Lotte ist auch bald weg. Wo bin ich denn da gefangen?«

»Ach, Ed, du siehst es wirklich nicht. Hast du tatsächlich keine Ahnung?«

Sie schlenderten durch das kleine Wäldchen, das Wenningstedt und Westerland voneinander trennte. Die vom Sturm krumm gewehten Kiefern waren in der Dunkelheit nur schemenhaft zu erkennen. Wieder schwieg Elsa vor sich hin.

»Reicht dir eigentlich aus, was Coutino in seinem Brief geschrieben hat? Ich glaube fast, Coutino senior hat mehr verstanden als du, seit er in Braderup mit Claras Fahrrad zusammengestoßen war.«

»Was hat Clara damit zu tun?«

»Ach, Ed. Wie blind du bist! Deshalb muss ich hier weg. Ich mag Lotte und Lasse, und ich mochte Clara. Und weil ich sie so mag und dich auch, kann ich das nicht. Es geht so einfach nicht.«

Später saßen sie lange im Wellhørn und tranken Wein. Die meiste Zeit schwiegen sie, während Ed daran dachte, wie sie hier vor wenigen Wochen zum ersten Mal gemeinsam gesessen hatten. Da hatte die Zukunft vor ihnen gelegen. Doch jetzt hatte sich das, was er für die Zukunft gehalten hatte, als bloße Episode entpuppt, eine Marginalie der Liebe.

Elsa hatte sich beurlauben lassen. Morgen schon würde sie von Hamburg aus nach Pula fliegen. Zum Abschied umarmten sie sich. Weit nach Mitternacht trottete Ed den Weg von Westerland nach Wenningstedt zurück. Er war müde, enttäuscht, verwirrt. Er fröstelte. Der Wind kam aus Osten und hatte aufgefrischt. Der Februar war bald vorbei, aber der Sommer schien ihm noch weit entfernt.

Doch langsam wurden die Tage immer länger. Immerhin meldete sich Elsa hin und wieder bei ihm. Der Faden, der sie für ein paar Wochen verbunden hatte, riss also nicht ganz ab.

Schnell fraß der Alltag ihre Zeit, berichtete sie, und davon, wie viel sie zu tun hatte. Ihre Stimme klang frisch und zuversichtlich.

Immer wieder, wenn er nachhakte, warum sie wirklich gegangen sei, würgte sie das Gespräch ab. Langsam verflog Eds Zorn, legte sich seine Enttäuschung. Was sollte er auch anderes tun? Er konnte sie ja nicht konservieren.

Er würde sie im Herbst besuchen, hatte er beschlossen. Wenn die Tage auf Sylt schon wieder kurz wurden und kühl. Dann würden sie gemeinsam am Mittelmeer sitzen und reden, und sie würde ihm ihr Pula zeigen.

Ed schaute in den Himmel über sich, in die endlose Dämmerung dieser Sylter Nacht.

Vielleicht schaute Clara gerade von dort aus auf die Insel herab.

Und die Coutinos.

Vielleicht.